Stefan Mühldorfer

Tagsüber dieses strahlende Blau

Roman

Deutscher Taschenbuch Verlag

Ausführliche Informationen über
unsere Autoren und Bücher finden
Sie auf unserer Website
www.dtv.de

MIX
Papier aus verantwortungsvollen Quellen
FSC® C019821

2011 Deutscher Taschenbuch Verlag GmbH & Co. KG, München

Umschlagkonzept: Balk & Brumshagen
Umschlaggestaltung: Wildes Blut, Atelier für Gestaltung,
Stephanie Weischer unter Verwendung eines Fotos
von gettyimages/Rosanne Olson
Satz: Greiner & Reichel, Köln
Druck und Bindung: Druckerei C. H. Beck, Nördlingen
Gedruckt auf säurefreiem, chlorfrei gebleichtem Papier
Printed in Germany · ISBN 978-3-423-13964-9

Fires – keep them burning

für Ann

Eins

Ich heiße Robert Ames und bin siebenunddreißig. Meine Frau sagt, ich sehe jünger aus. Ich weiß nicht, ob das überhaupt eine Rolle spielt. Früher war mir mein Alter egal, jedenfalls war es nicht mehr als eine einfache Antwort auf eine einfache Frage. Erst im Lauf der Jahre ist mir bewusst geworden, dass die Frage nach dem Alter tiefer geht, als einem im ersten Moment selber lieb ist: Sie ist im Grunde die Frage danach, wo man im Augenblick steht. Dabei ist das Gefährliche an der Frage, dass man nicht sagen kann, wann sie einen zum ersten Mal überrascht (nämlich dann, wenn man erkennt, dass es diesen Zusammenhang gibt); ab diesem Moment jedenfalls – ob man es sich nun eingestehen will oder nicht – hat sich ziemlich viel verändert.

Letzten Endes, so denke ich heute, geht es doch immer um das, was man erreicht hat. Das Gefühl des eigenen Erfolgs verleiht dir eine gewisse Befriedigung und Sicherheit, und über die Jahre habe ich ein ziemlich gutes Gespür dafür entwickelt, ob die Leute, mit denen ich zu tun habe, bereit sind, die Geschichte, die ich ihnen präsentiere, zu akzeptieren. Ich merke das an der Art, wie mein Gegenüber auf meine Antwort – ich bin siebenunddreißig und Versicherungsmakler – beiläufig nickt und zusätzlich das eine oder andere wissen will, zum Beispiel, ob man Kinder hat und welche Schule die Kinder besuchen. Ein paar klare, einfache Antworten können dir hier viel Sympathie einbringen. Dabei heißt das für sich allein streng genommen noch rein gar nichts.

Ich weiß nicht, warum, aber das laue Gefühl möglichen Scheiterns steckt bei mir immer mit im Gepäck (vielleicht eine Folge meiner zu hohen Ansprüche). Nicht dass ich davor Angst hätte – meistens redet man sich ja ohnehin etwas ein in Momenten, in denen die Dinge nicht so laufen, wie man es gerne hätte. Auch ich neige dann manchmal dazu, zu pessimistisch zu sein, alles ein wenig *zu eng zu sehen*, wie man so schön sagt, und das bekommt mir in der Regel überhaupt nicht.

Vor elf Jahren, kurz nachdem ich Kala geheiratet hatte und mit ihr nach Hamilton in dieses kleine Haus gezogen bin, in dem wir auch heute noch wohnen (ihr Vater hatte uns eine beträchtliche Summe zugeschossen, um uns einen guten Start zu verschaffen), hatte ich gerade meinen ersten Job nach dem Studium ergattert, verdiente ganz ordentlich und richtete mich auf ein ziemlich normales Leben ein. Ein normal *erfolgreiches*, muss ich sagen, denn natürlich dachte ich damals nicht im Geringsten daran, dass meine Vorstellung und die Realität zwei verschiedene Dinge waren, die miteinander kollidieren konnten, und dass Entscheidungen einem auch manchmal in dem einen oder anderen Punkt aus der Hand genommen werden können.

Ich kann mir nichts vorwerfen – meine damalige Naivität hatte auch ihr Gutes. Ich glaube, ein gewisser, manchmal völlig unbegründeter Optimismus war für mich einfach Teil des Programms, auch wenn ich es selber niemals so ausgedrückt hätte. Man könnte es auch so sagen: Ich hatte eine ziemlich gute Nase dafür, wann ein Wechsel oder eine Veränderung anstand – und meist habe ich dann ohne allzu großes Nachdenken die Konsequenzen gezogen.

Heute bin ich in vielerlei Hinsicht dickhäutiger geworden. Den Druck zur Veränderung spüre ich immer noch, trotzdem behalte ich lieb gewordene Gewohnheiten noch eine Weile bei, fast so, als wäre Konstanz ein Charakterzug, der sich lohnt, oder ein Wert an sich oder etwas, worauf man zumindest stolz sein kann. Nehmen wir unser Haus: Ich finde, Kala und ich haben hier eine gute Zeit miteinander verbracht. Wir könnten uns ein neues zulegen, ein größeres. Kala spricht schon länger davon. Und ich? Ich merke nur, dass in diesen vier Wänden eine Menge passiert ist, was sie mir ans Herz hat wachsen lassen.

Ich versuche, mein Kopfkissen so zusammenzuknüllen, dass es bequem unter meinen Nacken passt (eine Marotte von mir, die Kala beim Einschlafen verrückt macht). Aus irgendeinem Grund bin ich heute Nacht mehrmals aufgewacht und einmal habe ich mich sogar ins Wohnzimmer gesetzt und ziellos im Hamilton Observer geblättert, als würde ich nach etwas suchen, von dem ich selber nicht weiß, was es ist. Schließlich bin ich bei einem Artikel über eine Krankenschwester aus Bratislava hängen geblieben, die seit 1975 im Hospital oben an der James Street arbeitet und erzählt, warum es ihr schwergefallen ist, hier Fuß zu fassen, und dass die Patienten sie auch heute noch fragen würden, woher sie käme, dann aber mit der Slowakei überhaupt nichts anfangen könnten, eine Tatsache, die sie sehr bedrückend fand (was ich gut verstehen kann) – wer wohnt schon gern in einem Land, in dem sich niemand ein Bild von der Gegend machen kann, aus der du kommst? Diese Krankenschwester jedenfalls bewegt sich – so gestand sie – privat fast ausschließlich in einem Kreis von Exiltschechen oder Exilslowaken, eine Konsequenz, die ich zwar folgerichtig, aber nicht unbedingt vielversprechend finde. Sonst kann ich mich an nichts weiter erinnern.

Draußen fährt ein Auto durch die Straße. Ein tiefes, sonores Blubbern schwappt in die Vorgärten, fängt sich zwischen den eng stehenden Häusern und verliert sich weiter vorn an der nächsten Kreuzung. Die Tragina Ave ist eine unauffällige kleine Straße in einem ziemlich unscheinbaren Viertel von Hamilton. Wer hier wohnt, hat sich etwas aufgebaut oder ist gerade dabei, das merkt man der Gegend an. Alte Paare, bei denen die Kinder längst aus dem Haus sind. Junge Familien, die im Sommer bis tief in die Nacht im Garten sitzen und um die Wette grillen. Blumenbeete in Reih und Glied rund um militärisch getrimmte Rasenflächen. Manchmal, wenn ich spätabends vor dem Zubettgehen eine kleine Runde um den Block drehe, überkommt mich das Gefühl, dass die Welt an diesem Ort zu einem sehr überschaubaren Platz geronnen ist.

Kala und mir ist die Eingewöhnung damals alles andere als leichtgefallen. Dabei hat uns niemand einen Stein in den Weg gelegt, ganz im Gegenteil. Man grüßte uns höflich, aber zurückhaltend, so, als wolle man erst einmal abwarten, in welche Richtung sich die Sache mit uns entwickeln könnte. Ich glaube, unsere eigentliche Eintrittskarte in diese Gegend war, dass wir geblieben sind – wie alle anderen um uns herum auch. Diese Beharrlichkeit hat jede anfängliche Skepsis uns gegenüber zum Erliegen gebracht. Es war, als sähen die Leute darin eine Bestätigung ihrer Art zu leben, so etwas wie die unausgesprochene Versicherung, dass ihr Entwurf und unserer scheinbar gar nicht so weit auseinanderliegen (auch wenn in Wirklichkeit natürlich Welten dazwischenliegen können, was ich in dem Fall sogar annehme).

Seitdem gehören wir dazu (was immer das heißen mag) und könnten hier genauso gut alt werden wie all die anderen, was Kala unerträglich findet. Ich weiß nicht, was genau sie daran stört, vielleicht ist es am ehesten das Gefühl, dass in der Tragina Ave der Puls des Lebens so langsam, unbeirrt und alltäglich schlägt, dass du ihn manchmal gar nicht mehr wahrnimmst. Hier kannst du dich in eine Vertrautheit mit den Dingen um dich herum einspinnen lassen, und wenn du irgendwann wieder herausmöchtest, stellst du fest, dass es dafür vielleicht schon längst zu spät ist.

Im Süden endet die Tragina Ave in Bartonville als Sackstraße direkt unterhalb der presbyterianischen und der katholischen Kirche, die man über einen kurzen Fußweg und eine Treppe erreichen kann. In der anderen Richtung kreuzt sie die Main Street (auf der man direkt ins Zentrum kommt und die ich benutze, wenn ich zur Arbeit fahre) und führt dann hinunter zur Barton Street, an der die Centre Mall liegt, wo Kala und ich alle Einkäufe erledigen. Unser Haus liegt im südlichen Teil, also zwischen der Main Street und den beiden Kirchen und nur ein paar Fußminuten vom Montgomery Park entfernt, wo ich mit Jonathan, unserem Sohn, ab und an ein bisschen Baseball spiele (leider bin ich kein besonders begnadeter Werfer, also schlägt er ein Luftloch nach dem anderen, und das Ganze endet damit, dass er ziemlich schnell die Lust verliert, nur um sich später zuhause bitter über mich zu beklagen).

Es ist kurz vor sechs. Kala atmet ruhig und gleichmäßig. Sie dreht mir den Rücken zu, die Decke hoch bis zu den Schultern gezogen, so, dass ich nicht einmal ihren Nacken mit den kurz rasierten schwarzen Haaren sehe. (Wenn ich hinter ihr stehe, bin ich immer versucht, sie dort zu küssen.) Dass ich vor ihr wach bin, ist nicht ungewöhnlich. Meist liege ich dann noch ein paar Minuten im Bett und spiele in Gedanken meinen Tag durch: welche Termine anstehen, welche Gespräche ich führen muss und ob sie glatt verlaufen werden oder kompliziert.

Lebensversicherungen zu verkaufen ist ein Geschäft, das ziemlich viel Fingerspitzengefühl erfordert, schließlich zaubere ich keine weißen Kaninchen aus dem Hut, bevor ich wieder hinter irgendeinem Vorhang verschwinde, sondern nehme die Leute an der Hand und entwickle zusammen mit ihnen den schlüssigsten Weg, wie sie aus dem, was sie mitbringen, das eine oder andere machen können. Die meisten sind sich darüber wohl nicht ganz im Klaren, sonst würden sie kein so langes Gesicht ziehen, wenn sie hören, dass eine Versicherung, für die sie monatlich fünfzig Dollar abzweigen wollen, in zwanzig Jahren höchstens zwanzigtausend abwerfen wird. In der Regel versuche ich gleich von Anfang an, die hohen Erwartungen zu dämpfen: Je früher die Realität ins Spiel kommt, desto besser. Mittlerweile kann ich sehr gut einschätzen, wie ich vorgehen muss, aber wenn mich Kunden ins offene Messer laufen lassen wollen, dann tun sie das auch. Aus irgendeinem idiotischen Grund nehmen sie meine Berechnungen persönlich, so, als hätte ich ihnen gerade gesagt, welche Perspektiven sich für ihr weiteres Leben noch ergeben könnten, und spätestens dann wird es ungemütlich.

Aber nichts von alledem steht für heute zu befürchten: ein Bilderbuchfreitag vor einem Bilderbuchwochenende (sagt der Wetterbericht). Als Erstes werde ich ins Büro fahren, mein obligatorisches Schwätzchen mit Glandis halten und ein bisschen telefonieren – *warmlaufen,* wie Walter Buck es nennt (Walter ist der Chef des Versicherungsbüros, in dem ich arbeite). »Lass dir von einem alten Hasen wie mir einen Tipp geben«, hatte Walter mir gleich zu Beginn eröffnet, nachdem er meine Anstrengungen, ein halbwegs ebenbürtiger Geschäftspartner zu werden, ein paar Wochen mit der gebotenen Zurückhaltung mitverfolgt hatte. »Zeig den Leuten, dass das, was du im Gepäck hast, eine nützliche Investition sein kann. Wenn jemand glaubt, dass ihm das guttut, freu dich für ihn. Wenn jemand nichts davon wissen will, hak die Sache ab und schau nach vorn. Aber misch dich nicht in Dinge ein, die dich nichts angehen. Ich hab was gegen Besserwisser, Robert. Und wenn du hundert Mal der Meinung bist, dass jemand auf dem Holzweg ist – beiß dir auf die Lippen! Du bist Versicherungsmakler und kein Therapeut.«

Walter ist einen halben Kopf kleiner als ich, vielleicht eins fünfundsiebzig, mit einer untersetzten, bulligen Statur, die ihm etwas sehr Gegenwartsbezogenes verleiht (was in unserem Metier nicht von Nachteil sein muss). Noch auffälliger sind allerdings seine Augenbrauen, zwei dichte, buschige, schwarze Matten, die über der Nase fast zusammenstoßen und die hohe Stirn vom Rest des Gesichts abschneiden. Ich weiß nicht, ob es daran liegt, aber wenn Walter dich anschaut, vermittelt er dir fortwährend den Eindruck, er wüsste schon, was du ihm sagen willst, und als könntest du ihn mit nichts wirklich überraschen.

Wir beide ergänzen uns auf eine angenehm praktische Art: Walter kommt ziemlich direkt und ohne Umschweife zur Sache (Menschen, die wissen, was sie wollen, lieben ihn dafür), während ich mir leichter tue, den anderen reden zu lassen und erst einmal abzuwarten. Dagegen ist nichts einzuwenden: Jeder von uns sucht sich den Kundenkreis, der zu ihm passt, wenngleich Walter mit seiner Methode zwangsläufig ein wenig erfolgreicher ist. (Zumindest habe ich es noch an keinem Monatsende geschafft, ihn in der Gesamtzahl der abgeschlossenen Policen hinter mir zu lassen.) Vielleicht strahlt er aber auch einfach nur eine Sicherheit aus, die mir abgeht. Ich konnte mit seinem Rat damals im Übrigen nicht allzu viel anfangen. Erst sehr viel später habe ich verstanden, dass das einer der Gründe ist, warum er sich in seiner Branche so weit nach oben geboxt hat und schließlich dahin gekommen ist, wo er heute steht.

Walter wird dieses Jahr dreiundfünfzig – ich weiß das so genau, weil er in letzter Zeit anfängt, mit seinem Alter zu kokettieren, ein untrügliches Zeichen dafür, dass irgendetwas nicht stimmt. Heute Abend hat er Kala und mich auf ein Fest in Port Dover eingeladen (Kala ist nicht sonderlich begeistert, und so wie es aussieht, werde ich ohne sie rausfahren müssen). Er hat sich da ein lauschiges Cottage geleistet, mit Blick auf den See, dazu einen rasanten kleinen Katamaran im Hafen. Seine Frau hasst Segeln, also hat Walter im Schnitt mindestens ein Wochenende im Monat, an dem er tun und lassen kann, was er will. Es ist kein Geheimnis, dass er seine Frau dort draußen betrügt, was mir für Michelle wirklich leidtut, denn natürlich kennen wir uns, und die Vorstellung, dass ein Arbeitskollege ihres Mannes besser über intime Details dieser Ehe Bescheid weiß als die Ehefrau, behagt mir ganz und gar nicht. Persönlich bin ich der Meinung, dass Michelle diese Information bräuchte, um sich in jeder Hinsicht frei entscheiden zu können (was vermutlich der Grund ist, warum Walter sie ihr vorenthält), und es bedrückt mich, dass ich in dieser Sache ungewollt zum Mitwisser geworden bin.

Ich habe mir abgewöhnt, anderen Leuten in ihre Lebensgestaltung hineinzureden. Ich finde, das führt zu nichts; man neigt in Momenten, in denen es gut läuft, ohnehin dazu, sein eigenes Konzept zu verallgemeinern (als ob es das allein Seligmachende sei). Walter macht es mir mit seinem Verhalten gegenüber Michelle allerdings nicht leicht, was dazu geführt hat, dass ich auch schon mit Kala darüber gesprochen habe. Natürlich sind wir zu keinem befriedigenden Ergebnis gekommen. Kala hätte es, glaube ich, begrüßt, wenn ich einen unmissverständlichen Akzent gesetzt hätte. Einen, der in der Folge ein paar persönliche Nachteile nach sich zieht, dadurch aber im Endeffekt nur noch an Glaubwürdigkeit gewinnt. Alles in allem also eine Geschichte, die du dir guten Gewissens für deine Kinder aufhebst, um ihnen die Wichtigkeit eines eigenen Standpunkts zu verdeutlichen. Eine Geschichte, die dir – wenn du es einmal brauchst – mit etwas Glück sogar den Glauben an dich selbst zurückgeben kann. Mit anderen Worten: Kala findet, dass ich mir einen neuen Job suchen sollte. Das erscheint mir aber entschieden zu hart. Ich bin der Meinung, dass die Sache zu privat und zu persönlich ist und deshalb für Konsequenzen dieser Art denkbar ungeeignet. Außerdem fühle ich mich in meiner Arbeit wohl. Warum soll ich Walters Problem zu meinem machen? Das zu akzeptieren, fällt Kala, glaube ich, ziemlich schwer.

Natürlich bedaure auch ich, dass es überhaupt so weit gekommen ist. Walter und ich reden normalerweise nicht über allzu viel Privates, und wenn, dann auf einer unverbindlichen Ebene, bei der man selber bestimmt, wie viel man von sich preisgeben will oder nicht. Das ist genau die Mischung, die ich brauche. Ich halte nichts davon, mein Privatleben in die Arbeit hineinzuziehen. Ich will mich nicht verpflichtet fühlen und mute das auch keinem anderen zu. Wenn ich jemanden nicht ausgesprochen sympathisch finde, halte ich mich mit persönlichen Bemerkungen sehr zurück, denn oft ziehen sie eine aufgesetzte, künstliche Art von Vertrautheit nach sich (je intimer der Gesprächsgegenstand, desto schlimmer), eine Vertrautheit, die man ursprünglich nie und nimmer haben wollte und die einem dann noch lange nachhängt (wie ich überhaupt finde, dass Intimität und Nähe manchmal eine ziemlich einseitige Angelegenheit sind).

Walter ist da keine Ausnahme. Natürlich lernte ich irgendwann seine Frau kennen und er meine, wir halten uns auf dem Laufenden, was die Kinder so treiben (Walter hat einen Sohn, der sechzehn ist und anscheinend nicht besonders viel von ihm wissen will) oder was am Wochenende los war, mehr nicht. Dabei lassen wir es bewenden, und das ist auch gut so. Dann, vor vielleicht einem Jahr, ging mit Walter eine Veränderung vor. Am Anfang fiel mir nur auf, dass er scheinbar grundlos meine Nähe suchte. Er klopfte mir des Öfteren auf die Schulter (was er bis dahin nie getan hatte), überhaupt wirkte er seltsam euphorisch. Gleichzeitig machte er den Eindruck, als wolle er etwas mit mir teilen, könne sich aber irgendwie nicht dazu entschließen, darüber zu reden.

Eines Montags, hinter mir lag ein unschönes Wochenende (Kala und ich waren uns wegen eines Telefonanrufes ihrer Mutter, bei dem sie in den üblichen dürren Worten ihr Kommen ankündigte, furchtbar in die Haare geraten, woraufhin ich die Nacht in stummem Protest auf der Couch im Wohnzimmer verbracht hatte), tauchte Walter damals in meinem Büro auf, wanderte um den Schreibtisch herum zum Fenster und blieb dort eine Weile stehen. Und dann rückte er ziemlich unvermittelt mit dem heraus, was ich mir ohnehin seit geraumer Zeit gedacht hatte: dass er seine Frau betrüge, viel mehr könne er gar nicht sagen, aber es täte ihm gut, mit jemandem darüber zu reden, jemand *Außenstehendem* wie mir (dabei kann es in einer Angelegenheit wie dieser einen Außenstehenden gar nicht geben). Vielleicht habe ich in diesem Augenblick versäumt, ihm klarzumachen, dass mir sein Problem zwar nicht egal war, ich aber trotzdem keine Lust hatte, es mit ihm zu teilen. Stattdessen schwieg ich und hörte zu.

Warum? Teils weil ich eigenen Gedanken nachhing, teils weil mich die Geschichte in irgendeinem Detail plötzlich berührte. Für einen Moment sah ich in Walter einen in die Jahre gekommenen Versicherungsmakler, der aus welchem Grund auch immer seine Ehe verpfuscht hatte, aber irgendwo da draußen in seinem kleinen Cottage mit einer wildfremden Kathrin oder Miriam oder Vanessa einen ehrlichen Neuanfang suchte, einen Ausweg aus einem persönlichen Dilemma, wie wir es manchmal alle haben. Und ich war in diesem Augenblick bereit, an Walter zu glauben, wenn ich das so pathetisch sagen darf. Zumindest daran, dass das Leben auch für ihn noch Optionen bereithielt: keine wirklich bahnbrechenden vielleicht, aber ehrliche; solche, die ergriffen werden konnten.

Erst nach und nach dämmerte mir, dass Walter an etwas Weitergehendem augenscheinlich gar kein Interesse hatte, dass ein Wochenende im Bett mit einer fremden Frau ihm als Option schon genügte. Aber da war es bereits zu spät für mich, meinen Irrtum wieder zu korrigieren, denn offensichtlich interpretierte Walter die Tatsache, dass ich ihm damals zugehört, ein, zwei Fragen gestellt habe, als Indiz dafür, dass ich ihn verstehen oder dass sein Handeln in meinen Augen Sinn machen könnte. Jedenfalls fühlte er sich prompt ermutigt, mich fortan nach jedem solchen Wochenende in das eine oder andere schmutzige kleine Detail einzuweihen (das war im Übrigen auch die Zeit, in der ich anfing, mit Kala über die Sache zu diskutieren), bis ich mich irgendwann – und das fiel mir weiß Gott nicht leicht, denn ich bin kein sehr direkter Mensch – aufraffte, ihm zu erklären, dass es mir lieber wäre, wenn er seine Geschichten für sich behalten würde, weil sie schließlich nur mit ihm zu tun hätten, mit ihm allein, und ich dafür garantiert der falsche Abnehmer wäre. Womöglich hielt

Walter meine Reaktion für irgendeine komische Art von Respekt vor seinem Privatleben, womöglich fühlte er sich aber auch geschmeichelt und witterte in mir insgeheim einen bedauernswerten Beziehungsromantiker – all das war mir ehrlich gestanden völlig egal. Ich hatte erreicht, was ich erreichen wollte. Seitdem ergeht er sich nur noch in gelegentlichen vagen Andeutungen, die ich nicht weiter kommentiere und mit denen ich gut leben kann.

Kala hat sich in der Zwischenzeit herumgedreht; ihr linker Arm liegt wie ein totes Tier auf meiner Bettdecke. Ich spiele kurz mit der Idee, sie zu wecken und ihr ins Ohr zu flüstern, ob wir uns lieben wollen, aber dann verwerfe ich den Gedanken wieder. Es ist nicht so, dass ich mir nicht vorstellen könnte, jetzt, in diesem Augenblick, Sex zu haben – ich glaube, in dieser Hinsicht unterscheidet sich mein Hormonhaushalt nicht wesentlich von dem des Durchschnittskanadiers. Es ist eher so, dass Kala und ich zurzeit ein wenig nebeneinander herleben. Jeder von uns erledigt seinen Job so gut wie möglich und weiß, dass er sich dabei auf den anderen verlassen kann. Zwischen uns hat sich ein kleiner Kanon an Gewohnheiten eingeschlichen (so etwas wie eine Liste der Dinge, die gemeinhin zu einem harmonischen Familienleben gehören), Gewohnheiten, auf die wir zurückgreifen können und die das Leben im positiven Sinne ein Stück berechenbarer machen (zumindest bilde ich mir das ein). Allerdings reagieren manche Lebensbereiche auf einen derartigen Eingrenzungsversuch sehr empfindlich – zum Beispiel der Sex. Also habe ich mir vorgenommen, ihn aus dem Kanon der Gewohnheiten wieder auszuklammern, auch wenn das – so wie jetzt – mit einem gewissen Verzicht verbunden ist.

Kaum bin ich aus dem Bett, im Gang, sind alle Grübeleien Geschichte. Ich spähe kurz ins Kinderzimmer: Jonathan liegt auf dem Bauch, den Kopf zur Seite gedreht, als wolle er die Tür im Auge behalten. Sein leicht geöffneter Mund drückt sich aufs Kissen, die Lippen verschoben zu einem einzigen entspannten Der-Welt-entrückt-Sein. Dieses Jahr wird er sechs, und er und ich, wir werden noch eine Menge Spaß zusammen haben. Leise tappe ich nach unten in die Küche, wo die Kaffeemaschine schon auf mich wartet. Die kühle Luft des neuen Morgens streift meine Schultern. Durch das gekippte Fenster höre ich das verschleimte Husten von Ray Vernon, unserem Nachbarn, dann das Rauschen der Toilettenspülung. Und während die Maschine sich schmatzend daranmacht, heißes Wasser nach oben zu saugen, und mit einem brodelnden Gurgeln in den Filter spuckt, stehe ich da, eingehüllt von ihren vertrauten Geräuschen, und träume mit offenen Augen.

Auf einmal muss ich wieder an Walter Buck und seine Optionen denken. Ich gebe zu: Sich darüber zu sehr den Kopf zu zerbrechen, führt zu nichts, vor allem wenn man die Zukunft (etwas, das sich allenfalls anzudeuten scheint, aber eindeutig noch nicht begonnen hat) mit auf die Rechnung nimmt. Es gibt keine Optionsscheine auf künftiges Glück, die man einlöst, wenn die Entwicklung einem gefällt. Die Sache ist ganz einfach: Entweder du riskierst etwas und fällst dabei notfalls auf die Nase oder du lässt die Finger davon. Dazwischen – das ist jedenfalls meine Meinung – existiert wenig, auch wenn wir das alle gerne hätten. Was Walter angeht, glaube ich, dass er gerade dabei ist, seine Optionen verstreichen zu lassen (obwohl er sich natürlich einbildet, das Beste aus seiner Situation herauszuholen). Er ist sich wohl schlichtweg nicht darüber im Klaren, was er will, und das ist für einen Mann in seinem Alter kein gutes Zeichen.

Nicht dass ich mich in diesem Punkt so viel besser fühle. Aber ich glaube, wenn man die Richtung, die das Leben einschlägt, nicht mehr selbst bestimmt, sollte man wenigstens Augen und Ohren offenhalten für Signale von außen und davon bekommt Walter schließlich eine ganze Menge (und sei es nur, dass ihm seine Wochenenden in Port Dover verdammt viel Spaß machen). So hast du die Chance, nach und nach einige entschiedene Argumente für das zu sammeln, was du gerade tust, und irgendwann die Konsequenzen zu ziehen (das meine ich, wenn ich davon spreche, eine Option zu ergreifen). Der Rest ergibt sich dann oft von ganz allein. Es kommt ohnehin nicht so sehr darauf an, was passiert, sondern wie man mit dem, was passiert, zurechtkommt. Ich gieße mir eine Tasse Kaffee ein und trinke ihn schwarz. Dann gehe ich nach oben ins Bad, um mich fertig zu machen.

Zwei

Draußen zeigt der Himmel sein strahlendes Blau, aber die Luft ist ziemlich frisch, und ich kann mir in diesem Augenblick nicht vorstellen, dass es stimmt, was die Nachrichten im Radio angekündigt haben: bis zu dreißig Grad und gegen Abend möglicherweise ein paar Wärmegewitter. Seit sie Hoch- und Tiefdruckgebiete genauso marktschreierisch losschlagen wie Börsenkurse, traue ich den Prognosen noch weniger als vorher. Lautlos lasse ich den Wagen von der Einfahrt rückwärts auf die Straße rollen, wo ich einen Moment still dasitze und zu den Fenstern im ersten Stock hinüberstarre. Die Vorhänge im Schlafzimmer sind zugezogen, aber im Bad brennt Licht. Kala und ich haben uns irgendwann darauf geeinigt, dass ich sie wecke, wenn ich aus dem Haus gehe. Das mag vielleicht nicht die romantischste Lösung sein, aber eine sehr praktikable.

Am Anfang unserer Ehe wäre uns das vorgekommen wie Verrat an der gemeinsamen Sache. Wir teilten den Morgen so selbstverständlich wie unser Bett und das Bad. Wir tummelten uns, wenn man so will, in einem seligen Kontinuum, in dem sich alles immer irgendwie wechselseitig aufeinander bezog: unsere Träume. Ein paar maßlose oder begrenzte Erwartungen an die nächsten vierundzwanzig Stunden. Was wir gestern nicht gesagt hatten, aber eigentlich noch sagen hatten wollen. Und so machten wir es im Prinzip die ganze Zeit, nur dass wir nach und nach sehr viel weniger redeten und unsere Träume immer öfter außen vor ließen. Natürlich hat keiner von uns unter der Situation gelitten (sonst hätten wir sie wohl nicht so lange beibehalten). Es ist nur so, dass ich diesen Punkt mit auf die Liste der Angewohnheiten setzen würde, die eine Ehe anfangs erleichtern, ihr aber später nicht mehr besonders gut bekommen. Ja, im Grunde halte ich es sogar für ein Spiel mit dem Feuer, wenn zwei Menschen fortlaufend ihre Zweisamkeit strapazieren, denn das ist der sicherste Weg, sie auf kurz oder lang ganz zu verlieren. (Manchmal stellt man allerdings auch auf diese Weise fest, dass sie nie existiert hat.)

Viertel nach sieben. Ungerührt pumpt die Main Street den anschwellenden Verkehr hinein ins Herz der Stadt. Wie Walter es aufnehmen würde, wenn ich seine Einladung ausschlage – nur für den Fall, dass Kala tatsächlich nicht mitkommt? Jonathan übernachtet heute bei ihren Eltern, wir könnten also die Gelegenheit beim Schopf packen und endlich wieder einen Abend zu zweit verbringen. Undenkbar. Ich weiß, wie sehr Walter darauf brennt, mir sein Allerheiligstes zu präsentieren, diesen Ort seiner geheimnisvollen *Vitalisierung*, wie er sich mir gegenüber einmal ausgedrückt hat.

Hoppla, das war knapp! Für den Bruchteil einer Sekunde habe ich geträumt – lang genug, um dem Chrysler vor mir beinahe die Stoßstange einzudrücken. Aufgeschreckt von meinem abrupten Bremsmanöver dreht sich die junge Frau am Steuer zu mir herum: Durch die zwei Scheiben, die uns trennen, bohrt sich ein vorwurfsvoller Blick. Doch bevor ich eine Geste der Entschuldigung oder Besänftigung loswerden kann, hat sie ihren energischen kleinen Kopf schon wieder nach vorn geworfen, mustert mich allerdings ganz unverhohlen über den Rückspiegel, als müsste sie sich für alle Fälle mein Gesicht einprägen.

Ich lasse den Abstand betont groß werden, um zu demonstrieren, dass ich auf jede weitere Form der Annäherung getrost verzichten kann und stelle die Temperatur der Klimaanlage zwei Grad höher. Dieser Van war ein Zugeständnis an Kala, die fand, jetzt, wo Jonathan älter wird, könnte uns ein wenig mehr Platz nicht schaden. In Wirklichkeit – das wissen wir beide – ging es ihr darum, ihrem Vater guten Willen zu demonstrieren. Natürlich war ihm unser Japaner immer ein Dorn im Auge. Und natürlich köderte er uns irgendwann mit einem unschlagbaren Angebot für den Neuen.

Richard ist stellvertretender Verkaufsleiter bei einer Ford-Niederlassung in Mississauga. Außerdem ist er dreiunddreißig Jahre verheiratet, setzt sich über die Launen von Claire mit einer Leichtigkeit hinweg, die ich aufrichtig bewundere, und verbringt einen Gutteil seiner Freizeit damit, unschuldigen Kreaturen auf dem Mahagoniboden seines Schlauchboots den Schädel einzuschlagen, nur um sie abends mit der Miene des Siegers am Campingtisch zu filettieren und auf den Grill zu werfen. Dazu das obligatorische Lächeln für den obligatorischen Schnappschuss – an Claires Stelle würde es mir schwerfallen, Jahr für Jahr auf den Auslöser zu drücken. So viel Selbstgefälligkeit geht mir gewaltig gegen den Strich (obwohl ich ihn ansonsten für den idealen Schwiegervater halte). Vielleicht stört mich auch, dass Richard das Spektakel, das er veranstaltet, so ungeniert heiligspricht (*manchmal starre ich stundenlang auf die Wasseroberfläche; wenn du erst mal einen solchen Prachtkerl am Haken hast, Robert, weißt du, wovon ich rede; zweimal die Woche hochwertige*

Eiweiße, und deinen Herzinfarkt bekommt ein anderer), während es für mich bloß ein verdammt berechenbares, selbstbeweihräucherndes kleines Spiel auf Leben und Tod ist, bei dem immer nur einer die Zeche zahlt – der arme Kerl, der anbeißt. Chapeau!

Jedenfalls möchte ich nicht, dass Richard meinem Sohn auf diese Weise Ehrfurcht vor der Natur und Schöpfung vermittelt. Kala findet, ich übertreibe. Sie liebt ihren Vater, seine Leidenschaft genauso wie seine Begeisterungsfähigkeit (beides hat sie im Übrigen von ihm geerbt). »Würde jeder mehr darauf schauen, was ihm wirklich guttut«, meint sie, »würden die Leute sich nicht gegenseitig das Leben schwer machen.« Grau ist alle Theorie. Auch diesen Sommer werden wir wieder zwei, drei Wochenenden mit Richard und Claire in einem der vielen Provincial Parks verbringen, die für Richards Jagdinstinkt die passende Kulisse abgeben. Und der Einzige, der sich das Leben schwer macht, bin ich.

Ich will mich nicht beklagen: Kala ist niemand, der einen unter Druck setzt, um eigene Vorstellungen zu verwirklichen. Sie hält sich einfach an ein paar lebensnahe Maximen, und dazu gehört nun mal, dass es ihr nicht im Traum einfallen würde, ein sorgfältig geplantes Wochenende mit ihren Eltern für eine Grundsatzdiskussion aufs Spiel zu setzen, die nur mir am Herzen liegt und bei der aller Voraussicht nach nicht besonders viel herauskommt. Ich mache in ihren Augen ohnehin den Fehler, zu sehr *den Horizont zu fixieren*, Dinge zusammenzufügen, die vielleicht gar nicht zusammengehören, nur um am Ende mit einem sehr weit hergeholten, sehr künstlichen Gegenprogramm anzutreten (*wehret den Anfängen*), das allen Beteiligten die gute Laune verdirbt.

In der Hinsicht waren Kala und ich schon immer ein ungleiches Paar und – um ehrlich zu sein – ich fürchte, dass sich daran auch in Zukunft nicht viel ändern wird. Ich sage deshalb *fürchten*, weil wir uns im Augenblick bei Meinungsverschiedenheiten schwerer tun als früher. Kaum steht ein Thema im Raum, beziehen wir aus irgendeinem Grund entgegengesetzte Positionen und reiten so lang darauf herum, bis uns die Lust am Diskutieren vergangen ist. An den passenden Feldern, die dafür genügend Futter abwerfen, herrscht auch bei uns kein Mangel: Erziehungsfragen (siehe Richard), das zweite Kind, die Häufigkeit der Besuche bei ihren Eltern, wie Yoga die körperliche, vor allem aber die geistige Beweglichkeit beeinflusst (Kalas neuer Kurs steht auf ihrer Prioritätenliste ganz oben) – von Walter ganz zu schweigen (ich habe mir angewöhnt, ihn einfach seltener zu erwähnen).

Manchmal kommt es mir so vor, als würden wir ständig dasselbe Spiel spielen, obwohl wir beide unter den Spielregeln leiden. Ein entspanntes kleines Signal, und wir könnten uns die Hände reichen – nur dass keiner von uns dieses Signal aussendet. Dabei bin ich im Grunde meines Herzens ein kompromissbereiter Mensch. Was ich tue oder wie ich es tue, ist das Eine. Aber am wohlsten fühle ich mich, wenn ich mir selbst und anderen klarmachen kann, *warum* ich es tue. Kala wittert hinter dieser Einstellung einen etwas wirklichkeitsfremden Idealismus, ein regressives Überbleibsel aus meiner Lass-uns-darüber-reden-Phase. »Du bist so theoretisch«, sagt sie dann – als wäre damit alles hinreichend erklärt. Trotzdem behaupte ich, dass es sich mit einem Theoretiker wie mir ganz gut leben lässt – besser jedenfalls als mit einem dieser schneidigen Praxisanbeter, die dir, ohne mit der Wimper zu zucken, sagen, wo der Hase langläuft, bevor er sich überhaupt auf den Weg gemacht hat. Und seien wir ehrlich: Wäre es anders, bräuchte ich mir über all das jetzt gar nicht den Kopf zu zerbrechen.

Vielleicht ist das ja der geeignete Moment, ein paar Worte

darüber zu verlieren, wie Kala und ich uns kennen gelernt haben. Kala erzählt die Geschichte mit einem sehr viel kürzeren Vorlauf, aber in meiner Version liegt die erste Weichenstellung schon lange zurück (genau genommen zwanzig Jahre), und deshalb gönne ich Paul Snyder seinen Platz darin (obwohl Kala der Meinung ist, dass wir uns auch so über den Weg gelaufen wären). Aber schön der Reihe nach.

Mein Punkt null jedenfalls liegt in Pickering, wo Paul und ich in derselben Straße wohnten. Eigentlich hatten wir so gut wie keinen Kontakt – das übliche pubertäre Geplänkel mit dem Basketball in der Garageneinfahrt, mehr nicht. Ansonsten lavierten wir uns durch das typische Nicht-Fisch-nicht-Fleisch-Alter, in dem du dir einbildest, die Welt würde nur auf dich warten, obwohl sie gar keine Notiz von dir nimmt. Bald darauf zogen Pauls Eltern nach Clarkson, und das war es dann.

Das heißt: nicht ganz. Zehn Jahre später erkannte mich eben jener Paul unter der Dusche des Tennisclubs, in dem ich abends und an den Wochenenden meine überschüssigen Energien loswurde. Zuerst fühlte ich mich von seiner forschen Vertraulichkeit ein wenig überrollt, schob es dann aber auf die unerwartete Art unseres Wiedersehens – nackt und sehr weit weg von dem, was wir damals gewesen waren. Wir verabredeten uns auf ein Bier und plauderten über die alten Zeiten, bevor wir herausfanden, dass die Vergangenheit so ziemlich das Einzige war, was wir gemeinsam hatten. Also gingen wir in Ermangelung einer besseren Idee dazu über, uns auf dem Hartplatz des Clubs in unregelmäßigen Abständen die Bälle um die Ohren zu schlagen. Ich glaube, es fiel uns schwer, einen Schlussstrich zu ziehen: Wir konnten uns nichts geben, hatten uns aber auch nichts getan – der Rest war Sentimentalität am falschen Fleck (oder pure Feigheit).

Nüchtern betrachtet waren wir so verschieden wie ein

Dachdecker und ein Laienprediger: Paul hatte von seinem Vater die Hälfte der Firma übertragen bekommen (Flachdach, Steildach, Abdichtungen) und war euphorisiert von der neuen Perspektive, unter der sein Leben stand; ich dagegen jonglierte in meinem Public-Relations-Job mit salbungsvollen Worten zu allen möglichen Themen, die außer meinen Auftraggebern und mir selbst vermutlich niemand wirklich interessierten.

Ähnlich harmonisch – wen wundert's – ergänzten wir uns in unserer Einstellung gegenüber Frauen. Kein Kaffeesatz, kein Horoskop, kein Bleigießen: Was Paul in seiner Sammlung fehlte, war ein Engel mit Bodenhaftung und intakter Fassadenverkleidung, der ihn bereitwillig auf die Dächer steigen ließ und gleichzeitig die Kinder hütete, zwei oder drei kleine Pauls und Paulas, die mit großen Augen darauf warteten, bis er abends wieder herunterkletterte, um ihnen die Gutenachtgeschichte vorzulesen. So viel Planungssicherheit wirkte auf mich so abschreckend wie eine Einladung zum Bridgeabend im Altenheim. Zwar suchte ich bei Angehörigen des anderen Geschlechts periodisch nach ein bisschen Zuspruch zur Stabilisierung meiner Gefühlslage – wobei ich das durchaus als Verpflichtung zur Gegenseitigkeit auffasste –, ansonsten aber fehlte mir die nötige Ernsthaftigkeit oder die nötige Leichtigkeit (oder beides), um mich auf etwas Dauerhaftes einzulassen. Und ich hatte mich durchaus ohne Wehmut darauf eingestellt, dass es noch eine Weile so weitergehen würde.

Anfang Juli, seit unserem Wiedersehen unter der Dusche waren zwei Monate vergangen, überraschte mich Paul mit der Ankündigung, dass er uns am schwarzen Brett für ein gemischtes Doppel eingetragen hatte. Ehrlich gestanden wusste ich nicht, was ich in diesem Augenblick mehr bewundern sollte: den Pragmatismus, mit dem er die Ausgangsbedingung so veränderte, dass sie ihm wieder ins Konzept passte, oder die Beiläufigkeit, mit der er mir signalisierte, dass es mit uns beiden allein – Sentimentalität hin oder her – nicht allzu weit her war. Ich ließ ihn mit seinem erwartungsfrohen Grinsen an der Rezeption stehen und ging nach draußen, um die warme Nachmittagssonne zu genießen. Kurz danach kam er, seine Neuerwerbungen im Schlepptau, auf den Platz: Ruth, eine hoch aufgeschossene Blondine in zu engen gelben Shorts, durch die sich der Rand ihres Slips abzeichnete, von der Aura einer angehenden Anwältin umgeben, die Haare straff zum Pferdeschwanz zurückgekämmt, schmale Lippen, die etwas sehr Entschiedenes ausstrahlten, aber mit ein wenig Pech und den Jahren wahrscheinlich einen eher rechthaberischen, bitteren Zug annehmen würden. Und Kala. Lockige blauschwarze Haare, modisch kurz geschnitten, einen Kopf kleiner als Ruth, schlank – athletisch schlank, muss ich sagen –, mit einer kleinen Narbe über der Lippe, die eine entzückende Asymmetrie in ihr Lachen zauberte. Unwillkürlich wanderte mein Blick dorthin und von da wieder zurück in ihr offenes Gesicht mit den leuchtend grünen Augen.

Es war eine jener Fügungen, die man für reine Gefühlsduselei aus schlechten Filmen oder billigen Liebesromanen hält. Bloß dass sie dir, wenn du ihr mit einem Mal höchstpersönlich über den Weg läufst, plötzlich einen gehörigen Schrecken einjagt, weil du dir gar nicht vorstellen kannst, dass es sie *wirklich* gibt, geschweige denn, dass das Schicksal dabei an dich denkt. Noch am Netz, den Schläger in der Hand, ein Allerweltslächeln auf den Lippen, das ich zur Begrüßung für Ruth aufgesetzt hatte und auf die Schnelle nicht mehr loswurde, wusste ich, dass es für uns eine gemeinsame Geschichte geben musste, nur dass ich nicht die geringste Ahnung hatte, wie diese Geschichte aussehen könnte oder warum um alles in der Welt ich gerade jetzt in sie hineinstolperte. Das Match selbst habe ich komplett aus meinem Gedächtnis gelöscht. Ich konzentrierte mich, so gut es ging, auf den Ball. Ich fixierte beim Aufschlag die Netzkante. Und ich tat mein Bestes, ich schwöre, doch Kalas braun gebrannte Beine tanzten über jede freie Stelle des Platzes, vor und zurück, vor und zurück – bis ich es schließlich aufgab, dem Gesetz von Ursache und Wirkung noch länger Widerstand zu leisten.

Nachher tranken wir alle auf der Terrasse des Clubs ein Ginger Ale. Wir fachsimpelten über Sportverletzungen, Schlägerbespannungen und den richtigen Slice bei der Rückhand. Kala, so erfuhr ich, stand kurz davor, ihr Literaturstudium zu beenden, und spekulierte auf ein Stipendium, mit dem sie ihre Doktorarbeit finanzieren wollte. Dann, auf dem Weg zum Parkplatz – in meinem Kopf pochte die Leere von jemandem, der ahnt, dass ihm die Zeit davonläuft, und der dabei ist, seine Chance zu verpassen –, fragte sie mich plötzlich, ob ich schon einmal etwas von Raymond Carver gelesen hätte. Ich konnte gerade noch herausbringen, dass ich von Raymond-wer-auch-immer noch nie etwas gehört hatte, da stieg sie auch schon in Ruths Auto und brauste mit ihr davon.

Warum kam Kala auf den Gedanken, ausgerechnet mich zu fragen und nicht Paul, Ruth oder sonst wen? Ich weiß es nicht. Und ich habe es in all den Jahren seitdem auch nie wissen wollen. Ich nahm es einfach als Indiz dafür, dass mich meine Ahnung – uns beide betreffend – nicht getrogen hatte. Etwas in mir sträubte sich dagegen, diesen Anfang zu hinterfragen. Ich wollte ihn als das stehen lassen, was er für mich war: eine überraschende, unvorhergesehene Wendung in meinem Leben. Ich glaube, in einem Moment wie diesem steckt etwas, das dich noch Jahre später antreibt, und mehr als genug, um dich glücklich zu machen. Wozu hätte ich ihn also entschlüsseln sollen oder Erklärungen dafür suchen? Leute, die dir auf den Kopf zusagen, warum sie eine Sache anfangen, wissen meistens auch schon, wann und warum sie wieder damit aufhören.

Den restlichen Tag verlor ich mich in einer Reihe melancholischer Handlungen. Ich kramte in meiner Plattensammlung, blätterte ziellos durch ein überholtes Adressbuch, schleppte mich zum Waschsalon: Dinge, die mir, kaum dass ich mit ihnen fertig war, sofort völlig sinnlos vorkamen – genauso gut hätte ich mir einen Bart ins Gesicht kleben können und an der nächsten Straßenecke einen Hot-Dog-Stand überfallen. Am Ende landete ich in einer Buchhandlung, wo ich bis Ladenschluss die Klappentexte der Neuerscheinungen studierte. Irgendwann gestand ich mir ein, dass vermutlich auch jeder andere Mann an meiner Stelle ein bisschen nervös geworden wäre. Ich dankte Paul für seine glorreiche Idee mit dem Doppel. Und ich dankte Ruth, die vorgeschlagen hatte, das Experiment in der Woche darauf zu wiederholen. Als es so weit war, drückte Kala mir zum Abschied tatsächlich ein paar Kopien in die Hand: *What they talk about when they talk about love.* Paul schaute mich verwundert an. Er konnte sich darauf keinen Reim machen, aber ich glaube, er nahm es als das, was es war: eine Art Geheimnis zwischen Kala und mir, das ab jetzt ihn und Ruth und alle anderen ausschloss. Darüber gesprochen haben wir bezeichnenderweise nie. Unser gemischtes Doppel überdauerte den Rest des Sommers, dann schlief es ein. Paul und ich akzeptierten dieses Ende mit demselben Gleichmut wie den Anfang. Mit Ruth lief nichts. Das Einzige, was mich heute noch an ihn erinnert, ist ein alter Taschenkalender mit seiner Telefonnummer: Snyder – Ihr zuverlässiger Experte rund ums Dach.

Von da an segelten Kala und ich unter unserer eigenen Flagge. Ich ließ mich breitschlagen, sie in ein blutleeres Abendseminar zur amerikanischen Gegenwartsliteratur zu begleiten (*tatsächlich indiziert die Werkchronologie eine systematisch gestufte Schaffensentwicklung, was auf eine Wechselwirkung zwischen geistigen Einflussfaktoren und der in den jeweiligen Zeitraum fallenden literarischen Produktion schließen lässt*), dafür stürzte Kala sich mit mir ins Filmfest von Toronto, süchtig nach bewegten Bildern (als sie nach einer australischen Produktion – ziegenbärtiger Surfer kurvt mit verbeultem VW-Bus auf der Suche nach der ultimativen Welle die Küste entlang und wird dabei immer solipsistischer – wissen wollte, ob die Welle den Zusammenstoß mit dem eigenen Unbewussten symbolisiere, drückte ihr der Regisseur die Karte von seinem Hotel in die Hand), und einmal unternahmen wir sogar einen Abstecher zu den Niagarafällen, wo wir uns wie kleine Kinder aufführten und eine Unmenge von Fotos schossen, auf denen nur Kala oder ich, aber nie wir beide zu sehen waren.

In dieser Phase träumerischer Verliebtheit befiel mich manchmal, wenn Kala sich von mir verabschiedet hatte oder ich abends im Bett lag und in der sehnsuchtsvollen Dunkelheit auf das Klingeln des Telefons wartete, aus heiterem Himmel die Angst, sie könnte genauso unverhofft, wie sie in mein Leben hereingeschneit war, wieder daraus verschwinden. Aber je länger dieses Schreckensszenario auf sich warten ließ, desto klarer sah ich meinen eigenen Anteil an der ganzen Entwicklung. Am Ende spürte ich zum ersten Mal in meinem Leben den drängenden Wunsch, meine Unverbindlichkeit hinter mir zu lassen und *Nägel mit Köpfen zu machen.*

Sechs Monate später waren wir verheiratet. Im Nachhinein kommt mir die Geschichte immer noch vor wie ein Traum. Nicht nur wegen der Hochzeit – Kala bestand auf Ruth als

Trauzeugin –, das auch. Sondern weil ich imstande war, meinem Leben von heute auf morgen eine neue Richtung zu geben. Ich hatte das Vertrauen, zu handeln und Konsequenzen auf mich zukommen zu lassen. Ich war noch nicht infiziert vom Bazillus des sorgfältigen Abwägens, bei dem man Entscheidungen erst dann trifft, wenn man genügend Argumente für beide Seiten gesammelt und darüber jedes klare, eindeutige Gefühl schon längst verloren hat. Ich katapultierte mich einfach hinaus in ein Universum voller Hoffnungen – Hoffnungen, die sich vielleicht nicht alle erfüllen würden, auf die einzulassen allein aber schon lohnend genug war.

Übrigens habe ich die Kopien, die Kala mir damals auf dem Parkplatz in die Hand drückte, gehütet wie meinen Augapfel – für mich waren sie so etwas wie das Faustpfand für unser Beziehungsglück. Irgendwann fielen sie einer Renovierungsaktion im Erdgeschoss zum Opfer, zumindest konnte ich sie nirgends mehr auftreiben, bis unser diesjähriger Frühjahrsputz sie wieder zu Tage förderte. (Sinnigerweise steckten sie in einer Taschenbuchausgabe von Raymond Carver mit dem Titel *Fires*. Auf die Innenseite des Einbands hatte jemand mit Bleistift gekritzelt: *Keep them burning*. War das Kalas Handschrift?)

Bevor ich weiter darüber nachdenken konnte, raste ich auf einen dunklen Punkt in meiner Vergangenheit zu, der den ganzen Zauber und die ganze Erschütterung freilegte, die dort begraben waren. Und während ich darauf wartete, dass eine freudige Erregung einsetzen würde – zweifellos das Gefühl, das ich den Umständen entsprechend als angemessen bezeichnet hätte –, geschah ... ja, geschah das genaue Gegenteil. Eine diffuse Traurigkeit schnürte mir die Kehle zu. Plötzlich kam ich mir entsetzlich alt vor – gefangen von dem Moment, in dem du dich dabei ertappst, wie du in den Briefen deiner verflossenen Jugendliebe schmökerst oder im Keller die Fotoalben *von damals* durchforstest. Und mit einem Mal wird dir bewusst, was seitdem alles passiert ist oder nicht passiert ist oder passieren hätte können. Regungslos lehnte ich am Regal, die Kopien in der Hand. Zurück ins Buch legen wollte ich sie nicht, jetzt, wo sich ihre Bedeutung für mich schlagartig verändert hatte. Einfach wegwerfen wollte ich sie jedoch auch nicht (mein alter Glaube an die Macht von Zeichen).

Mein kleines Problem verfolgte mich die ganze nächste Woche. Abends las ich mit Jonathan Tom Sawyer. Schließlich stand mein Entschluss fest. Ich steckte die Kopien in eine Flasche. Diese Flasche deponierte ich im Büro. An einem Freitagnachmittag, an dem es nichts mehr zu tun gab, fuhr ich wie ein Honeymoontourist zu den Niagarafällen, wo ich flussaufwärts schlenderte, bis die Besucherströme versiegt waren. Ich schaute einmal nach links, einmal nach rechts. Dann ließ ich meine kostbare Erinnerung los. Sie tauchte kurz unter, bevor sie wieder hochschnellte, sich im tosenden Strudel ausrichtete und Fahrt aufnahm. Was ich mir davon versprochen habe? Ich glaube, es tat mir gut, dass nun wieder alles offen war. Vielleicht würde jemand die Flasche finden und die Geschichte lesen. Aus einem Ende könnte wieder ein Anfang werden. Ich trank einen Kaffee im Ort, suchte nach einem kleinen Souvenir für Kala (ich fand keines), bevor ich auf dem überfüllten Parkplatz in den Wagen kletterte und mich in träumerischer Stimmung auf den Heimweg machte. Fünfundvierzig Minuten später war ich zuhause.

Mittlerweile habe ich den Jackson Square hinter mir gelassen und bin in die Queen Street abgebogen. Der Verkehr ist jetzt so dicht, wie es sich für einen Freitagmorgen gehört. Der übliche kurze Rückstau, dann geht es zügig bergauf. Unter mir läuft die Stadt in die Breite wie ein zu flüssig angerührter

Pudding. Honigfarbenes Licht strömt über die Fassaden aus Metall und Glas, die Sonne glättet die Kanten. Selbst nach all den Jahren genieße ich es, hier hochzufahren. Ich schwebe in die Denlow Avenue, den Scenic Drive entlang (wer dort wohnt, hat alles richtig gemacht), vorbei an den Vertrauen erweckenden Nachbar-passt-auf-Schildern, die hier die Straßen säumen. Am Cliffview Park ein Schwenk nach links, und schon bin ich in der Upper Paradise Road, die – das fand ich von Anfang an – ihren Namen verdient hat, auch wenn die etwas zu vorlaute Aufdringlichkeit, mit der sich Normalität hier in Szene setzt, nicht unbedingt meinem Geschmack entspricht. Rückversetzte Garagen mit automatischen Toren, die problemlos für zwei Autos und das übliche Arsenal motorisierter Gartenhelfer herhalten. Vorgärten, die sich den Luxus schmiedeeiserner Laternen für den Weg zur Haustür gönnen. Hier und da ein Segelboot, das sich unter einer robusten blauen Plane versteckt. Der Grauschopf von Nummer sechsundzwanzig steht in der Einfahrt neben seinem Rasenmäher und blickt mir nach, voll Vorfreude auf das Wochenende, das er gleich wie jeden Freitag mit dem ihm lieb gewordenen Ritual gebührend einleiten wird. Ein Hauch schwereloser, Zeit überdauernder Transzendenz streift wie der Wind durch die Blätter. *Ist Ihre Familie für ein Leben ohne Sie ausreichend abgesichert? Denken Sie an Ihre Zukunft. Kommen Sie zu uns.*

Es ist ein ruhiges Viertel, eines, das mir das Vertrauen in den Tag zurückgibt, wenn ich einmal mit schlechter Laune herauf fahre. Ich habe mich oft gefragt, ob es Zufall war, dass Paul und ich uns wieder begegnet sind. Aber ich glaube nicht an Zufälle. Und deswegen bin ich vermutlich auch hier gelandet. Genau deswegen.

Drei

Als ich auf den Parkplatz der Upper Paradise Road 118 biege, ist es zwanzig vor acht und an der Zeit, die Dinge ins Rollen zu bringen. Das Haus hier ist eines der wenigen gewerblich genutzten im Viertel – das Erdgeschoss beherbergt Rod Humphreys Anwaltskanzlei und in den Räumen darüber liegt unser Büro. Ich zwänge mich in die Lücke zwischen Walters schwarzem Grand Cherokee und Glandis' kleinem roten Honda Civic.

Ich mag Glandis sehr. In dem knappen halben Jahr, seit sie bei uns arbeitet, hat sie es geschafft, sich unverzichtbar zu machen, und ihre Stimme am Telefon setzt die Kunden unter Strom. Abgesehen von ihrer Stimme hat Glandis noch eine Menge weiterer Vorzüge zu bieten, über die ich mir entschieden mehr Gedanken machen würde, wenn ich ihr unter anderen Umständen begegnet wäre. Sie ist der Typ Frau, der es dir als Mann leichtmacht, an dich zu glauben. Einfühlsam und unterstützend. Gewillt, dir unter die Arme zu greifen und sich anzuhören, was du auf dem Herzen hast (ohne sich das später anmerken zu lassen). Zwischen den vorderen Schneidezähnen hat sie eine Lücke, die mich irritiert, wenn sie lacht. Aber genauso gut kann man sagen, dass davon ein seltsamer

Reiz ausgeht, und als sie mir irgendwann erzählte, dass sie früher einen Schönheitswettbewerb an der Highschool gewonnen hat, war mir sofort klar, warum.

Glandis lebt in einer kleinen Wohnung im North End. Ab und zu trifft sie ihren Ex, einen Zahnarzt aus Orangeville: Die beiden haben sich getrennt, weil er ihr – wie sie sagt – in Bezug auf Familie und Kinder keine verlässliche Perspektive bieten konnte. Danach ist sie auch bei ihm aus der Praxis ausgestiegen, wo sie den Empfang gemanagt hat. Als sie sich bei uns vorstellte, war sie auf der Suche nach einer soliden Ausgangsposition, von der aus sie alles Weitere in Ruhe überdenken konnte. Dabei ist es geblieben – zum Glück, denn würde es sie nicht geben, müsste man sie erfinden: Glandis organisiert das ganze Büro, vereinbart Kundentermine, unterstützt uns bei schriftlichen Angeboten und hält die Stellung, wenn wir uns auf unseren Außenterminen herumtreiben. Morgens begrüßt sie mich immer mit dem strahlendsten Lächeln. Ich bin mir sicher, ihre gute Laune rührt daher, dass sie weiß, wie sehr wir sie brauchen – und zwar in einem sehr viel umfassenderen Sinn, als ihr Zahnarzt aus Orangeville sie jemals gebraucht hätte (eine Tatsache, die sie allerdings noch nie zu ihrem Vorteil ausgenutzt hat).

»Da kommt er ja«, empfängt mich Walter, kaum dass ich die Tür aufgesperrt habe. Er steht neben Glandis vor dem großen Schreibtisch im Eingangsbereich unseres Büros, als hätte er schon sehnsüchtig auf mich gewartet.

»Ihr brütet doch was aus«, sage ich süffisant, während ich mein Jackett an die Garderobe hänge. »Oder gibt's das Empfangskomitee jetzt jeden Freitag?«

»Walter wollte von mir wissen, was das Gemeinsame zwischen einem Pfarrer und einem Versicherungsmakler ist«, sagt Glandis.

»Wunderbar – dann mal raus mit der Sprache!«

»So weit waren wir noch nicht.«

»Vielleicht hast du ja eine Antwort auf Lager«, schaltet Walter sich ein. Sein Hemd ist wie immer tadellos gebügelt. Nur die Schuhe sehen verschmiert aus; vermutlich war er mit dem Hund draußen.

»Dass sie einem so früh am Morgen keine dämlichen Fragen stellen.«

»Na komm schon.«

»Das letzte Mal, dass ich einen Pfarrer gesehen hab, ist lange her.«

»Keine faulen Ausreden.«

»Du weißt doch, dass ich nicht gern über mich selber lache.«

»Versuch's wenigstens mal.«

»Okay, okay.« Ich hebe entschuldigend die Hände. »Sagen wir ...«

»Sagen wir ...«

»... beide machen einem Hoffnung auf das ewige Leben.«

»Gut gebrüllt, Löwe!« Walter lässt sich von meinem kleinen Katz- und Mausspiel nicht weiter beeindrucken. »Du hast's von Rod, oder?«

»Von wem sonst.«

»Ich hätt's mir denken können. Er ist nicht nur ein lausiger Jurist, sondern auch ein gottverdammter Schwätzer.«

»Hey, spricht man so von seinen Freunden?«

»Immerhin hat er mir die Pointe versaut.«

»Gönn ihm den Spaß – Anwälte führen ohnehin ein ziemlich freudloses Leben.«

»Heute Abend werd ich den Spieß umdrehen, darauf kannst du dich verlassen.«

»Apropos heute Abend«, sage ich, aber im selben Augenblick zaubert Walter aus der Brusttasche seines Button-Down-

Hemds zwei Blätter, mit denen er verheißungsvoll in der Luft herumwedelt. »Eh ich's vergesse«, unterbricht er mich: »Die Wegbeschreibung. Damit ihr Jungs euch nicht verirrt.« (Neuerdings firmieren Glandis und ich unter *seine Jungs* – für Walter sind wir alle eine große Familie, auch wenn er mich nie gefragt hat, ob ich das genauso sehe.) Pflichtschuldig lasse ich mir ein Exemplar in die Hand drücken.

»So, mehr wollt ich nicht.« Ein überraschender Seufzer steigt aus den Tiefen seiner Kehle. »Und jetzt verschwind ich wieder! Schließlich muss ich Port Dover noch auf den Ansturm der Massen vorbereiten.« Sein Lächeln wirkt ein wenig matt, fast schon gequält – bilde ich mir das ein oder geht die vorübergehende Umwidmung seines Ausweichdomizils selbst an einem Routinier wie ihm nicht spurlos vorüber? Aber Walter hat sich schon wieder gefangen – wenn ich ihm seine kleine Schwäche nicht ohnehin nur angedichtet habe – und schiebt sich mit einer entschlossenen Bewegung nach draußen: »Ich zähl auf euch!«

»Ich hätte nicht gedacht, dass ihm an unserem Kommen so viel liegt«, sagt Glandis achselzuckend. Wir stehen ein wenig verloren nebeneinander wie Gäste auf einer Cocktailparty, die sich an ihre Gläser klammern und hoffen, dass in Kürze das Buffet eröffnet wird. Unten fällt die Haustür ins Schloss.

»Sieht ganz danach aus.«

»Wirst du rausfahren?«

»Ich glaube, Walter wär enttäuscht, wenn ich's nicht tun würde.«

Genau wie Kala enttäuscht sein wird, wenn ich's tue. »Wie hält Michelle das eigentlich aus?« war ihr einziger Kommentar, letzten Herbst, nach der Fünfzehn-Jahr-Feier, wo Walter sie in ein ellenlanges Gespräch über Gesundheitsvorsorge verwickelt hat. Er schafft es, auf jedem Gebiet den Experten zu spielen, charmant, aber manchmal schwer erträglich, besonders für Kala, die dahinter nur ein weiteres Zeichen trauriger Selbstbezogenheit wittert. Trotzdem: Ich kann den Abend nicht einfach sausen lassen, weil meine Frau meinen Chef auf dem Index hat.

»Sag doch, dass dein Bruder zu Besuch ist.«

»Und wie erklär ich Walter, warum ich ihn nicht einfach mitbringe?«

»Musst du ihm eigentlich alles erklären?«

»Ihm nicht, aber dir offensichtlich schon.«

»Ich versteh nicht, was du damit sagen willst?«

»Hör mal, ein paar Stunden Port Dover! Wir können unsere Freunde doch nicht alle danach beurteilen, wie sie ihr Privatleben handhaben.«

»Walter zählt aber nicht zu meinen Freunden.«

»Ich arbeite nur zufällig seit acht Jahren mit ihm zusammen.«

»Du tust ja so, als ob mir die Entscheidung leichtfallen würde.«

»Überleg es dir wenigstens noch mal.«

»Wenn du dich damit besser fühlst.«

Oh ja, ich fühle mich besser damit – auch wenn ich fürchte, dass das an Kalas Entschluss nicht viel ändern wird.

»Begeistert hörst du dich ja nicht gerade an.« Glandis holt mich zurück in die Wirklichkeit.

»Stimmt«, sage ich. Ich falte Walters Blatt auf, weil ich nicht weiß, was ich sonst tun soll: eine vereinfachte Skizze von Port Dover. Er hat den Weg, den wir nehmen müssen, gestrichelt (zweimal abbiegen, das war's) und die Stelle, an der sein Cottage thront, mit einem roten X markiert. Das Ganze erinnert mich eher an eine Schatzkarte als an eine Wegbeschreibung, aber womöglich hatte Walter ja genau so was im Sinn. (Leider kann ich mit seiner Art von Humor manchmal nicht besonders viel anfangen.)

»Port Dover hin oder her«, sagt Glandis, »jedenfalls bin ich froh, dass du hier bist.« Sie hat den Platz neben mir inzwischen gegen den Drehstuhl hinter ihrem Schreibtisch eingetauscht. »Wenn ich das mal so offen sagen darf.«

Kann es an einem Freitagmorgen ein schöneres Kompliment geben? Ich würde jetzt gern mit einem zwar nicht über die Maßen erwartungsvollen, aber halbwegs ernsthaften und zufriedenen Gefühl von *Packen-wir-es-also-an* hinüber in mein Büro schlendern, dort in lange eingeübter, zielsicherer Routine die Erfordernisse des Tages abschätzen und beiläufig planen, wie viel persönlicher Einsatz notwendig wäre, um in ein paar Stunden mit wohlverdienter Erleichterung ins Wochenende aufzubrechen. Aber es gelingt mir nicht, und schuld daran ist Glandis, die im Licht der Deckenstrahler auf einmal aussieht wie jemand, der eine schlechte Nachricht erhalten hat, die er erst noch verdauen muss. (Kein Strahlen mehr, kein Lächeln.)

»Robert«, sagt sie, seltsam tonlos, »hast du in deinem Leben schon mal was gemacht, das dir absolut idiotisch vorgekommen ist?« Sie dehnt die Worte, als würde sie selbst noch darüber nachdenken, was sie gerade sagt. »Ich meine ... etwas, das du schon ein paar Minuten später wieder bereut hast?«

»Nun«, sage ich mit gespielter Leichtigkeit, »ich hab geheiratet. Außerdem hab ich mir dieses Büro zum Arbeiten ausgesucht. Und ich hab tatenlos dabei zugesehen, wie *du* dir dieses Büro zum Arbeiten ausgesucht hast.« Ich weiß nicht recht, worauf Glandis hinaus will – solche Themen gehören nicht unbedingt zu unserem Standardrepertoire.

»So mein ich's nicht.« Glandis hat die Unterarme auf die Tischplatte gestützt und dreht einen unserer Give-away-Kugelschreiber zwischen Daumen und Zeigefinger hin und her. Ich wundere mich, dass sie in ihrer dünnen roten Bluse nicht friert: Sie hat kurze Ärmel.

»Ich mein das Gefühl, dass du eine Entscheidung getroffen hast, die richtig war«, sagt sie und legt den Kugelschreiber abrupt auf den Wochenkalender, in dem sie unsere Außentermine notiert. »Dann wirfst du sie um, obwohl du genau weißt, dass du das nicht tun solltest. Und plötzlich verlässt dich der Mut, noch ein drittes Mal an die Sache ranzugehen.«

Ich bin zwar immer noch nicht schlauer, aber ein Vorlauf wie dieser – das sagt mir die Erfahrung – deutet auf eine eher prinzipielle Angelegenheit hin. »Wie wär's«, sage ich, um einen aufmunternden Tonfall bemüht, »wenn du erst mal ein, zwei Nächte über die Sache schläfst?«

Noch besser wär's, ich würde einfach meinen Mund halten. Aber in gewisser Weise fühle ich mich Glandis verpflichtet. Erstens, weil ich sie mag. Und zweitens, weil es jetzt zu spät ist, sich mit ein paar billigen Ausflüchten aus der Verantwortung zu stehlen. (Manchmal können wir anderen besser helfen als uns selbst, und dagegen ist nichts einzuwenden.)

»Tut mir leid, dass ich so um den heißen Brei herumrede.« Glandis starrt mit dunklen Augen vor sich hin. »Genauso wie's mir leidtut, dass ich dich überhaupt damit behellige, verzeih. Es ist nur so, dass ich gestern mit Raymond beim Essen war. (Raymond ist ihr Kiefergrabscher aus Orangeville.) Und ..., na ja ... dabei hat er mich gefragt, ob wir es noch mal miteinander probieren wollen.« Sie fixiert die Tastatur ihres Computers, als wäre von dort Hilfe zu erwarten. »Jedenfalls ...« – ich halte die Luft an, obwohl mir bereits dämmert, was jetzt kommt –, »jedenfalls«, wiederholt sie, »hab ich *ja* gesagt.«

Geschafft! Glandis' Körper verliert seine Spannkraft, was ihn seltsam wehrlos wirken lässt.

»Verrückt, was?«, seufzt sie, das Gesicht verschattet, als hätte sie ihre Seele an den Teufel verkauft.

»Ich fürchte schon«, sage ich mitfühlend.

Ich will nicht, dass sie glaubt, all das würde mich nicht interessieren (das tut es). Es ist nur so, dass ich mit einem Mal ziemlich ernüchtert bin. Irgendetwas an dieser Geschichte gefährdet meine Zuversicht. Was Glandis passiert ist, kommt mir plötzlich wie ein ziemlich gutes Beispiel dafür vor, was uns allen passieren kann: dass wir mit einer mutigen Konsequenz liebäugeln, die unser Leben auf ein neues Gleis setzen soll, und dann im allerletzten Augenblick die Finger davon lassen. Meine Augen wandern quer durch den Raum zum Fenster, auf das von der Sonne beschienene Haus gegenüber: Dort draußen, so viel steht fest, lauern jede Menge unliebsame Überraschungen, die nur darauf warten, auch stabilere Charaktere wie mich von den Beinen zu holen.

»Robert?«, sagt Glandis leise. »Was denkst du jetzt?«

In ihrer Stimme schwingt ein Anflug von Resignation mit. Keine Frage: Sie wartet auf eine Reaktion von mir, eine Art reinigendes Donnerwetter, das ihr keine andere Wahl lässt, als jetzt sofort, in diesem Augenblick, Stellung zu beziehen. Und natürlich sollte ich etwas sagen, um überhaupt etwas zu sagen, und nicht nur stumm herumstehen wie ein Fisch. Wenn ich sie jetzt hängen lasse, hätte ich mir mein Mitgefühl von Anfang an sparen können.

»Versteh mich nicht falsch ...«, sage ich.

»Nur zu!«

»... aber ich denke, dass man eine Situation wie die, in die du geraten bist, nach Möglichkeit vermeiden sollte.«

Was ich noch denke, aber besser nicht sage: dass ich mir

Sorgen um ihre Entschlossenheit mache. Dass sie – wenn sie nicht aufpasst – gerade dabei ist, sich zwischen alle Stühle zu setzen. Dass ich der Meinung bin, man sollte sich – wenn man mit seinem Latein am Ende ist – über die Alternativen ziemlich schnell im Klaren sein: Entweder man lässt alles beim Alten und versucht damit klarzukommen. Oder man schneidet das Band durch, ohne pausenlos zurückzuschauen. (Für einen solchen Luxus bleibt später, wenn das Gröbste überstanden ist, immer noch genug Zeit.)

»Du hast Recht; ich schätze, ich hab's einfach vergessen.« Glandis versucht zu lächeln, aber es gelingt ihr nicht besonders. »Jedenfalls hab ich die ganze Nacht kein Auge zugetan.«

»Kann ich mir vorstellen.«

Es gehört nicht viel Phantasie dazu, sich auszumalen, wie die Sache abgelaufen ist:

Raymond hat Glandis in irgendein piekfeines italienisches Restaurant in Ancaster oder Grimsby oder Stoney Creek eingeladen, das gerade aktuell ist. Sie sitzen an einem sehr privaten, sehr intimen Tisch nur für zwei, flankiert von kunstvoll dekorierten Servietten aus Stoff und weißen Kerzen in albernen Kerzenhaltern. Raymond bestellt ohne großes Zögern den besten Wein, den die Karte hergibt. Später – die Teller sind abgeräumt, das Dessert serviert – räuspert er sich bedeutungsvoll und wartet, bis Glandis den Ernst der Situation erkannt hat. Mit großer Bewegtheit und einem gelegentlichen Druck auf die Tränendrüse hält er sein Plädoyer, schlägt den Bogen von dem, was war, zu dem, was sein könnte – ein hoffnungsvoller Neuanfang, einer, der unter absolut verantwortungs- und respektvollen Vorzeichen steht. Er sieht ihr in die Augen. Er wartet auf eine Antwort. Oh Glandis! Sie hat ein bisschen viel getrunken. Ihr Kopf fühlt sich so leer an – heute Abend hat sie an alles und nichts gedacht. Raymond hält immer noch sein Glas in der Hand, also hebt sie es auch: Der Klang der Gläser dringt an den Rand ihres Bewusstseins, bevor er im Stimmengewirr der Nachbartische untergeht. *Ja.* Sie hört sich wie von fern. Ja ja ja ja ja. Hat sie wirklich ja gesagt? Eigentlich spürt sie nicht viel. Doch etwas um sie herum wird Realität. Etwas um sie herum verfestigt sich langsam.

Einen Moment lang frage ich mich, ob ich Glandis' Benehmen nicht für eine versteckte und unangebrachte Sehnsucht nach einem Happy End mit Raymond halten soll, gepaart mit der naiven Hoffnung, dadurch ein paar unangenehme Entdeckungen des Erwachsenenlebens wieder loszuwerden. *Frau kehrt zurück zu Mann, der sie schützt, weil sie nicht weiß, was sie will.* Doch dann verwerfe ich den Gedanken wieder. Ich muss sagen, dass ich Glandis nicht im Geringsten beneide und um nichts in der Welt mit ihr tauschen möchte. Aber ich fühle mich ihr kein bisschen überlegen. Und wer behauptet, dass er gegen solche Wechselfälle des Lebens gefeit ist, den halte ich für einen Lügner oder Phantasten oder beides.

»Was hab ich mir nur dabei gedacht?«, sagt Glandis mit einem ungläubigen Blick zur Decke. »Mein Gott, was hab ich mir nur dabei gedacht!«

Sie steht kurz davor, sich in eine heftige Enttäuschung über sich selbst hineinzusteigern. Ich würde sie gern beruhigen. Ihr das Gefühl vermitteln, dass es für eine Kehrtwende noch nicht zu spät ist (auch wenn die Sache in ihrem Kopf womöglich einen ganz schönen Schaden angerichtet hat).

»Immer mit der Ruhe«, sage ich eine Spur lauter als geplant, wobei ich ihr einen Blick zuwerfe, der ausdrücken soll, dass meine Betroffenheit nicht ewig anhält. »Du hast vielleicht voreilig gehandelt – okay. Aber Fehler machen wir alle. Und wer seine Fehler erkennt, hat auch die Chance, sie zu korrigieren.«

»Meinst du wirklich? Wenn ich nur nicht so durcheinander wäre!« Glandis schüttelt den Kopf. Ihre Schultern sind nach vorn gesunken. Kein Mensch würde auf den Gedanken kommen, dass diese Frau es fertigbringt, unseren Kunden mit einer simplen Dosis Telefon den Schlaf zu rauben. (Die meisten von ihnen, da bin ich mir sicher, würden ein Treffen mit ihr für die entschieden verlockendere Zukunftsperspektive halten als einen getätigten Vertragsabschluss, aber von mir können sie in der Hinsicht keine Hilfe erwarten.)

»Ja«, sage ich, »das meine ich wirklich. Und noch was: Es wundert mich kein bisschen, wie du dich fühlst. Schließlich war gestern Abend weiß Gott nicht der geeignete Zeitpunkt, um eine Entscheidung von dieser Tragweite zu treffen. Vielleicht täusche ich mich ja, aber nach allem, was ich von dir weiß, würdest du das normalerweise auch nicht tun.«

»Danke, Robert«, flüstert Glandis erleichtert und dann, schon lebhafter: »Genau das ist es, was mich so durcheinanderbringt. Wie konnte das bloß passieren? Ich hatte ein richtig klares Gefühl – bis gestern jedenfalls. Ich meine ... ich wusste, dass Raymond und ich zusammen kein Glück haben werden. Und jetzt ist dieses Gefühl auf einmal wie weggeblasen.«

Arme Glandis. Erst misstraut sie dem Moment im Restaurant, als sie ja sagt. Und dann misstraut sie auch noch sich selbst und lässt ihr mühsam aufgebautes Ich-kann-es-alleineschaffen-Gebäude einstürzen wie ein Kartenhaus.

»Die Frage, wie das passieren konnte«, sage ich, »bringt dich nicht weiter. Jetzt kommt es darauf an, das Beste daraus zu machen – was immer das in deiner Situation sein mag.«

Ich kann mich nicht entschließen, Glandis einen Rat zu geben, auch wenn ich ihn ihr geben könnte: Ich würde Raymond und seine Zahnarztpraxis in die Wüste schicken. Aber ich habe mich schon weit genug aus dem Fenster gelehnt. Außerdem sind die meisten gut gemeinten Ratschläge dieser Art nichts, worauf man sein Leben bauen sollte – es sei denn, man möchte anschließend jemand anderen dafür verantwortlich machen.

»Ich weiß nicht, was los war«, sagt Glandis zögernd, »gestern Abend, mit Raymond – meine Güte, ich glaube tatsächlich, dass ich einfach schrecklich sentimental war.« Sie fährt sich mit der Hand übers Gesicht, als wollte sie eine Träne wegwischen.

»Wer von uns wäre das in so einer Situation nicht«, tröste ich sie. »Wir wünschen uns doch alle einen zweiten Anlauf, um die Dinge besser zu machen als beim ersten Mal.«

Im Grunde geht es nicht um ein paar Kompromisse hier oder da – früher oder später stößt man bei *jeder* Entscheidung auf das, was man ursprünglich *nicht* haben wollte. Worum es geht, ist, die grobe Richtung festzulegen und dann die Segel voll in den Wind zu stellen (aber dafür ist es ja vielleicht auch bei ihr noch nicht zu spät).

»Robert?«

»Ja?«

»Wie war das bei deiner Frau und dir? Hattest du je das Gefühl, dass du nicht genau weißt, ob du sie liebst oder nicht?«

»Um ehrlich zu sein«, sage ich, »hab ich mir die Frage nie gestellt. Am Anfang nicht und auch jetzt nicht. Nenn es Selbstverständlichkeit oder Bequemlichkeit oder Glück. Ja, ich glaube, ich hatte wohl einfach eine Menge Glück.«

Glandis sieht mich mit großen Augen an. Vielleicht hat sie sich eine andere Antwort erhofft. Eine, die mich als Sachverständigen ausweist, der im gefährlichen Fahrwasser der Liebe wiederholt ins Kentern gekommen, aber nie über Bord gegangen ist und deshalb weiß, wovon er spricht. Aber damit kann ich nicht dienen. Ich habe ohnehin den Eindruck, alles gesagt zu haben, was ich mit einem gewissen Abstand zu der Sache sagen kann. Glandis trommelt mit den Fingernägeln auf die Schreibtischplatte. Sie überlegt, ob sie mit dem, was ich ihr gesagt habe, etwas anfangen kann. Ob ich ein stichhaltiger Beweis dafür sein könnte, dass es auch mit ihr bald wieder aufwärtsgeht.

»Anscheinend hab ich einfach noch nicht das große Los gezogen.« Ihre Miene hellt sich auf.

»Das gefällt mir schon besser.« Ich hätte es schade gefunden, Glandis den Rest des Tages in gedrückter Stimmung zu erleben. »Was hältst du von einem Neustart mit einer Tasse Kaffee?« Gespräche wie diese sind eigentlich nie zu Ende – deshalb ist es umso wichtiger, im richtigen Moment damit aufzuhören.

»Warum nicht?«, sagt Glandis und zwinkert mir zu. »Vielleicht hilft's ja.« Sie steht auf und zupft mit den Händen ihre Bluse zurecht. Die gefährlichsten Klippen sind umschifft. Sie wirkt wieder zuversichtlicher, so, als hätte sie sich etwas vorgenommen oder einen Entschluss gefasst. »Danke fürs Zuhören«, sagt sie. »Du hast mir wirklich geholfen. Weißt du, ich hatte ein bisschen Bammel vor dem Wochenende. Wenn Raymond sich meldet. Jetzt geht's schon wieder besser.«

»Das freut mich«, sage ich, froh darüber, dass ich meinen Teil dazu beigetragen habe, ihre Sicht auf das Leben um ein paar hoffnungsvolle Blickwinkel zu erweitern.

Ich lasse sie mit ihrer neu gewonnenen Perspektive allein und verschwinde in der Küche. Seit neuestem versüßt uns ein Hightech-Gerät mit fünf verschiedenen Varianten Kaffee die Pausen. Cremig, mit viel Milch? In dem Fall vermutlich das Beste. 120 Sekunden, verspricht das digitale Display, während im Innern des mattschwarzen Gehäuses die Heizspirale zu schnauben beginnt; parallel dazu rasseln die Bohnen ins

Mahlwerk. (Gott sei Dank entschädigt einen der Duft für den Lärm, den das Ding dabei veranstaltet.) Vielleicht, denke ich, während ich ein trostloses Bild an der Wand mustere, auf dem alle möglichen Gemüsesorten abgebildet sind (längs aufgeschnittene Zucchini, pickelige Kürbisse, der fleischige Kopf eines Blumenkohls – darunter die genaue Angabe ihres saisonalen Vorkommens und ihrer Garzeit), befindet sich Glandis an einem Punkt, an dem die Dinge auseinanderzulaufen scheinen, statt sich zusammenzufügen. Nach der Scheidung ist vor der Scheidung: Du hast dich von ein bisschen Ballast der Vergangenheit befreit, bevor alles wieder von vorn anfängt. Der einzige Trost liegt darin, dass es einen immer noch weiterbringt, dieselben Fehler mit einem anderen Menschen *noch einmal* zu machen, statt sie mit ein und demselben bis zum Abwinken zu wiederholen – das erhöht die Chance, dass dir irgendwann aufgeht, dass bestimmte Probleme womöglich auch an dir liegen, doch um einiges.

Die 120 Sekunden sind um; auf dem Weg zurück muss ich mich konzentrieren, damit ich nichts verschütte. Glandis sitzt mit einem erwartungsfrohen Gesichtsausdruck am Schreibtisch. Sie ist schnell ins Bad gehuscht, um sich frisch zu machen. Dabei hat sie die Vergangenheit gleich wieder mit der Gegenwart getauscht, eine Fähigkeit, um die ich sie beneide, denn sie schützt dich davor, bei wehleidigen Erklärungsversuchen, schwermütigen Grübeleien und allerlei anderen rückwärtsgewandten, nostalgischen Ausflüchten hängen zu bleiben.

»Vorsicht, heiß«, sage ich und reiche ihr die Tasse. Und ich muss daran denken, dass sich draußen über dem Haus ein blauer Himmel spannt und dass es später dreißig Grad haben wird und dass Kala und ich morgen immer noch etwas unternehmen könnten und dass das Leben einfach immer Höhen und Tiefen für uns bereithält und dass es das Wichtigste ist, nicht den Kopf in den Sand zu stecken, sondern darauf zu vertrauen, dass nichts ewig dauert, auch das Unglück nicht, und dass einen dieser Gedanke zwar ganz schön erschrecken kann, aber zugleich auch eine sehr beruhigende Vorstellung ist.

Vier

In meinem Büro blinkt ein einsames Licht: der Anrufbeantworter. (Während Glandis und ich drüben über die Möglichkeit eines Lebens ohne Reue sinnierten, klingelte zweimal das Telefon.)

»Papa?« Eine unsichere Pause. »Bist du da?« Aus dem Hintergrund die Stimme von Kala, die Jonathan sagt, dass er etwas aufs Band sprechen soll. Schweigen. Anscheinend überlegt Jonathan, was er sagen wollte. Oder er hat keine Lust, seine Neuigkeiten zu verraten, wenn niemand ihm zuhört; normalerweise sprudelt er drauflos wie ein Wasserfall.

»Weißt du was?« Ein neuer Anlauf. »Ich kann schon alleine zu Mrs. Duncan gehen. Ich hab's vorhin ausprobiert, Mama hat mir Geld mitgegeben.« Mrs. Duncan gehört die Bäckerei in der nächsten Querstraße; offensichtlich hat Jonathan dort heute Morgen für das Frühstück eingekauft. Wieder Schweigen in der Leitung, nur Jonathans Schnaufen. Er wartet auf meine Bestätigung, wie wunderbar ich das finde, aber leider kann ich sie ihm nicht geben. Im Hintergrund meldet sich Kala mit etwas, das ich nicht verstehe, es hört sich an, als hätten die beiden ein Problem. Schritte, die näher kommen, gefolgt von einem ungeduldigen »Okay, wenn du fertig bist, leg bitte auf«, und plötzlich bläst Jonathan wie wild ins Telefon, »schschschsch«, Kala will ihm wohl den Hörer wegnehmen, es klingt nach einem kleinen Gerangel, Jonathan kreischt »byyyyye!«, viel zu laut, seine Stimme überschlägt sich fast. Klick.

»Hallo, Mr. Ames, hier George Morgan. Ich würde mich nächste Woche gern mit Ihnen treffen. Passt es Montag? Rufen Sie mich doch kurz zurück.« George Morgan, selbständiger Geschäftsmann, verheiratet, keine Kinder, achtundvierzig Jahre alt. Das Alter ist in unserem Metier etwas, worüber man offen spricht, der Schlüssel zu einer ganzen Reihe verschachtelter, düsterer Berechnungen über Monatsbeiträge, Vertragslaufzeiten und Todesfallsummen. Am Anfang hat mich der Zwang zu so viel nüchterner Offenheit deprimiert, bis mir nach und nach aufging, dass manche Menschen geradezu dankbar dafür sind, ihr Leben auf einer abstrakten Ebene in ein paar Zahlenkolonnen zu zerlegen, bei denen persönliche Befindlichkeiten keine Rolle spielen.

Die Morgans sind ein Opfer unseres Frühjahrsmailings. Walter hatte eine Partie im Glendale Golf & Country Club dafür genutzt, die Datenbank einer Firma, die auf Gartenpflege und leichte Hausmeistertätigkeiten spezialisiert ist, an Land zu ziehen und im Gegenzug dafür unsere zu verhökern. Für ihn firmiert das Ganze unter dem Stichwort *strategische Kooperation*. Es ist verblüffend, aber die Adressen sind pures Gold; anscheinend interessieren sich Leute, die Wert darauf legen, dass ihnen jemand den Rasen mäht, die Rosen zurückschneidet oder das Laub in großen Säcken vom Grundstück schafft und auf einen Pick-up wirft, sehr dafür, auch sonst nichts dem Zufall zu überlassen. George Morgan jedenfalls hatte mit der beiliegenden Antwortkarte unsere Ratgeberbroschüre angefordert. Damit war er automatisch ins Visier von

Glandis geraten, die in ihrer sanften Beharrlichkeit nicht eher ruhte, bis sie ihn eines Tages zu mir durchgestellt hatte – mit dem Ergebnis, dass George und ich ein unverbindliches Treffen vereinbarten.

Dieses Treffen liegt jetzt drei Monate zurück. George lud mich damals ein, ihn am frühen Nachmittag in seinem Geschäft direkt hinter der Kunstgalerie zu besuchen. Die Sonne hatte sich an diesem Tag schon am Morgen durch die Wolken geboxt, und als ich um Viertel vor drei in den Wagen stieg, freute ich mich über den ersten richtig warmen Frühlingstag. Ich parkte mein Auto beim Jackson Square. Dann machte ich mich auf die Suche nach der angegebenen Adresse.

Dahinter verbarg sich eine ziemlich noble Starbucks-Variante, die sinnigerweise *George's* hieß: kleine runde Stehtischchen aus Aluminium, bestückt mit Zuckerdose und Milchkännchen in schlichtem weißen Porzellan; an den Längsseiten des Raumes und der Fensterfront – von der Eingangstür unterbrochen – eine umlaufende Bank aus Kirschholz. Sitzkissenbezüge in Orange. Kniehohe Kunststoffhocker zum Abstellen der Teller und Tassen. Die moderaten Öffnungszeiten (Montag bis Freitag zehn bis achtzehn, Samstag bis dreizehn Uhr; Sonntag geschlossen) deuteten darauf hin, dass George von seiner Geschäftsidee leben konnte. »Mr. Ames«, sagte er nur, kaum dass ich den Laden betreten hatte – offenbar klaffte zwischen seinen Standardgästen und mir eine ausreichend große Lücke zur Identifizierung. Bevor ich meinen Mund aufmachen konnte, organisierte George aus einer Vitrine, hinter der eine junge Frau einen flachen Kuchen in provozierend schmale Stücke schnitt, zwei apricotfarbene Schälchen, mit denen er an einem der Tische Position bezog.

»Darf ich Sie überreden?«

»Wer sagt, dass Sie mich überreden müssen?«

Nach dieser sympathischen Eröffnung löffelten wir in aller Ruhe an unserer Mousse au Citron, sprachen über kalifornische Weine, die Risiken im Catering-Service und eine Fotoausstellung von Duane Michels drüben in der Kunstgalerie. Als ich eine Dreiviertelstunde später hinaus auf die Straße trat, hatte ich zwar seine Visitenkarte in der Hand, war mir aber absolut nicht sicher, ob ich von George Morgan je wieder etwas hören würde.

Bis er Mitte Juni plötzlich anrief. Zwei Wochen vorher, berichtete er mit stockender Stimme, war ein junger Mann kurz nach achtzehn Uhr im Laden aufgekreuzt, hatte ein Springermesser gezogen und ihm ohne Vorwarnung den Handballen aufgeschlitzt. Und das nur, weil George keine Lust hatte, freiwillig seine Kasse herauszurücken. »Alles okay?«, fragte ich besorgt. »Alles okay«, erwiderte er. Auf den ersten Blick war es das auch – wenn man von dreihundert Dollar (George achtete darauf, den Barbestand möglichst gering zu halten) und besagtem Schnitt (der im Krankenhaus mit zwölf Stichen genäht werden musste) absieht. Was George nicht erwähnte, in meinen Augen aber viel schwerer wog: dass die Gelassenheit, mit der er bisher die Kundschaft in seinen Laden kommen sah, durch diesen Vorfall einen nachhaltigen, schwer zu reparierenden Knacks erhalten hatte.

Der Gute hatte sich damit, ohne es zu wollen, selbst ein Bein gestellt, denn normalerweise lebt die Branche davon, Leute wie ihn mit genau solchen Eventualitäten zum Nachdenken zu bringen. Ich halte das nur bis zu einem gewissen Grad für legitim; das Leben ist ohnehin eine ziemlich launische, harte Angelegenheit und braucht keine bunt ausgeschmückten Übertreibungen (wenn ich mich an diesen Grundsatz halte, fühlt sich später auch niemand von mir über den Tisch gezogen). George jedoch verspürte unter dem Druck der Ereignisse den Drang, zu handeln. Was ihn am meisten belaste, gestand er mir, sei die durchschimmernde Wahllosigkeit hinter all dem; seitdem werde er den Gedanken nicht wieder los, dass seine ganzen Planungen durch einen blödsinnigen Zufall von heute auf morgen zunichtegemacht werden könnten, ja, dass seine Existenz von Faktoren abhängig sei, auf die er keinen Einfluss habe. Natürlich würden wir diesen Satz *alle* unterschreiben – bloß dass George es plötzlich nicht mehr schaffte, weiterhin munter vom Gegenteil auszugehen. Also arbeitete ich ihm ein Angebot aus.

Ich wähle seine Nummer im *George's* und er ist sofort am Apparat.

»Hallo, Mr. Morgan«, sage ich, »ich bin's, Robert Ames. Danke für Ihre Nachricht. Tut mir leid, dass ich erst jetzt zurückrufe, aber ich war in einer Besprechung.«

»Kein Problem«, sagt George. »Schließlich geht's ja nicht um Leben und Tod, oder?« Ein freudloses, dünnes Lachen, das sein Dilemma ziemlich genau auf den Punkt bringt. (Ich frage mich, warum er das macht.) »Jedenfalls hab ich mir Ihren Vorschlag in Ruhe durchgesehen.« Pause. »Ich würde es gern hinter mich bringen. Sie wissen schon, was ich meine.«

Und ob ich das weiß. George befindet sich an einem Punkt, an dem er merkt, dass sein ganzes pessimistisches Brüten über der Frage, warum ausgerechnet *ihm* so etwas passiert ist, nirgendwohin führt. Und dass eine Police ihm helfen könnte, den Blick wieder nach vorn zu richten (ohne sich später vorwerfen zu müssen, aus der Sache keine Lehren gezogen zu haben).

»Elizabeth (Elizabeth ist seine Frau) findet es übrigens auch ganz vernünftig.«

»Das hab ich mir gedacht«, sage ich aufmunternd, obwohl ich Elizabeth noch nie gesehen habe. »Ich glaube wirklich, dass Sie damit auf der sicheren Seite sind. Und dass Sie Ihren Kopf bald wieder freibekommen.« (Im schlimmsten Fall schlägt er sich damit bis ans Ende seiner Tage herum.)

»Das hoffe ich auch«, brummt George in einem schleppenden Tonfall, irgendwo zwischen Skepsis und Zuversicht. »Können Sie es einrichten, am Montag bei mir vorbeizuschauen? So gegen neun?«

»Steht schon in meinem Terminkalender.«

»Gut«, sagt George. »Ach ja, bevor ich's vergesse – ich hab die Anträge zu Hause. Im Geschäft hat man einfach nicht die nötige Ruhe. Außerdem könnte eine Unterschrift dort ein schlechtes Omen sein.« Wieder das Lachen – ich hoffe, George ist in der Zwischenzeit nicht abergläubisch geworden. »Kein großer Umweg, Mr. Ames. Sie müssen einfach noch ein bisschen weiterfahren: Richtung Westdale, über die 403. Longwood Road 22, genau gesagt. Ich hoffe, das stört Sie nicht.«

»Warum sollte es?«

»Umso besser«, sagt George. »Dann bis Montag!«

»Bis Montag!«, sage ich und lege auf.

Das Gespräch mit George hat mir gutgetan. Mit manchen meiner Kunden entwickelt sich ein fast schon freundschaftlicher Kontakt: Als hätten wir gemeinsam eine schwere Zeit durchgemacht, die irgendwann hinter uns liegt, uns aber immer noch verbindet. Man begegnet sich in einer besonderen Phase des Lebens, die man nicht voreinander verheimlicht. Man lässt den anderen spüren, dass seine Probleme genauso gut die eigenen sein könnten und dass man weiß, wovon er spricht. Man nimmt auf eine zurückhaltende Weise Anteil und kommt sich nahe, aber – und das ist das Beruhigende – nicht so nahe, dass man am Ende nicht mehr sagen kann, wo man selber steht und wo der andere, etwas, was dir in der Liebe pausenlos passiert (und anschließend dazu führt, dass du dich trennst, um es wieder herauszufinden). Die schräg einfallende Sonne taucht das Durcheinander auf meinem Schreibtisch in ein warmes, freundliches Licht. Ich schaufle mir eine Fläche frei, die groß genug ist für die Mappe mit der aktuellen Post und allem, was sonst noch ansteht, als das Telefon klingelt. Interner Ruf; es ist Glandis.

»Entschuldige Robert, aber ich hab vorhin ganz vergessen, dir zu sagen, dass Walter dich bittet, einen Termin für ihn wahrzunehmen – Riverdale, Evelyn Street sechs. Er hat gerade noch mal deswegen angerufen.«

»Um was geht's denn?«

»Die Familie heißt Rutherford«, sagt Glandis. »Walter hat gesagt, du sollst unsere Standardangebote vorstellen, mehr nicht.«

»Okay«, sage ich, »und wann soll das Ganze stattfinden?«

»Um elf«, sagt sie. »Du hast also noch ein bisschen Zeit.«

»Zeit wofür?«

»Für die Arbeit, die ich dir gleich bringe.«

Fünf

Um Viertel nach zehn verlasse ich das Büro. Vor der Haustür empfängt mich ein warmer Luftzug, vermischt mit dem Duft frisch gemähten Rasens. Ein paar Tauben flattern vom Asphalt hoch, als sie mich näher kommen sehen. Im Sommer verwandelt sich unser Parkplatz ab zwölf in einen Glutofen, früher habe ich den Wagen mittags manchmal umgeparkt (außerdem lag immer ein zweites Hemd auf der Rücksitzbank). Was für ein Anachronismus – inzwischen werfen sie dir die Klimaanlagen schon in der unteren Mittelklasse ohne Aufpreis hinterher, Sommer werden wie Winter, das Wetter verliert seine Bedeutung.

Riverdale liegt im äußersten Osten Hamiltons, fast schon in Stoney Creek. Für die Fahrt dorthin brauche ich zwanzig, allenfalls fünfundzwanzig Minuten – wenn ich den Weg über die Innenstadt nehme, ein paar Minuten länger. Walter scheint sich mit seinem Zeitplan für heute übernommen zu haben; vermutlich wollte er den Termin selbst wahrnehmen, hat es sich dann aber in letzter Minute anders überlegt. Der Einfachheit halber entscheide ich mich gegen die Innenstadtvariante. Stattdessen tuckere ich die Upper Paradise Road stadtauswärts bis zur Rymal Road. Irgendwann habe ich damit angefangen, meine Routen zu variieren, inzwischen würde ich einen passablen Taxifahrer abgeben, außerdem kann es nicht schaden, seine eigene Stadt von allen Seiten unter die Lupe zu nehmen.

Hamilton, Ontario. Dreihundertzwanzigtausend Einwohner (laut Ortsschild), ein ziemlich langer Uferstreifen an den Großen Seen (der irgendjemand irgendwann auf die glorreiche Idee gebracht hat, die kanadischen Eisenerze ausgerechnet hier zu einem Haufen Blech zu verarbeiten), dazu ein monströser Highway, der sich nordwärts den Ontariosee entlang nach Toronto frisst, während im Osten in ungefähr derselben Entfernung die Niagarafälle liegen: Böse Zungen behaupten, damit hätte es sich auch schon. Während der Sommermonate, wenn auf dieser Route wieder mal die Hölle los ist – obwohl auf ihr eigentlich immer die Hölle los ist –, kann es passieren, dass du downtown auf ein paar versprengte Touristen stößt, Digitalkameras schwenkende Asiaten oder übergewichtige Amerikaner in khakifarbenen Westen und Joggingschuhen (die Industrie hilft einem, Fitness zu suggerieren, wo in Wirklichkeit schon längst der Verfall regiert), die wie Großwildjäger durch die Straßen streifen und einen ziemlich ratlosen Eindruck machen. Das sehenswerte alte Stadtzentrum, das ihr Reiseführer ihnen in Aussicht gestellt hat, ist nach fünf Minuten abgehakt. Und ich könnte ihnen nicht recht viel weiterhelfen, weil es mir vermutlich ganz genauso ginge. Ich könnte ihnen bestenfalls erklären, dass ihre Unschlüssigkeit einer der Gründe ist, warum ich in genau dieser Stadt meine Zelte aufgeschlagen habe: Sie gaukelt dir nichts vor, was sie nicht hält. Sie spart mit ihren Reizen (von den moderaten Grundstückspreisen und der Universität einmal abgesehen), dafür kokettiert sie ganz nonchalant mit ihren Schwächen. Wenn du vom Queen Elizabeth Way aus die riesigen Docks und Hochöfen wie auf einer Schnur aufgezogen am Ufer liegen siehst, würdest du eher an einen Ölwechsel für dein Auto als an einen Termin mit dem Immobilienmakler denken. Du musst einen inneren Widerstand überwinden. Aber kaum hast du ihn überwunden, dankt es dir Hamilton wie eine zu Unrecht verschmähte Liebhaberin. (Es ist das alte Lied: Die Dinge fangen an sich zu verändern, sobald man sie anders wahrnimmt.)

Ich kreuze Highway sechs, Walters Weg der großen Sehnsucht nach Port Dover, lasse Friedhof und Turner Park rechts liegen, immer geradeaus, bis zum Highway zwanzig, der mich von Süden wieder zurück in die Stadt trägt, vorbei an den Golfplätzen, die dem öden Areal hier draußen einen zarten Anstrich von urbanem Leben einhauchen. Wenn ich jemanden das erste Mal besuche, parke ich den Wagen immer ein, zwei Blocks entfernt und gehe zu Fuß. Das hilft mir, ein Gefühl für die Gegend aufzubauen, in der ich mich bewege – ich bin sozusagen schon ein Teil des Viertels, bevor ich auf den Klingelknopf drücke. Und dann sind da ja noch diese ersten Minuten, in denen beide Seiten nicht recht wissen, was sie miteinander anfangen sollen – spätestens dann bist du froh um ein paar unverbindliche Anknüpfungspunkte.

In der Regel bemühe ich mich, den Kunden dort abzuholen, wo er sich befindet, nicht dort, wo ich ihn gerne haben möchte – auch wenn das im einen oder anderen Fall heißt, dass ich mich zu Beginn des Gesprächs ein wenig passiv verhalte. Walters Strategie sieht sehr viel offensiver aus und in meinen Anfangsmonaten im Büro – alles lief ein wenig schleppend an, ich hatte sozusagen meinen eigenen Stil noch nicht gefunden – machte er daraus auch kein Hehl. »Ein Verkaufsgespräch lebt von deiner Initiative«, ermahnte er mich. »Lass die Leute nicht im Dunklen herumstochern, wenn du neben dem Lichtschalter stehst. Zeig ihnen, dass sie bei dir gut aufgehoben sind. Und tue mir den Gefallen und warte damit nicht, bis das Gespräch, verdammt noch mal, vorbei ist!«

Die Zeiten, in denen Walter mich mit solchen Sprüchen beeindruckt hat, gehören der Vergangenheit an; inzwischen kann ich sie einordnen (was ich damals noch nicht konnte). Walter steht auf dem nüchternen Standpunkt, dass alle Leute Probleme haben (womit er nicht ganz Unrecht hat) und dass es nur darauf ankommt, ihnen klarzumachen, dass sie sie haben; danach öffnet er sein Köfferchen und hilft ihnen, einen kleinen Teil davon mit einer Versicherung wieder aus der Welt zu schaffen. Ich dagegen höre mir an, wo der Schuh drückt, und spreche eine Empfehlung aus; viele Abschlüsse kommen allein deshalb zustande, weil meine Kunden diese Art von Offenheit honorieren. (George Morgan beispielsweise konnte ich davon überzeugen, dass das, was ihm passiert war, statistisch gesehen kein zweites Mal passieren würde und eine moderate Versicherungssumme in seinem Fall völlig ausreichend war.)

Man könnte es sich nun leicht machen und Walters und mein Vorgehen auf unser unterschiedliches Menschenbild oder unser jeweiliges Faible für eine bestimmte Art der Gesprächsführung zurückführen. So schmeichelhaft diese Interpretation für mich auch sein mag, sie übersieht, dass Walters Handeln nicht nur berechnend ist, sondern schlichtweg eine Menge mit ihm selbst zu tun hat. In seinen Augen ist jeder Vertragsabschluss ein Schritt in die richtige Richtung – unabhängig davon, ob er einen weiterbringt oder nicht. Mit anderen Worten: Es würde ihm nicht im Traum einfallen, einem Kunden *keine* Police zu verkaufen. Nicht weil er nur auf seinen Vorteil bedacht wäre (das auch); ich glaube, die Sache geht tiefer.

Walter interessiert sich nicht für den Unterschied zwischen guten und schlechten Lösungen: Er hält sich einfach an die Naheliegendste und vertraut darauf, später immer noch nachbessern zu können. Das Risiko von ein paar Schnellschüssen mutet er anderen genauso zu wie sich selbst, ja, es ist ihm allemal lieber, als gar nichts zu tun oder alles beim Alten zu lassen. Aus diesem Grund war Walter bereit, Glandis eine Chance zu geben. Und aus genau demselben Grund trennt er sich auch nicht von Michelle, denn im Augenblick setzt er darauf, mit seinem Cottage eine passable Zwischenlösung gefunden zu haben. Wenn man so will: Was Walter auf Teufel komm raus vermeidet, ist ein Moment, in dem er nicht mehr weiterweiß, in dem er sich eingestehen muss, dass eine Entscheidung notwendig ist, die ihm so oder so nicht besonders gut schmecken wird; solche Entscheidungen triffst du aber nicht, solange du dir einbildest, noch einen Pfeil im Köcher zu haben. (Manchmal ist die Kapitulation der erste Schritt zu einem Neubeginn, aber ich glaube, Walter hat die Kapitulation einfach nicht in seinem Programm.)

Dabei kündigen sich solche Momente immer irgendwie an: Das kann sich über Monate und Jahre hinziehen; manchmal geht es allerdings auch ganz schnell. Meine frühere Freundin Sue ist dafür ein gutes Beispiel. Sue engagierte sich in einer von der anglikanischen Gemeinde organisierten Jugendgruppe, die sich ziemlich großspurig *Die Menschenfischer* nannte. Als sie mir das erste Mal davon erzählte, hielt ich das Ganze für einen Scherz, dann für eine Folge ihrer Erziehung (ihr Papa sammelte Predigten von Billy Graham wie andere Leute Comics von Spiderman oder den Fantastic Four), bis zuletzt aber für eine vorübergehende Erscheinung. Liebe macht blind – obwohl ich fairerweise sagen muss, dass Sues ausgefallenes Hobby (zu dieser Einschätzung gelangte ich allerdings erst später) ihren sexuellen Reiz vielleicht sogar erhöhte.

Es kam, wie es kommen musste – nach ein paar Wochen wünschte sich Sue, dass ich sie zu den Menschenfischern begleite. Was hätte ich tun sollen? Wir waren beide siebzehn und meine Mission noch nicht beendet (immerhin hatte ich mich inzwischen zu einigen leidenschaftlichen Zungenküssen vorgekämpft). Die Unvoreingenommenheit junger Jahre führt nicht zwangsläufig zu interessanten Ergebnissen. In meinem Fall führte sie in den muffigen Kellerraum einer trostlosen Backsteinkirche, wo die versammelte Jungschar mich begrüßte wie eine verlorene Seele, die Anschluss sucht. Ob Sue dabei ihre Hände im Spiel hatte? Jedenfalls stand nach einem Liederpotpourri, zu dem ein hölzerner John-Denver-Verschnitt die Gitarre malträtierte, plötzlich das Thema *Nächstenliebe, Freundesliebe und körperliche Liebe* auf der Tagesordnung (in genau *dieser* Reihenfolge), wobei sich alle einig waren, dass Letzterer der Überbau abgehe, der den Austausch zwischen zwei Menschen wirklich wertvoll mache. Ich ergriff ein wenig Partei in eigener Sache, indem ich auf die fehlende Trennschärfe zwischen den Begriffen hinwies, besonders im täglichen Gebrauch, was darauf hindeute, dass sie auch im täglichen Leben ... verständnisvoll mitleidige Blicke von allen Seiten – *ich war noch nicht so weit.* Die Diskussion versandete; John Denver erinnerte sich an seine Gitarre und Sue unterhielt sich mit ihrem Nebenmann über *Pflanzen in der Bibel* (so der Titel des demnächst stattfindenden Vortrags im Gemeindehaus). Als wir aufbrechen wollten, blockierte der schmallippige Theologiestudent, der die Runde geleitet hatte, beherzt die Treppe und streckte mir sein abgegriffenes Neues Testament entgegen: »Es will zu Ihnen und es gehört zu Ihnen«, bekundete er feierlich. Sue errötete, während ich versuchte, seinem pastoralen Ziegenbartlächeln auszuweichen (mit demselben Lächeln hatte er zwei Stunden lang die zarten Brüste seiner Schutzbefohlenen beäugt).

In diesem Augenblick überkam mich tatsächlich die Erleuchtung – wenn auch nicht so, wie Sue sich das vorgestellt hatte. Jedenfalls fand ich, dass ich bei all dem, was so offensichtlich zu mir wollte, noch ein Wörtchen mitzureden hätte, genauso wie ich fand, dass ich genau so etwas *nicht* wollte und dass es deshalb keine gemeinsame Zukunft für uns geben konnte. Hätte ich mir das damals eingestanden, wären uns drei Monate und eine idiotische Trennung erspart geblieben. Stattdessen redete ich mir eine Menge unnützes Zeug ein, faselte mir selbst etwas von Toleranz und Verständnis vor, kurz: Ich versuchte meine Lust auf Sue hinter einem besonders eindrucksvollen Zeugnis meiner Tiefgründigkeit und meines aufrechten Charakters zu verstecken und berauschte mich an meinem eigenen Durchhaltewillen.

Wer weiß, woran ich mich noch berauscht hätte, wenn ich nicht Joan über den Weg gelaufen wäre. Joans Eltern kamen aus Trinidad, sie selber war wunderbar unkompliziert, nahm die Pille und glaubte an alles Mögliche, nur nicht an den lieben Gott (zumindest habe ich mich nicht mit ihr über ihn unterhalten). Als Sue im Sommer für zwei Wochen zu einem Onkel nach Chicago fuhr, landeten wir im Bett; ich hatte geahnt, dass es darauf hinauslief, und mich nicht besonders dagegen gewehrt. Insgeheim spekulierte ich natürlich sehr vorausschauend darauf, dass ein und derselbe Sachverhalt – von verschiedenen Blickwinkeln aus betrachtet – zu erfrischend unterschiedlichen Bewertungen führen kann. Mein einschneidendes Erlebnis mit Joan setzte Sue denn auch mit einer groben moralischen Verfehlung gleich, so, dass sie sich außerstande sah, mir meine Sünden zu vergeben, und neben der unerfüllt gebliebenen körperlichen auch gleich von ihrer Freundes- und Nächstenliebe Abschied nahm (wieder so eine Scheinlösung für ein Problem). Man könnte sagen, dass ich damals – ohne es zu wissen – instinktiv Walter Bucks Philosophie beherzigte, nämlich mir ein neues Problem aufbürdete (ich war mit Joan schon ein paar Mal im Bett gewesen, bevor ich mich aufraffen konnte, es Sue zu gestehen) und dadurch hoffte, mein altes loszuwerden (was glücklicherweise auch geschah). Aber leider läuft es nicht immer so.

Ich biege nach rechts in die Queenston. Das akademische Viertelstündchen inklusive bleiben mir noch wohltuende fünfundzwanzig Minuten Zeit – ein bisschen Luft schnappen, die Beine vertreten könnte nicht schaden. Nachdem ich mich auf der Karte vergewissert habe, parke ich den Wagen am Lake Avenue Drive; wenn ich von hier durch den Park schlendere, schlage ich zwei Fliegen mit einer Klappe. Ein kurzer Blick in den Spiegel, ein Griff hinüber zu meiner Angebotsmappe, dann mache ich mich auf den Weg.

Keine hundert Meter von der Straße entfernt tummeln sich ein paar Halbwüchsige mit dem Ball auf der Wiese. Fahrräder liegen im Gras, und als ich näher komme, sehe ich, dass auch noch allerhand andere Utensilien großzügig darum herum verstreut sind (Sweatshirts, Rucksäcke, Coladosen). Gleich steigt hier ein Fußballmatch – fehlen nur noch die Tore. »Vier große Schritte«, schallt es fachmännisch über den Platz, dann wiederholt sich die Zeremonie vor meinen Augen ein zweites Mal. Ferien! Ich grinse zu den Jungs hinüber, ernte aber nur gelangweilte Blicke. Woher sollen sie auch wissen, dass ich früher ganze Sommer im selben Fieber verbracht habe wie sie? Und mitten in die kurze, irritierte Pause hinein, die mein Auftauchen auslöst, während ich die Sonne durch mein Hemd am Rücken spüre und in die Erinnerung an damals eintauche, bleibe ich stehen und frage: »Hey, was dagegen, wenn ich ein paar Minuten mitspiele?«

Der Moment, der meiner Frage folgt, dehnt sich zu einer kleinen Ewigkeit. Ich bin drauf und dran, diese Nichtreaktion als das zu interpretieren, was sie ist, nämlich *auch* eine Reaktion, da löst sich ein blasser Bursche mit ungekämmten, struppigen Haaren aus der Gruppe und taxiert mich von oben bis unten. »*Aber nur ein paar Minuten*«, äfft er meinen Tonfall nach, »das Training für Senioren findet am Nachmittag statt.« Ich verkneife mir jeden Kommentar, schließlich will ich meinen Spaß haben, nicht dumm herumquatschen. *Okay.* In Windeseile sind zwei Teams ausgezählt. Ich schaffe es gerade noch, Schuhe und Socken hinter dem Tor zu deponieren, dann ist auch schon Anstoß. Bopp – mit unverschämtem Effet fliegt der Ball halbhoch hinüber auf meine Seite; wenn ich mich jetzt blamiere, sehe ich ihn mit Garantie für den Rest des Spiels nicht wieder. Zum Glück sind die rettenden Bewegungsabläufe noch im Stammhirn gespeichert. Ich stoppe den Ball mit der Brust, hüftsteif, aber immerhin, lege ihn mir vor, die Außenlinie entlang, bevor ich eine passable Flanke nach innen zirkle, die um Haaresbreite einen Abnehmer findet. Dieser Start war das richtige Signal (und Balsam für mein Selbstvertrauen). In der Folge bin ich an ein paar netten Aktionen beteiligt, einmal versuche ich es sogar mit einem doppelten Doppelpass, bleibe aber im allerletzten Augenblick hängen. Schnell zurück. Der Nagel meiner großen Zehe nimmt mir den Zweikampf übel, ich ignoriere das Pochen, hinten sind wir in Unterzahl. Glück gehabt, der Abpraller trudelt zu mir. Ich drehe mich um die eigene Achse und jage den Ball in den wolkenlosen blauen Himmel, als hinter mir plötzlich jemand »Scheiße, Scheiße, Scheiße« brüllt. Einer meiner Mitspieler presst sich die Hände vors Gesicht, während sein Oberkörper einen abgehackten, stakkatoartigen Tanz vollführt. Sofort ist er von der Traube der anderen umringt. Der dumpfe Stoß gegen meinen Ellenbogen ... so muss es gewesen sein. Ich bin mir zwar keiner Schuld bewusst, aber das hilft mir jetzt auch nicht weiter.

»Nun lasst mich doch bitte mal durch!«

Geduldig arbeite ich mich an das Opfer meines ungestümen Einsatzes heran; zu meiner Erleichterung hat der Arme seine Wippbewegungen inzwischen eingestellt.

»Alles okay?«

Meine Frage läuft ins Leere. Ich bin, das spüre ich deutlich, jetzt wieder der Störenfried, der ich von Anfang an war.

»Wenn alle Stricke reißen, kann ich dich ins Krankenhaus fahren.« Ich würde die Sache gern auf den Punkt bringen, sonst läuft mir die Zeit davon. Wieder keine Reaktion. »Entweder du lässt mich mal einen Blick darauf werfen«, insistiere ich sanft, »oder ich muss dich *wirklich* ins Krankenhaus bringen.«

»Bloß das nicht, Mann.« Vorsichtig lässt der Junge die Hände sinken. Ich habe ziemlich genau seinen Backenknochen erwischt und ein bisschen was von der Nase (sie blutet). Nichts wirklich Schlimmes, aber schlimm genug, wenn man sich auf ein kurzweiliges Spiel mit seinen Freunden eingestellt hat und stattdessen von einem Mann, der gut und gern der eigene Vater sein könnte, einen rüden Ellbogencheck verpasst bekommt.

»Ich hab wirklich nicht mitbekommen, dass du hinter mir stehst.«

»Es geht schon wieder«, sagt der Junge mit einer Stimme, die fester klingen soll, als sie ist. Er fährt sich mit der Hand über die Wange und schaut dabei geradeaus. Erst jetzt fällt mir auf, dass er ein waches, sympathisches Gesicht hat, mit dunklen braunen Augen. Ich frage mich, wie Jonathan wohl in diesem Alter aussieht.

»Kopfweh?« Ich reiche ihm ein Taschentuch.

»Ein bisschen.«

»Dann solltest du's für den Moment lieber gut sein lassen. Wohnst du hier in der Nähe?«

»Evelyn Street.«

»Und wie heißt du?«

»Mark. Mark Rutherford.«

Ich zucke zusammen. »Okay, Mark«, sage ich, bemüht, mir meine Überraschung nicht anmerken zu lassen. »Ich bring dich jetzt nach Hause. Such deine Sachen zusammen, mein Wagen steht gleich da drüben.«

»Nicht nötig, ich komm ganz gut allein zurecht.«

»Ich weiß«, sage ich. »Aber *mir* ist es lieber so.« Und dann, zu den anderen gewandt: »Tut mir leid, dass ich euer Spiel durcheinandergebracht hab; wenn ihr nichts dagegen habt, würde ich gern was für die Mannschaftskasse spenden.« Ich zücke den Geldbeutel.

»Wie wär's, wenn Sie jetzt einfach fahren.« Mein spezieller Freund ergreift auch diesmal als Erster das Wort. »Und in Zukunft mit Ihresgleichen spielen. Am besten Golf. Oder Tennis – da haben Sie Platz genug und können niemandem auf die Pelle rücken.« (Behaupte einer, die Jugend von heute wäre korrumpierbar.)

»Wenn ich dich so höre«, erwidere ich sarkastisch, »frage ich mich wirklich, warum es eigentlich immer die Falschen erwischt.«

Die Stimmung ist gekippt. »Ihre Schuhe!« Der kleine Sommersprossige aus meiner Mannschaft ist der Einzige, der mich noch wie einen normalen Menschen behandelt. Dankbar nehme ich sie ihm aus der Hand.

»Trotzdem noch viel Spaß«, sage ich, aber natürlich fühlt sich niemand bemüßigt, darauf etwas zu antworten. Der Weg zurück kommt mir plötzlich doppelt so lang vor – kein Wunder, ich werde auch selten von einem so beeindruckenden Begleittross eskortiert. Ich bugsiere Mark ins Auto und schließe die Tür. Dann gehe ich um den Wagen herum, schlüpfe in meine Socken und die Schuhe und steige ein.

»Würdest du dich bitte anschnallen.«

»Es sind nur zwei Minuten.«

»Trotzdem.«

Langsam rollen wir vom Gehsteig. Marks Freunde treten auf die Straße. Vermutlich merken sie sich meine Nummer – ich könnte es ihnen ehrlich gestanden nicht verübeln. Im Wegfahren sehe ich, wie einer von ihnen meine Mappe schwenkt. Geschenkt – bei Glandis stapeln sich mehr als genug davon.

»Rechts und dann gleich wieder rechts.«

Mark spricht mit mir, ohne mich zur Kenntnis zu nehmen. Für ihn – so viel steht fest – trage ich die Schuld an einem unerfreulichen Start ins Wochenende.

»Da vorne ist es. Sie können mich hier rauslassen.«

Ich ignoriere ihn und biege in die Evelyn Street.

»Ich hab gesagt, Sie können mich hier rauslassen!«

»Und ich hab gesagt, dass ich dich nach Hause bringe.«

Nummer sechs ist das dritte Haus auf der linken Seite, mit einem Vorgarten ohne Zaun und einem großen roten Briefkasten an der Gehsteigkante. In der Einfahrt steht ein schwarzer Chrysler PT, der aussieht wie ein Leichenwagen.

In den neunzig Sekunden, die die Fahrt gedauert hat, bin ich damit beschäftigt gewesen, darüber nachzudenken, wie ich den Rutherfords klarmachen soll, dass ich ihrem Sohn zwei Straßen weiter eine blutige Nase verpasst habe, ansonsten aber für alle ihre Fragen der richtige Ansprechpartner bin. Vielleicht sollte ich Mark einfach gute Besserung wünschen und zwanzig Dollar in die Hand drücken (ohne die anderen hätte er damit bestimmt kein Problem). An der nächsten Ecke könnte ich anhalten, die Rutherfords anrufen und ihnen mitteilen, dass ein überraschender Todesfall in der Familie mich zwinge, für ein paar Tage zu verreisen, und dass mein Kollege Walter Buck sich nächste Woche umgehend wegen eines neuen Termins mit ihnen in Verbindung setzen werde. Walter wäre nicht sonderlich begeistert, würde aber mitspielen, wenn ich ihm das hier erklärt hätte. Und ich? Hätte den ganzen Ärger vom Hals und müsste mich nicht zum Idioten machen, denn wie ein Idiot komme ich mir vor, schließlich bin ich erwachsen und keine dreizehn mehr (wie höchstwahrscheinlich der gute Mark).

Was genau der Grund ist, warum ich meine hübsche Variante getrost wieder vergessen kann. Wenn man sich eine Suppe eingebrockt hat, ist es dem Respekt vor sich selbst nicht besonders zuträglich, sie andere auslöffeln zu lassen. Als ich mir das klargemacht habe, breitet sich eine große innere Ruhe in mir aus, die ich nicht ganz zweifelsfrei von einer großen inneren Leere unterscheiden kann. *Man muss die Dinge auf sich zukommen lassen,* ist das Einzige, was mir durch den Kopf geht. Aber so ganz wohl fühle ich mich nicht bei dem Gedanken.

Sechs

Für Mark bin ich Luft: Kaum habe ich das Auto behutsam an den Rand des Bürgersteigs manövriert, rutscht er, seine lädierte Backe befingernd, vom Sitz, donnert die Wagentür zu und trottet zum Haus. Ich folge ihm den schmalen Weg aus ausgeblichenen roten Sandsteinfliesen entlang am Chrysler vorbei zur Tür, die seitlich neben der Garage liegt. Kein Namensschild weit und breit, nur eine milchige Scheibe im oberen Drittel, durch die man weder hinein- noch hinausschauen kann, daneben eine Klingel, die er, bevor ich es verhindern kann, unvermutet heftig mit seiner freien Hand bearbeitet. Ein nervöses Schnarren überzieht das ganze Haus und schreit nach sofortiger Aufmerksamkeit, während Mark, den Finger weiter auf der Klingel, in Stellung geht, Kopf gesenkt, Schultern nach vorn gerollt, als wäre das hier der Eingang zur Notaufnahme und als müsste er die Krankenschwestern auf Anhieb davon überzeugen, sich mit seinem Elend vor allem anderen Elend zu befassen. Ich hätte auch mit einem zurückhaltenderen Anfang ganz gut leben können.

»Meine Güte, wie siehst denn du aus?« Dem Mann, der uns öffnet, steht die Überraschung ins Gesicht geschrieben. »Janet!«, ruft er mit einer Kopfdrehung zurück ins Haus. Ein Radio wird leiser gestellt, dann höre ich Schritte auf der Treppe, und aus dem Dunkel des Wohnungsgangs hastet eine Frau heran, eine auffallend schöne Frau, in einer rot geblümten Morgenjacke, barfuß, die feuchten Haare eilig hochgesteckt, und obwohl ich weiß Gott andere Sorgen habe, bin ich für den Bruchteil einer Sekunde wie gelähmt von ihrem Anblick. Die beiden nehmen Mark in die Mitte und inspizieren sein Gesicht; vorsichtig tupft Janet mit einem weißen Frotteehandtuch (offenbar war sie gerade im Bad) ein bisschen angetrocknetes Blut von seiner Nase, während ich unschlüssig danebenstehe wie jemand, der zufällig dazugestoßen ist und abwartet, ob er hier noch gebraucht wird.

»Was ist passiert?«

»Aua, lass das, bist du wahnsinnig.« Mark rudert mit der Schulter, um sich von ihr frei zu machen.

»Okay«, sagt Janet. »Alles halb so schlimm.« Ihre Stimme klingt resolut und gefasst. »Wir beide gehen jetzt hoch ins Bad und waschen dein Gesicht; danach sehen wir weiter.«

Erst jetzt nimmt Marks Vater (wenn es Marks Vater ist – aber warum sollte ich daran zweifeln) das erste Mal von mir Notiz. Altersmäßig liegen wir nicht weit auseinander (obwohl ich im Schätzen kein Weltmeister bin), aber er ist größer als ich, kräftiger, und gemessen an dem Schrecken, den ich ihm eingejagt habe, mustert er mich erstaunlich ruhig und unvoreingenommen. Mein schlechtes Gewissen kommt mir auf einmal ziemlich fehl am Platz vor, ja, könnte ich's mir aussuchen, würde ich ihn zum großen Bruder nehmen, auch wenn man solche Ideen in meinem Alter lieber für sich behalten sollte. Wir würden uns verständigen, ohne allzu viele Worte zu verlieren. Ich würde kehrtmachen, in mein Auto steigen und irgendwann im Lauf des Tages, am Telefon, nachfragen, wie es Mark inzwischen geht. Und es wäre gut so. (Normalerweise werde ich von regressiven Phantasien wie diesen nur in Bezug auf Frauen heimgesucht.)

»Pete Rutherford.« Wir machen einen Schritt aufeinander zu und schütteln uns die Hände. »Vielleicht sind Sie so nett und erklären mir, was das hier eigentlich alles zu bedeuten hat?«

Pete Rutherford spielt den freundlichen Streifenpolizisten, der mit gezücktem Notizblock auf detaillierte Angaben zum Unfallhergang wartet, weil er weiß, dass ich sie ihm geben kann. Mein Magen meldet sich mit einem unangenehmen Ziehen. Die Tatsache, dass ich an der Geschichte, die jetzt kommt, so direkt beteiligt bin, macht mich nervös, so nervös, dass sich meine sentimentale Verbrüderungssehnsucht wieder in Luft auflöst (selbst mein wirklicher Bruder würde mich nicht so einfach davonkommen lassen).

»Ich fürchte, da gibt's nicht viel zu erklären«, sage ich mit einem reumütigen Schulterzucken. »Mark und seine Freunde waren beim Fußballspielen« – ich deute Richtung Park –, »als ich zufällig vorbeikam. Ich hatte gerade ein bisschen Zeit und die Jungs nichts dagegen, also hab ich ein paar Minuten mitgespielt. Irgendwann hab ich Mark dann mit dem Ellenbogen erwischt. Ich kann nicht mal sagen, wie's passiert ist, aber natürlich übernehme ich dafür die Verantwortung, und könnte ich's rückgängig machen, würde ich's gerne tun. Danach hab ich ihn ins Auto verfrachtet und hierher gefahren.«

Pete hat meinen Ausführungen mit wachsendem Erstaunen zugehört. Ich schätze, das, was ich gesagt habe, entspricht nicht unbedingt dem, was er erwartet hat, und insgeheim mache ich mich darauf gefasst, dass er seine Einstellung mir gegenüber noch einmal überdenkt. Aber über sein Gesicht huscht ein unverhofftes Lächeln.

»Machen Sie sich keine Sorgen, Mr. ...«

»Ames. Robert Ames.«

»Machen Sie sich jedenfalls keine Sorgen, Mr. Ames: Mark ist nicht aus Pappe. Morgen hat er die Aufregung bestimmt schon wieder vergessen.« Er nickt mit dem Kopf, als hätte er seine Prognose kurz auf ihre Stichhaltigkeit überprüft und dabei ein positives Ergebnis erzielt. Ich bin ihm für seine Bemerkung ziemlich dankbar. »Nur eins versteh ich nicht ganz: Warum um alles in der Welt haben Sie sich für Ihr Comeback ausgerechnet die Jungs da drüben ausgesucht?«

Mr. Rutherford hat das Problem erkannt, nur dass ich nicht weiß, wie ich ihm klarmachen soll, was es damit auf sich hat. Vermutlich hätte ich sogar Schwierigkeiten, es Kala zu erklären. Es geht um eine ganze Menge mehr als nur um ein Fußballspiel. Es geht um meine ersten Stollenschuhe, die ich abgöttisch liebte und nach jedem Einsatz so lange putzte und fettete, bis selbst meine Mutter die Geduld verlor. Es geht um die Clique, die wir damals waren und die verbissen-fröhlichen Spiele, die wir uns lieferten. Und es geht um das Mädchen, das manchmal auftauchte, sich auf eine Bank setzte und las, während wir uns die Lunge aus dem Leib rannten. Wenn sie da war, rannten wir alle noch ein bisschen mehr, und am allermeisten rannte ich. Ich ruderte mit den Armen, schlug weite Pässe oder schoss aufs Tor – nur um danach mit klopfendem Herzen festzustellen, dass sie immer noch in ihre Seiten vertieft war. Trotzdem: In meinen Augen waren wir ein Paar – hier meine überschüssigen Energien, dort ihre scheue Zurückhaltung – und wenn sie aufstand und ging, fehlte mir etwas. Eines Tages stand sie auf und ging und kam nicht wieder. Am Anfang dachte ich mir nichts Böses: Vielleicht hatte sie gerade keinen Lesestoff oder Ärger mit ihren Eltern; vielleicht musste sie für die Schule lernen oder auf ihre kleine Schwester aufpassen. Es gab so viele Gründe. Tausend Gründe.

Wir spielten fast jeden Tag, und wenn wir nicht spielten, fuhr ich mit dem Skateboard dort vorbei; die Bank blieb leer. Ich muss zehn oder elf gewesen sein, aber das Verschwinden dieses Mädchens war der erste Verlust, den ich erlitten habe, der erste, den ich mir nicht erklären konnte, der mich in seiner Unabänderlichkeit erstaunte, viel schlimmer erstaunte als der Tod meiner Großeltern, denn dieses Mädchen war noch am Leben, irgendwo, und trotzdem würde ich es aller Voraussicht nach nie wieder sehen. Wenn ich abends im Bett lag, versuchte ich über die Bedeutung dieses *nie wieder* nachzudenken, aber es gelang mir nicht. Dann stellte ich mir einen mondlosen Sternenhimmel vor, und sie war einer dieser Sterne geworden, irgendwo dort droben, und obwohl es sie gab und ich sie vielleicht sogar sehen konnte, waren wir für immer voneinander getrennt. Angesichts der dunklen Wolken, die später am Horizont aufzogen, mag man das als ahnungsvolles Zeichen interpretieren; als hätte der Ernst des Lebens sich auf Umwegen an mich herangepirscht, aber davon halte ich nicht viel. Tatsache ist: Ich war damals glücklich, wenn ich glücklich war, und traurig, wenn ich traurig war und selbst wenn dem allem eine Bedeutung innewohnte, die über das rein Sichtbare hinausging, dann hatte ich davon keine Ahnung. Es kümmerte mich nicht weiter. *Es war einfach da.* Und daran musste ich dort drüben, vor nicht einmal zwanzig Minuten, plötzlich denken.

»Wenn Sie mich so direkt fragen«, sage ich, »ich glaube, es lag ganz einfach daran, dass ich schon lange nicht mehr gegen einen Ball getreten habe.«

»Vielleicht sollten Sie's ja beim nächsten Mal trotzdem bleibenlassen.« Pete hört sich eine Spur förmlicher an. »Wie auch immer. Ich würde mir gern Ihre Adresse aufschreiben – für den Fall, dass mit Mark doch irgendwas nicht stimmt.«

Jetzt, das ist so sicher wie das Amen in der Kirche, muss ich damit herausrücken, wer ich bin, oder einen geordneten Rückzug antreten. Ich taste mit der Hand nach meinen Visitenkarten, aber die Visitenkarten stecken in der Innentasche meines Jacketts und mein Jackett hängt an einem Haken in meinem Auto.

»Mr. Rutherford«, sage ich, »Sie können mir glauben, dass es mir leidtut. Natürlich komme ich für das auf, was ich angerichtet habe.« Irgendwo in den Tiefen der Wohnung klingelt das Telefon, aber Pete rührt sich nicht vom Fleck und Janet scheint mit Mark noch im Bad zu sein. »Ich wollte im Übrigen ohnehin zu Ihnen kommen. Es ist ein verrückter Zufall, ich weiß, aber ich komme vom Versicherungsbüro Walter Buck. Walter hat mich gebeten, bei Ihnen vorbeizuschauen, weil er heute verhindert ist. Wirklich schade, dass wir uns unter diesen Umständen kennen lernen.«

Warum trifft man einen Menschen und andere nicht? Warum gibt es dafür bestimmte Situationen? Und was ist es, das einem an diesen Situationen im Nachhinein gewöhnlich oder ungewöhnlich vorkommt? Ich weiß es nicht. Ich weiß nur, dass Pete und ich uns einen Moment lang still gegenüberstehen, als wäre diese neue Information etwas, das erst noch überdacht werden müsste, ein kleines Detail, das einem im ersten Augenblick ganz unbedeutend erscheint, im Licht des Ganzen betrachtet eine Sache aber doch zum Kippen bringen kann. Bis vor ein paar Sekunden herrschte zwischen uns eine unausgesprochene Übereinkunft: Unsere Wege hatten sich für einen begrenzten Moment gekreuzt, dann würde alles wieder auseinanderlaufen. Jetzt war Marks lädiertes Gesicht auf einmal nicht der Anfang und das Ende einer Geschichte (und damit die ganze Geschichte selbst, aus, basta), sondern bereits so etwas wie die Fortführung (und damit nur ein Teil der Geschichte). Mit anderen Worten: Jetzt bestand für Mr. Rutherford die realistische Möglichkeit, einen Schlussstrich zu ziehen, wenn ihm das alles ein bisschen komisch vorkam.

Und ich könnte es ihm weiß Gott nicht verdenken: Bei einer Sache wie dieser ist immer eine Menge Aberglauben mit im Spiel. Das ging mir mit Kalas Vater nicht anders. Sein Zuschuss hat es uns ermöglicht, das Haus in der Tragina Ave zu kaufen. Aber im ersten Sommer, wenn ich auf der Terrasse saß und in den Garten schaute, wurde ich manchmal das verdammte Gefühl nicht wieder los, dass ein Stück Rasen quasi Richards Territorium war; von dort aus hatte er alles im Blick, hatte er *uns* im Blick, eine idiotische Vorstellung, aber so war es nun mal. Ich bin nicht blauäugig, also habe ich mir die Frage, die Kala mir gestellt hätte, selber gestellt: Ob die Tatsache, dass Richard uns unter die Arme gegriffen hat, meinen männlichen Stolz gekränkt hat? Aber das trifft es nicht, zumindest nicht ganz. Nein, ich fühlte mich eher so, als ob mein Lebensstil und der von Kalas Vater durch dieses gemeinsame Geschäft plötzlich in Konkurrenz zueinander standen – um irgendein bestimmtes Modell von Lebenstüchtigkeit oder Glück. Vielleicht ist das die Angst jeden Mannes, der weiß, dass seine Frau ihren Vater vergöttert. Vielleicht war es auch meine Angst vor Vergleichen, davor, festgelegt zu werden; die Angst, einen Weg einzuschlagen, der nicht der meine war, einfach, weil da ein anderer Weg war, der ihn gekreuzt hatte.

Pete steht immer noch in der Tür, als bestünde die Möglichkeit, dass ich mich an ihm vorbei unbemerkt in den Flur drücken und dort womöglich weiteres Unheil anrichten könnte. Dann fängt er leise an zu lachen – wie jemand, der einen schlechten Witz nicht auf Anhieb verstanden hat. »Ich hoffe nur«, sagt er, »dass Sie nicht zu allen Ihren Kunden einen so persönlichen Draht aufbauen. Wie wär's, wenn Sie erst mal reinkommen, Mr. – wie war noch mal Ihr Name?«

»Ames. Robert Ames.«

»Genau. Mr. Ames. Bin gespannt, was Janet dazu sagt, wenn sie erfährt, wer Sie sind.«

Pete eskortiert mich durch den Gang ins Wohnzimmer. Eine breite Fensterfront zum Garten. An der Stirnseite zwei Korbstühle und ein blaues Zweiersofa, dazwischen ein schmales Rattantischchen, auf dem ein paar Zeitungen und Zeitschriften liegen. Ich kann mir die Stille am Morgen vorstellen. Wenn die Baumwipfel die ersten Sonnenstrahlen einfangen. Viele der Wohnungen, in die ich Woche für Woche geführt werde, lösen in mir ein flaues Gefühl aus: Der Gedanke, in ihnen zu leben, Sex mit meiner Frau zu haben und den Kindern klarzumachen, warum es sich lohnt, ein guter Mensch zu werden, bereitet mir erhebliches Kopfzerbrechen. Davon ist hier nichts zu spüren. Egal was die nächsten Minuten bringen, ich bin Walter für die kleine Abwechslung schon jetzt dankbar.

»Nehmen Sie ruhig Platz, ich bin gleich wieder bei Ihnen.«

Ich warte, bis Pete verschwunden ist, dann schlendere ich hinüber zum Sofa. An der Wand hängt ein Rahmen mit Fotografien, die mir beim Eintreten sofort aufgefallen sind. Neugier und schlechtes Gewissen halten sich die Waage, aber schließlich siegt die Indiskretion. Ein Waschtrog im hohen Gras, darin ein Junge und ein Mädchen. Das Mädchen lacht in die Kamera, der Junge schaut zur Seite – offenbar passiert dort etwas, das sehr viel interessanter ist als sein Posieren. Um den Hals hat er selber einen Fotoapparat hängen. Im Hintergrund eine Hauswand mit zwei wuchtigen Rundbogenfenstern; der Putz bröckelt, die Fensterläden sind verschlossen. Auf dem Bild daneben hat eine junge Frau wohl etwas in die

Luft geworfen und wartet nun mit ausgebreiteten Armen darauf, dass es wieder herunterfällt. Fotos wie viele, mit Geschichten, die ich nicht kenne. Einige Portraits. Und dann entdecke ich Mark, eine Baseballkappe auf dem Kopf. Hinter ihm schraubt sich der CN-Tower in den Abendhimmel wie ein aufgeblasener Spielzeugturm. Mark grinst, weil er weiß, dass dieses Grinsen jetzt gleich für alle Ewigkeit auf Zelluloid gebannt wird und später als Beweis für einen unvergesslichen Familiennachmittag herhalten muss. Zwischen die Oberschenkel hat er eine Tüte Popcorn geklemmt, um seine Hände freizubekommen, aber so ganz scheint er der Sache nicht zu trauen, die Daumen zeigen zwar nach oben, aber die Arme schaffen es nur auf halbe Höhe, und in dieser Mischung aus Konzentration und Gedankenverlorenheit hat der Auslöser *klick* gemacht.

Ich setze mich aufs Sofa und ziehe die Socken hoch, gerade rechtzeitig, denn Pete kommt zurück und lässt sich mir gegenüber in einen der Korbstühle fallen. Was eine kurze Pause doch alles bewirken kann: Meine trübselige Stimmung hat sich verzogen. Miserabler Start hin oder her – noch habe ich es in der Hand, daraus einen anständigen Kundenbesuch zu machen.

»Kompliment, Sie haben's wirklich schön hier«, sage ich, um uns beiden den Einstieg zu erleichtern.

»Oh, danke.« Petes Blick schweift ab, hinaus auf die große Terrasse.

»Muss einem ein gutes Gefühl geben«, sage ich, »jeden Tag da rauszuschauen.« (Und das meine ich wirklich.)

»Wenn ich da rausschaue, sehe ich meistens einen Haufen Arbeit.«

»Das sagt meine Frau auch immer.«

»Damals ging's uns hauptsächlich um Mark.« Pete dreht

den Kopf wieder in meine Richtung. »Kinder brauchen was Grünes. Damit sie nicht nur vor der Glotze sitzen. Bloß dass Mark inzwischen aus dem Alter raus ist. Sie haben's ja mitbekommen: Er ist lieber mit seinen Freunden unterwegs.«

»Irgendwann geht's los.«

»Und es wär komisch, wenn's anders wär.«

»Tut mir wirklich leid, das mit Mark.«

»Ich mach Ihnen einen Vorschlag, Mr. Ames: Sie erwähnen Mark mit keinem Wort mehr – dafür rechnen Sie mir Ihre Provision an, falls wir uns nachher einig werden.«

»Ziemlich ungewöhnliches Geschäftsmodell.«

»Ich will Ihnen bloß helfen, Ihr schlechtes Gewissen loszuwerden.«

»Ich fürchte, was die Provision anbelangt, muss ich trotzdem passen.«

»War nur ein Scherz.«

»Aber vielleicht haben Sie ja eine Idee, womit ich Mark eine Freude machen kann?«

»Das überlass ich Ihnen. Er ist ein ganz normaler Junge. Und er liebt die Dinge, die Jungs in seinem Alter nun mal lieben. Viel falsch machen können Sie also nicht.«

»Ich werd mir was einfallen lassen.«

»Haben Sie auch Kinder?«

»Einen Sohn.«

»Und wie alt?«

»Fünf.«

»Dann gibt's ja jemand, dem Sie Ihre Fußballbegeisterung weitervererben können.«

»Bis jetzt steht er mehr auf Baseball. Aber ich arbeite dran, ihm die Sache zu verleiden.«

»Übertreiben Sie's nicht«, sagt Pete. »Manchmal geht der Schuss auch nach hinten los.«

In diesem Moment geht über uns eine Tür. Musik, laute Musik, die aber sofort leiser gestellt wird. Ich bilde mir ein, dass ich Fetzen eines Gesprächs verstehen kann, *jetzt ..., später entscheiden ..., ... soll das, ... werd ich dir sagen.* Wieder die Tür. Stille. Dann – nach einer kurzen Pause – Schritte auf der Treppe. Plötzlich wird mir klar, dass mein Gespräch mit Pete nur Geplänkel ist, ein lockeres Vorspiel: Die eigentliche Bewährungsprobe steht mir erst noch bevor. Ich zähle langsam rückwärts: zehn, neun, acht. Bei sieben taucht Janets Silhouette am Fuß der Treppe auf, bei fünf steht sie im Türrahmen. Pete und ich erheben uns. Sie hat die Haare immer noch hochgesteckt, aber die rot geblümte Morgenjacke gegen eine silbern schimmernde, modische Bluse getauscht, die schmal geschnitten ist und die Hüften betont. Ihre Füße stecken in verspielten schwarzen Sandalen, die aussehen wie aus dem Schaufenster einer italienischen Parfümerie.

Natürlich ist es naiv zu glauben, dass Janet von meinem Anblick besonders erfreut ist, und ich habe es auch nicht erwartet; ich glaube, einer Mutter fällt es sehr viel schwerer als einem Vater, jemandem, der das eigene Kind verletzt hat, mit halbwegs neutralen Gefühlen gegenüberzutreten. Nein, sie ist irritiert. Irritiert darüber, dass ich immer noch hier bin und so friedlich mit ihrem Mann im Wohnzimmer sitze. Dafür hätte sie gern eine Erklärung, weniger von mir als von Pete, auch wenn sie aus Höflichkeit zunächst darauf verzichten wird. Kein Wunder: Sie hat Marks Version der Geschichte im Ohr. Und in Marks Version gibt es für mich keinen Blumentopf zu gewinnen.

»Wie geht es ihm?«, fragt Pete.

»Es geht ihm gut«, sagt Janet. Sie drückt die Knie durch, was sie noch ein paar Zentimeter größer erscheinen lässt. Sie ist schlank, aber nicht zerbrechlich schlank. »Seine Backe ist geschwollen und er hat einen ziemlichen Brummschädel. Ich hab ihn ins Bett geschickt, damit er sich ausruht. Seine größte Sorge war, dass er später nicht zu David kann, die beiden wollen in die Stadt schauen.«

»Ich hoffe, das beruhigt Sie«, sagt Pete und dann, bevor Janet Zeit hat, Luft zu holen und ihn zu fragen, was es mit dieser merkwürdigen Vertraulichkeit auf sich hat: »Liebling, darf ich dir Mr. Ames vorstellen: Du wirst es kaum glauben, aber Mr. Ames kommt vom Versicherungsbüro Walter Buck. Er war gerade auf dem Weg zu uns, als Mark und er sich begegnet sind, also hat er ihn der Einfachheit halber gleich mitgebracht.« Ich lächle gequält, obwohl mich Petes Unbekümmertheit zum zweiten Mal an diesem Tag verblüfft; trotzdem will ich Janet keinen falschen Eindruck vermitteln.

»Freut mich, Sie kennen zu lernen, Mrs. Rutherford«, sage ich. »Auch wenn ich mich für die Umstände bei Ihnen entschuldigen muss.« Ich strecke ihr meine Hand entgegen, die sie mechanisch ergreift, ohne meinen Händedruck zu erwidern.

»Bitte entschuldigen Sie sich nicht schon wieder«, sagt Pete. »Janet, seit Mr. Ames dieses Haus betreten hat, hat er sich ungefähr fünfzehn Mal bei mir entschuldigt, und so wie's aussieht, hat er immer noch nicht genug davon.«

»Ihr Mann übertreibt, Mrs. Rutherford.«

»Wenn ich ehrlich sein soll«, sagt Janet, halb zu ihm, halb zu mir gewandt, »freue ich mich, wenigstens *eine* dieser Entschuldigungen selber zu hören.«

»Ich hab's ja gewusst«, stöhnt Pete, »aus dieser Schleife kommen Sie nicht mehr heraus.«

»Ich finde, das können wir getrost Mr. Ames überlassen«, unterbricht ihn Janet. Sie gibt meinem Namen eine kaum wahrnehmbare Betonung. »Ich verrate Ihnen bestimmt nichts

Neues, aber Mark war von Ihrer Aktion alles andere als begeistert.«

»Das kann ich mir denken.«

»Einspruch, Euer Ehren. Mr. Ames und ich haben uns darüber eingehend unterhalten. Es handelt sich um einen unglücklichen Zufall, für den er die volle Verantwortung übernimmt.« Pete legt Janet den Arm um die Hüfte und zieht sie zu sich heran. »Er hat außerdem zugesichert, von vergleichbaren Aktionen in Zukunft Abstand zu nehmen, und sich zu einer freiwilligen Reparationsleistung verpflichtet.«

»Dann ist das Verfahren ja offenbar schon ziemlich weit fortgeschritten.« Petes Parteinahme für mich scheint Janet zu amüsieren.

»Von meiner Seite aus steht es kurz vor der Einstellung.«

»Handelt die Verteidigung denn in genauer Kenntnis der Sachlage?«

»Absolut. Jede weitere Befragung würde für den Beteiligten nur eine unverhältnismäßige Peinlichkeit bedeuten.«

»Sieht der Beteiligte das auch so?«

»Ich würde die Aussage zwar nicht verweigern«, sage ich, »mich aber gern davor drücken.«

»Dann will ich auf weitere Erklärungen verzichten. Allerdings ersuche ich den Herrn Verteidiger, mir die sicherlich interessanten Ausführungen in der Sache zu einem späteren Zeitpunkt nachzureichen.«

»Einverstanden, Euer Ehren.«

»Und Ihr Schlusswort, Mr. Ames?«

»Ich danke dem Hohen Gericht für sein Vertrauen und werde alles daransetzen, mich dieses Vertrauens würdig zu erweisen.« Die Rutherfords sind ein wahrer Glückstreffer.

»Danke, Liebling.« Pete zieht seine Hand von Janets Hüfte zurück. »Ich werd mich bei Gelegenheit revanchieren.«

»Nicht nötig«, sagt Janet. »Ich war einfach überrascht. Und wenn ich überrascht bin, brauch ich meine Zeit. Jetzt ist alles okay – das gilt auch für Sie, Mr. Ames.«

»Dass Sie das sagen, freut mich sehr, Mrs. Rutherford. Kompliment übrigens: Wie Sie mit Mark umgegangen sind, hat mich beeindruckt.«

»Wie meinen Sie das?«

»Sobald ich Blut sehe, bekomme ich weiche Knie.«

»Ich bin mit vier Brüdern aufgewachsen«, sagt Janet. »In der Hinsicht hab ich meine Berührungsängste schnell verloren.«

Genauso schnell wie ihre Bedenken mir gegenüber – der gute Pete weiß gar nicht, was er an dieser Frau hat. Konflikte auf eine so spielerische, unverkrampfte Art zu lösen, ist ein Geschenk, das einer Beziehung die Luft zum Atmen gibt, sie davor bewahrt, ins Kleinliche abzurutschen. Ich lächle Janet an und sie lächelt zurück, selbstvergessen streicht sie eine herunterhängende Strähne ihrer blonden Haare hinters Ohr, einmal, zweimal, gerade will ich fragen, wie sie mit vier Brüdern über die Runden gekommen ist, mir hat einer vollkommen gereicht, da dringt ihre Geste mit Verzögerung in mein Bewusstsein, schleppend, quasi in Zeitlupe, und im selben Augenblick weiß ich, dass ich dieses Gesicht kenne, und ohne dass ich mich anstrenge oder lang darüber nachdenke, steigt Janets *zweites Gesicht* vor mir auf: die leicht vorgewölbte Stirn, ihre kleinen, unglaublich fein gedrechselten Ohren, die gar nicht so aussehen, als könnte man mit ihnen überhaupt hören, eher wie Schmuckstücke aus einer ägyptischen Grabbeigabe, kein Wunder, dass ihre Haare sich davon nicht zähmen lassen, sie braucht nur den Kopf zu drehen, und schon fallen sie ihr wieder in die Stirn – dieselbe Bewegung, zwanzig Jahre später. Auf der Highschool gab es nur zwei oder drei

Mädchen, die ihren Status hatten. Ein permanentes inneres Glühen in uns erzeugten. Zur Projektionsfläche heilloser Sehnsüchte wurden, zur unauslöschlichen Basis späterer Vergleiche. Verrückt nach Janet waren wir alle. So verrückt, dass wir diesem Fabelwesen entweder gar nicht oder nur sehr halbherzig hinterherjagten: Der Platz an der Sonne musste für einen Außerirdischen reserviert sein! In unserer Schwärmerei lag deshalb etwas ungemein Verbindendes; dass einer von uns dieser Außerirdische sein könnte, kam uns nicht in den Sinn. Auch mir nicht. Im Übrigen hielt ich mich für *zu jung* – ein ziemlich eigenartiges Argument, nur dass mir das damals noch nicht klar war. (Wenn man Pech hat, geht dieser Zustand ziemlich nahtlos über in einen, in dem man sich *zu alt* vorkommt: Die kurze Zeitspanne dazwischen wäre demzufolge das wahre Leben.)

»Sagt Ihnen ...« – ich räuspere mich, um meine Kehle freizubekommen – »sagt Ihnen der Name Banbarry etwas?« Eigentlich bleiben mir nur zwei Möglichkeiten: Die Macht des Zufalls ab jetzt zu ignorieren oder in die Offensive zu gehen. Ein Zucken um Janets Mundwinkel zeigt mir an, dass ich richtigliege.

»*Banbarry*? Natürlich sagt mir Banbarry etwas. Wieso?«

»Oh, es ist nur ... Ich war auf der Banbarry High. Fragen Sie mich nicht, warum, aber plötzlich hatte ich den Eindruck, dass Sie auch dort waren.«

»Ist das Ihr Ernst?« Pete fixiert mich mit seinen grau gesprenkelten Augen. »Wollen Sie damit sagen, dass Sie meine Frau kennen?«

»Kennen ist zu viel gesagt. Wir waren nicht mal im selben Jahrgang.«

»Selber Jahrgang ...« Pete schüttelt ungläubig den Kopf. »Ich will nicht aufdringlich sein, Mr. Ames, aber ist das vorläufig alles? Oder haben Sie noch mehr Überraschungen auf Lager?«

»Ich schätze, damit hab ich mein Pulver fürs Erste verschossen.«

Janet hat mich die ganze Zeit über neugierig gemustert. Sie versucht mich irgendwo einzuordnen, aber es gelingt ihr nicht. Vielleicht fragt sie sich auch, ob ich das alles nur erfunden habe, um sie endgültig durcheinanderzubringen – aus welchem Grund auch immer.

»Ich glaube, Sie müssen mir auf die Sprünge helfen«, sagt sie. »Allein komm ich nicht drauf.«

Allein komm ich nicht drauf. Wenn die Phantasie von der Realität eingeholt wird, ist das immer grausam. Aber natürlich übertreibe ich. Damals wie heute.

»Ich hatte lange Haare und einen Vollbart.«

»Und ich hatte Rastalocken und zehn Kilogramm Übergewicht. Es liegt nicht an Ihnen, dass ich mich nicht erinnere«, sagt sie. »Ich hab einfach kein Personengedächtnis.«

»Außerdem ist sie kurzsichtig«, ergänzt Pete liebevoll. Er hat sich hinter ihr postiert und krault ihren Nacken. Seine Geste steckt das Revier zwischen uns ab, bevor es nötig wird.

»Helfen Sie mir trotzdem, das Rätsel aufzulösen?«

»Ich wüsste nicht, wie«, sage ich. »Es sei denn, Sie erinnern sich an einen Typen, der aussieht wie ich, nur zwanzig Jahre jünger?«

»Bevor ihr beiden jetzt die alten Fotoalben durchgeht«, sagt Pete, »hol ich uns erst mal eine Tasse Kaffee – für Sie auch, Mr. Ames?«

»Wenn Sie mich so direkt fragen.«

Jetzt, wo ich mit Janet allein bin, kommt mir selbst das große Wohnzimmer der Rutherfords zu klein vor.

»Gehen wir doch auf die Terrasse«, schlägt sie vor.

»Gern«, sage ich.

Ich lasse ihr den Vortritt, was für ein Fehler, unter der dünnen schwarzen Hose zeichnen sich ihre Pobacken ab, bei jedem Schritt wölbt sich der Stoff, links, rechts, ein sanftes Schwingen, ein betörender Rhythmus. Auf einmal spüre ich das dringende Bedürfnis, sie in die Arme zu nehmen, eine völlig unerwartet über mich hereinbrechende Sehnsucht nach Nähe und Berührung. Janet könnte auch Kala sein und was zwischen uns passiert, wäre nicht etwas zwischen Fremden, sondern von einem sehr vertrauten Gefühl der Zusammengehörigkeit begleitet. Draußen bleibt Janet stehen, während ich weiterschlendere auf die Wiese. Jeder Meter zwischen ihr und mir stabilisiert meine prekäre Gefühlslage. Ich habe mich oft gefragt, ob Frauen einen siebten Sinn dafür haben, wann ein Mann nervös wird, wegen ihnen nervös wird, aber dazu müsste ich sie fragen, wenn es so weit ist – so wie jetzt –, und das ist ausgeschlossen.

»Wie sind Sie überhaupt auf die Idee verfallen, mitzuspielen?«

Janet ist das Mädchen auf den Fotos an der Wand im Wohnzimmer. Plötzlich fühle ich mich wie ein Eindringling in eine heile Welt, beschämt von meinen eigenen uneingestandenen Absichten, aber nicht beschämt genug, um mich von ihnen ohne Reue zu verabschieden.

»Ich hab nicht groß darüber nachgedacht«, sage ich. (Stimmt.) »Und als ich drüber nachgedacht hab, war's leider schon zu spät.« (Stimmt auch.)

»Sie Armer – ich nehme an, so was ist Ihnen vorher auch noch nie passiert?«

»Ich hoffe, es wird mir *nachher* auch nie wieder passieren.«

»So, dann wollen wir mal.« Pete befreit mich aus meiner

Verlegenheit. »Ach übrigens – unser Rekonvaleszent möchte ein paar Sonderwünsche für heute Mittag anmelden.«

»Wenn das kein gutes Zeichen ist.« Janets hübsche beringte Hand greift nach der Tasse.

»Verwöhn ihn nicht zu sehr.«

»Nicht mehr als dich«, sagt Janet, schon auf dem Weg nach drinnen.

Pete und ich verständigen uns mit einem kurzen Blick.

»Was halten Sie davon«, sage ich, »wenn wir uns jetzt dem geschäftlichen Teil unserer Verabredung zuwenden?«

»Genau das«, sagt Pete, »wollte ich Ihnen auch gerade vorschlagen. Milch oder Zucker?«

»Beides, bitte.«

Sieben

Ich steige ins Auto und brause los. Eine beschwingte Leichtigkeit pocht in meinem Herzen. In Gedanken lasse ich mir den schlimmsten und den bestmöglichen Ausgang dieser Geschichte durch den Kopf gehen (weniger auf Mark als auf Janet bezogen) und diese kleine Spielerei versetzt mich in eine prickelnde Erregung, ja, sie verführt mich zu allen möglichen Träumereien in Bezug auf mein weiteres Leben, das ich mir plötzlich in den buntesten Farben ausmale. Alles erscheint mir machbar, wenn man nur den festen Willen hat, es anzupacken und sich seine optimistische Tatkraft nicht von allzu vielen Selbstzweifeln verderben zu lassen.

Eigentlich wollte ich auf dem schnellsten Weg zurück ins Büro, aber das Büro kann warten, was für eine Verschwendung, ein abruptes Abbremsen aus voller Fahrt. Ziellos tauche ich in die Innenstadt ein, gleite die King Street hinauf, die Main Street hinunter. Vor dem Rathaus schwenkt ein versprengtes Häuflein Demonstranten seine Schilder, recht so Leute, sagt, was ihr denkt, *menschenwürdige Pflege*, mehr kann ich im Vorbeifahren nicht entziffern, ein paar Autos hupen, also hupe ich mit, die unaufwändigste Form staatsbürgerlicher Beteiligung. Zurück, dieselbe Runde noch einmal.

Diesmal verzichte ich auf den gerontologischen Arbeitskreis und parke den Wagen am Wesanford Place. Ich muss mir den Übermut aus den Beinen laufen, unterwegs sein. *Jetzt.* Die Welt liegt einem nicht jeden Tag zu Füßen.

Natürlich spiele ich mit dem Gedanken, Janet anzurufen. (Ich spiele mit dem Gedanken, seitdem ich im Auto sitze.) Aber erstens besteht die realistische Chance, dass ich Pete am Telefon habe (kein besonders stichhaltiges Argument für den weiteren Ausbau unserer geschäftlichen Beziehung). Und zweitens: Was will ich ihr eigentlich sagen?

Dass ich sie immer noch liebe? Großer Gott.

Dass ich ständig an sie denken muss? Die Wahrheit.

Dass ich mir vorstellen kann, mit ihr alle Zelte abzubrechen und ein neues Leben anzufangen? Dass ich jetzt – in diesem Moment, auf der Stelle, sofort – mit ihr ins Bett will?

Stop. Stop. Stop.

Solche Fragen sollte man sich gar nicht erst stellen. Einmal ausgesprochen, fangen sie an, sich zu verselbständigen, und am Ende kosten sie einen schlaflose Nächte. Das alles erscheint mir vielleicht verdammt logisch, okay, aber gleichzeitig weiß ich, dass die reale Janet, die Janet aus Fleisch und Blut, mich nicht im Geringsten verstehen würde (kein Wunder). Trotzdem: Ein einziger Impuls, der, in dem ich beschließe, zum Hörer zu greifen, markiert den Anfangspunkt, bringt den Stein ins Rollen, alles geschieht im Kopf, einfach so ...

»Janet? Hier Robert, Robert Ames.«

»Hallo, Robert!«

»Janet, ich weiß, dass sich das jetzt ziemlich verrückt anhört, aber ich muss dich sehen – am besten gleich.«

»Ich versteh nicht ganz ... Warum?«

»Bitte, Janet, verlang jetzt keine Erklärung! Dafür ist nachher noch genug Zeit. Setz dich ins Auto und komm!«

»Wo bist du überhaupt?«

»Ecke Jackson-/Baystreet.«

»Okay, Robert. Ich bin in einer Viertelstunde da.«

So oder so ähnlich würde unser Gespräch ablaufen. Und während ich im Begriff wäre, auf Janet zu warten, an einer nichts sagenden Straßenecke, zwischen Joes Schuhreparatur und Lisettes Friseursalon, würde mein Leben sich verändern und nie mehr so sein wie vorher.

Aber natürlich greife ich nicht zum Telefon (was meinem Spaß an dieser Träumerei keinen Abbruch tut), denn es ist unbestritten ein Vorteil des Älterwerdens, dass man weiß, dass aus einer spontanen Laune selten ein tragfähiger Lebensentwurf werden kann. Natürlich verleitet einen die Selbstverständlichkeit, die in die Liebe einzieht, immer wieder dazu, nach ein bisschen Abwechslung anderswo Ausschau zu halten. Dagegen ist nichts einzuwenden. Heikel wird die Sache erst, wenn man anfängt, zu trennen – hier der Spaß, dort die Routine – denn das ist der sicherste Weg, einem die Routine auf absehbare Zeit vollends zu verleiden. So weit habe ich es aber bisher noch nie kommen lassen. Denn was, wenn man auf einmal feststellt, dass man ohne die Routine nur noch die Hälfte wert ist?

Ich werfe einen kurzen Blick in die Auslage von Jerrys Man Shop. An Jerry habe ich nicht die besten Erinnerungen. Letztes Jahr habe ich mich hier von einer netten Verkäuferin mit gepierctem Bauchnabel breitschlagen lassen, ein Hemd voller pausbäckiger nackter Engel ohne Unterleib zu kaufen. Während sie mit geduldigem Lächeln ein Hemd nach dem anderen auf einer großen Glasplatte vor mir ausbreitete, büßte ich meine Fähigkeit zur Differenzierung mehr und mehr ein, ich suchte nur noch nach dem geeigneten Moment zum Absprung, ab einer gewissen Zeitspanne verwandelt sich jede

Beratung in eine Form von Beziehung, die den Nichtkauf wie einen Vertrauensbruch erscheinen lässt, und diesen Punkt hatten wir längst erreicht. Da kam besagtes Hemd an die Reihe. Aber es war nicht das Hemd, es war ihr Strahlen: Sie strahlte mit den Engeln um die Wette. »Ich weiß nicht, wie es Ihnen geht«, sagte sie, »aber wenn es Himmel und Hölle gäbe« – wir sahen uns so direkt in die Augen, dass ich Mühe hatte, nicht sofort rot zu werden –, »dann müssten dort droben im Paradies doch genau diese Engel schweben, was meinen Sie?« Jetzt errötete sie selber, und ich sagte: »Können Sie mir das Paradies bitte einpacken, es soll ein Geschenk werden« Irgendwie war es mir peinlich, ihr Strahlen so direkt mit mir selbst in Verbindung zu bringen.

Ja, ich habe dieses Hemd gekauft, um die junge Frau glücklich zu machen. Warum ich dann schlechte Erinnerungen daran habe? Weil Kala fand, ich sähe darin aus wie ein schmieriger Enddreißiger italienischer Abstammung mit einer gut gehenden gynäkologischen Praxis in Downtown Toronto. Sie meinte es nicht böse, sie sprach nur aus, was sie dachte, aber für mich kam ihre saloppe Bemerkung einer Hinrichtung gleich; ich wusste, zwei so gegensätzliche Gefühlswelten konnte dieses Hemd unmöglich ertragen, konnte vor allem *ich* in diesem Hemd unmöglich ertragen. Um das Hemd zu rehabilitieren, hätte ich die dazugehörige Geschichte erzählen müssen, aber damit hätte ich ihren Zauber überfordert, der Kampf gegen Festlegungen und Verallgemeinerungen ist der Tod jeder Magie, also behielt ich sie für mich. Und so habe ich das Hemd am Ende tatsächlich verschenkt – an Glandis, die etwas für ihren Bruder suchte (und es einfach *süß* fand).

Kurz nach eins. Meine Euphorie ist zwar nicht verflogen, aber deutlich abgeflaut. Weil meine Lust aufs Büro aber inzwischen nicht größer geworden ist, schlendere ich weiter zum Hess Village und setze mich im Lazy Flamingo an einen der freien Plätze. Zeit für einen kleinen Happen. Zwei Tische weiter serviert die Bedienung einen opulenten Hamburger, dann nimmt sie Kurs auf mich. Sie trägt ein kurzärmeliges weißes Poloshirt mit dem Aufdruck *Niagara Falls – you'll love it,* dazu eine orangefarbene Jeans mit rot abgesetzten Nähten und eine speckige blaue Schürze, die aussieht, als hätte sie in der Küche mit dem Koch Bäumchen-wechsle-dich gespielt. Ich versuche umsonst, ihr ein Nicken oder Hallo oder vielleicht sogar ein Lächeln zu entlocken, das meine Anwesenheit an diesem Ort in den Rang einer belanglosen, aber berechtigten Selbstverständlichkeit erheben könnte. Stumm wischt sie meinen Tisch, als sei ich ein Kind, das gekleckert hat; ein feines Netzwerk an Äderchen mäandert über ihren blassen Unterarm. Erst im Abdrehen schaffe ich es, meine Bestellung loszuwerden. Was soll's – solange das Sandwich schmeckt, kann ich auf ihre Zuwendung getrost verzichten.

Zum ersten Mal seit ich die Rutherfords verlassen habe, läuft mein Motor im normalen Drehzahlbereich – als würde gerade die Überdosis meines inneren Durcheinanders mich nun, auf diesem unromantischen Plastikstuhl, langsam zur Ruhe kommen lassen. Ich schließe die Augen. Ein wohltuender Teppich an Stimmen und Gerüchen umfängt mich. Als ich sie wieder öffne, versinken sie in frisch gekräuseltem Grün. Meine Bedienung hat mit dem Stift leise gegen den Teller geklopft, »Guten Appetit«, man soll sich von seinen Vorurteilen nicht leiten lassen, ich bin peinlich berührt und versöhnt zugleich. Zum Ausgleich bestelle ich ohne Zögern und sehr freundlich eine große Flasche Wasser.

Nach und nach füllt sich die Terrasse, was mich nicht weiter stört, weil ich leicht erhöht direkt an der Hauswand sitze. Vor dem hüfthohen schmiedeeisernen Zaun flanieren die

Passanten. Entspannt betrachte ich das Treiben und lobe mich selbst für meine gute Idee, sonst bin ich um diese Zeit im Cliffview Park, meiner Standardoase für die Mittagspause. Leider lässt sich dem Sandwich nur beikommen, indem ich den Mund aufsperre wie Spielbergs weißer Hai. Geschafft! Ein unauffälliger Blick nach links, ein unauffälliger Blick nach rechts – niemand beachtet mich. Erleichtert will ich ein zweites Mal zubeißen, da entdecke ich Kala, am äußersten rechten Rand der Terrasse. Sie schiebt die Sonnenbrille zurück ins Haar und klappt ihren Make-up-Spiegel auf.

Einen kurzen Moment ruht mein Blick auf ihr wie auf einer Fremden, dann zucke ich zusammen: Es ist derselbe Blick, mit dem ich Janet auf die Terrasse gefolgt bin (ein Mann taxiert eine Frau und fragt sich, was sie ihm geben kann). Vielleicht, denke ich, während Kala den Spiegel zuklappt und in ihrer Handtasche verstaut, seltsam ungerührt, aber nicht wirklich kalt, eher wie jemand, der Möglichkeiten abwägt und die Wahrscheinlichkeit ihres Gelingens in Betracht zieht, vielleicht sollte ich den Wink des Zufalls nutzen und das Spiel, das mit Janet begonnen hat, mit Kala weiterführen. Manchmal sucht sich die Erregung ja einen Anlass, einen Dritten im Bunde, der die Energien dorthin zurücklenkt, wo sie *eigentlich* hingehören. Zuerst ein bisschen gepflegte Konversation, dann ab ins Auto, wo das Verlangen zwischen uns schon übermächtig wäre. Ich könnte zu einem Motel in Dundas schippern, wo wir auf einer durchgelegenen Matratze, vor einem monströsen braunen Fernseher, wie ausgehungert übereinander herfallen würden. Der Rest des Tages wäre ausgefüllt von dem Bemühen, wieder an etwas anderes zu denken. Mag Kala ruhig auf Walters Fest verzichten – die Entschädigung ist akzeptiert.

Ich wickle das Sandwich in die Serviette und will gerade

aufstehen, als ein Mann in weißem Hemd und beiger Canvashose, kurz geschnittene, aber dichte lockige Haare, die Bühne betritt, das Sakko sportlich-lässig über die Schulter gelegt. Er orientiert sich – alles geht sehr schnell – und nähert sich dann zielstrebig Kalas Tisch, wo Kala und er sich umarmen, flüchtig, aber trotzdem so, als wäre es nicht das erste Mal. Dafür ruht seine Hand eine Spur zu lang auf ihrer Schulter.

Ich habe diesen Mann noch nie zuvor gesehen und lege auch jetzt keinen Wert darauf; er durchkreuzt meinen Plan (wenn man es einen Plan nennen will). Selbst wenn aus unserer Fahrt nach Dundas nichts geworden wäre, zumindest hätten wir unser überraschendes Treffen genießen können und um diesen Genuss fühle ich mich nun betrogen, ich habe plötzlich kein Anrecht mehr auf eine wie auch immer geartete *private* Begegnung mit Kala, in diesem sehr schmerzhaften Moment sind wir kein Paar. Zu allem Überfluss strickt meine Phantasie in Windeseile eine delikate, gleichwohl miese kleine Geschichte um sie und ihren unbekannten Begleiter, ich spüre, wie mich ein galliger Pessimismus bis obenhin anfüllt, *du würdest das hier bedeutend lockerer nehmen,* sage ich mir, *wenn du vorhin Janet angerufen hättest, also hab dich nicht so,* aber natürlich rede ich mir das nur ein, in Wirklichkeit hätte es mich umso tiefer getroffen, es hätte nur gezeigt, dass man in dem, was man denkt und fühlt, nicht völlig frei ist, dass man niemals mit letzter Gewissheit sagen kann, ob ein Entschluss nun auf dem eigenen Mist gewachsen ist oder letztlich doch nur eine Art von ferngesteuerter Reaktion.

Der Lockenkopf hat sich neben Kala niedergelassen, er rückt seinen Stuhl näher an den ihren heran, sie sitzen sich nicht gegenüber, sondern Seite an Seite; auf seiner Nase logiert eine feinrandige Expertenbrille, eine Radiologen- oder Wirtschaftsprüfer- oder Consultingbrille. Sofort macht er sich bei der Bedienung bemerkbar, *meine Zeit ist kostbar*, soll das heißen, ich wünsche ihm ihre gesammelte Missachtung an den Hut, aber sie trabt los wie an einer unsichtbaren Leine gezogen, und das ist das Signal für mich, mein Sandwich wieder auszupacken, ich bin hier nur noch Zaungast, bestenfalls, Zaungäste sind wenigstens neutral, was ich von mir nicht gerade behaupten kann.

Kala und ich führen nach meinem Verständnis eine sehr vertrauensvolle Beziehung: Wir halten uns gegenseitig auf dem Laufenden, so gut es eben geht, und nehmen ernst, was der andere tut. Natürlich gibt es auch bei uns immer mal wieder Anlass zu Eifersüchteleien, aber seit wir zu dritt sind, achten wir sehr darauf, mit der gebührenden Ernsthaftigkeit an unsere Liebe heranzugehen, und das schließt – ohne dass wir explizit darüber diskutiert hätten – eine Dreiecksgeschichte nun einmal ziemlich aus. Kurz vor Jonathans Geburt gestanden wir uns in einem sehr offenen Moment, dass jeder von uns im Jahr zuvor eine Affäre hatte. In meinem Fall handelte es sich um eine Kassiererin aus dem IGA, die mir an einem lausig kalten Februartag half, die Einkaufstüten zum Wagen zu tragen. Nachdem wir sie im Kofferraum verstaut hatten, kramte ich in meiner Manteltasche nach Trinkgeld, aber sie schnippte nur spöttisch mit den Fingern und sagte: »Geben Sie mir doch einfach ihre Visitenkarte.«

Was die Sache auf das Wesentliche reduzierte. Tatsächlich rief sie im Büro an und tatsächlich fuhr ich in der Mittagspause vier-, fünfmal zu ihr, wo wir sofort im Bett landeten und vögelten, bis ich wieder ins Büro zurückfuhr. Diese Dramaturgie behielten wir bei, was in erster Linie daran lag, dass Viola absolut kein Interesse an weiteren Details meines damaligen Lebens entwickelte und auch zu keiner Zeit den Eindruck machte, als könnte sich an dieser Einstellung in naher

Zukunft etwas ändern. Überhaupt: Wir redeten nicht viel miteinander und sie schien es nicht zu vermissen. Ich dagegen schon, schließlich war ich es gewohnt, Sex als Ausdruck profunder Anteilnahme an einer anderen Person zu betrachten, sozusagen als deren Endstufe (in der Hinsicht war ich noch immer Sue-geschädigt). Dass Viola (gemessen an ihrer Geradlinigkeit erschien mir der Name von Anfang an zu lyrisch) das Pferd so ungeniert von hinten aufzäumte, irritierte mich und bescherte mir – wohl nicht ganz zufällig – ein paar länger anhaltende Erektionsprobleme. Bevor sich diese Irritation zu einer Herausforderung hätte auswachsen können, reagierten wir so, wie es unter den veränderten Rahmenbedingungen das Sinnvollste war: Wir ließen die Sache einschlafen. Natürlich musste ich auch danach noch an Viola denken. Aber jedes Mal, wenn ich es tat, erschien mir ein Wiederanknüpfen an – ja, an was eigentlich? – komplizierter als der mögliche Gewinn.

Das Dumme an einer Affäre ist ja, dass man in der Regel dann in sie hineinstolpert, wenn die Fahne vor dem eigenen Schlafzimmer auf Halbmast hängt. Abgesehen davon, dass sie dort nicht zum ersten und bestimmt nicht zum letzten Mal hängt (was dem Ganzen einiges von seiner Glaubwürdigkeit nimmt), ist ein unvorhergesehener Adrenalinstoß noch lang keine Garantie dafür, dass sich das Blatt zum Besseren wendet. Seit der Sache mit Viola ist mir klar geworden, dass die Wirklichkeit während einer Affäre nur vorübergehend rosiger aussieht, als sie ist; manchmal beschleicht mich sogar die böse Ahnung, dass Frauen für Männer in meinem Alter vor allem dazu da sind, von genau dieser Wirklichkeit abzulenken. Ein leuchtendes Paar Augen gegen die Angst, auf der Stelle zu treten. Der Duft fremder Haut für das Versprechen, dass alles im Lot ist. Das sanfte Öffnen zweier Schenkel in der

Hoffnung, über den eigenen Schatten zu springen. Aber dieser Schatten liegt auf deinem ganz normalen, durchschnittlichen Leben und was dahinter kommt, sieht meistens nicht viel besser aus. Natürlich kann man das Spielchen ein paar Mal spielen, ohne sofort melancholisch zu werden oder das Vertrauen in sich selbst zu verlieren. Nach ein paar Durchläufen, wenn man immer noch der ist, der man war, geht einem vielleicht sogar auf, dass es um einiges vernünftiger sein könnte, gleich von Anfang an *an sich selbst zu arbeiten* (was immer das heißen mag). Nein, die wirklichen Veränderungen bekommt man nicht geschenkt – und mit Sicherheit nicht von einer Frau, auf die man scharf ist und der man an die Wäsche will.

Insofern muss ich Viola dankbar sein, dass sie keine ehrgeizigeren Ambitionen angemeldet hat; ein paar heftige, leidenschaftliche Momente, das war's. Mit meinen Träumereien – wenn ich denn welche gehabt hatte – und meinem schlechten Gewissen stand ich jedenfalls allein auf weiter Flur. Womit sich die Frage erübrigt, wer von uns beiden damals ehrlicher war: Es war Viola. Sie konnte sich mit Haut und Haaren auf unsere kurze Liaison einlassen, während ich viel zu sehr damit beschäftigt war, meinem alten Credo des *Ganz oder gar nicht* nachzuhängen – nur um schließlich festzustellen, dass beides nicht funktionierte (selbst wenn ich es gewollt hätte). Im Nachhinein ist mir klar geworden, dass ich zu keiner Zeit auch nur ein winziges Stück vom Ruder in der Hand hatte; darauf wirft die Tatsache, wie ich meinen Kopf am Ende aus der Schlinge zog, ein bezeichnendes Licht. Folglich bin ich auf die ganze Geschichte auch nicht besonders stolz.

Und Kala? Ich glaube, sie hat mehr mit Viola gemeinsam, als mir lieb ist. Zumindest hat sie meine Beichte bemerkenswert schnell verdaut, während ich an ihrer Affäre mit dem

Herausgeber eines anspruchsvollen Bildbands über die großen Impressionisten sehr viel länger zu knabbern hatte. Kala hat sich zu seiner Person nie weiter geäußert, sie nannte ihn einfach *Bruce* so wie ich Viola *Viola* nannte, sie war seine Ansprechpartnerin im Verlag, und als das Buch schließlich herauskam, bedachte er sie in den Danksagungen mit dem Satz *Kala Ames für Ihr wohlwollendes Entgegenkommen zu aller Zeit,* was mich in seiner Zweideutigkeit auf die Palme brachte (obwohl die Affäre zu der Zeit schon längst beendet war). Ich glaube, was mich gekränkt hat, war, dass Kala meinen Aufarbeitungsversuch ins Leere laufen ließ, indem sie meine bohrenden Detailfragen ignorierte – wie ich heute weiß, eine sehr weitsichtige und vernünftige Einstellung. Dabei hätte ich liebend gern den Punkt herausgefunden, an dem alles begonnen hat, nur um mir dann einzureden, dass ich es verhindern hätte können (was völliger Blödsinn ist – die daraus resultierenden Selbstvorwürfe bilden in der Regel nur die scheinheilige Ouvertüre zu einem unschönen inquisitorischen Schauspiel, dessen Aufführung Kala sich – und mir – ersparen wollte). Wie dem auch sei, ich habe meine Lektion gelernt und dazu gehört, einzusehen, dass Dinge sich über einen langen Zeitraum entwickeln und dass es schwer ist, im Nachhinein eine Handvoll plausibler Gründe zu finden, an denen man eine Veränderung bei sich selbst oder anderen Menschen festmachen kann.

Kala und ihr komischer Lockenkopf sind mittlerweile zu einer angeregten Unterhaltung übergegangen, obwohl – die meiste Zeit redet er und sie hört zu. Bei uns ist es genau umgekehrt, ich bin kein Vielredner und die Arbeit tut ihr Übriges, als großer Schweiger verkaufst du auch keine Versicherungen, also bin ich froh, wenn zuhause Kala am Schwungrad dreht. Sie tut es nicht aufdringlich, eher so, als würde sie mich massieren, eine Massage mit Worten, am Ende fühlst du dich erfrischt, mag sein, dass ich niemanden in mich hineinschauen lasse (sagt Kala), für mich hat es eher damit zu tun, dass ich innerlich keine Zäsur finde, ich bin ein erschreckend unsystematischer Typ, ein weiterer Unterschied zwischen uns, Kala stellt nach der ersten noch die zweite und die dritte Frage, ich schweife nach der zweiten zu einer neuen ersten ab, absurderweise nicht bei meinen Kunden oder Freunden, aber bei mir selbst, und das ist es, was Kala auffällt, sie nennt es *nicht hineinschauen lassen*, für mich ist es eher ein *nicht herausfinden können*, im Wust der ganzen Fragen, die ich mir unablässig stelle, kann ich mich nicht mehr auf eine Richtung konzentrieren, weil ich am liebsten *alle* in Betracht ziehen würde. Systematisch bin ich nur dort, wo es sich lohnt – Vor- und Nachteile einer Risiko- gegenüber einer Kapitallebensversicherung zum Beispiel –, dann werde ich sogar philosophisch, einen gegebenen Rahmen bis in den letzten Winkel auszuloten und dann zu sprengen, macht mich glücklich, als würde ich an meine Kraftreserven nur herankommen, wenn ich diesen Widerstand spüre, wenn der Rahmen fehlt, bricht eine große, lähmende Beliebigkeit über mich herein, ich kann mich nicht für den nächsten Schritt entscheiden, vielleicht ist das die simple Quintessenz, genauso wenig, wie ich mich *jetzt* für den nächsten Schritt entscheiden kann.

Mache ich mich aus dem Staub, brüte ich vermutlich den ganzen Nachmittag über der Frage, wie ich Kala auf den Kerl ansprechen kann, ohne dass es so wirkt, als hätte ich ihr nachspioniert – abgesehen davon, dass sie mich möglicherweise sieht (was peinlich genug wäre). Hinübergehen und den freudig überraschten Ehemann mimen? Traue ich mir in meiner momentanen Gemütsverfassung nicht unbedingt zu. Warten, bis Mr. Lockenkopf aufbricht und seine Botschaft zu all denen hinausträgt, die sie bisher noch nicht vernommen haben? Kostet mich Zeit, die ich nicht habe. Und Nerven obendrein.

Fest steht nur: Meine Herumsitzerei auf diesem Beobachtungsposten ist so ziemlich das Dämlichste, was ich tun kann. Ich manövriere mich in eine kapitale Handlungsunfähigkeit hinein, bevor ich überhaupt handlungsunfähig geworden bin. Außerdem bin ich enttäuscht, diese Enttäuschung macht mich ungerecht und diese Ungerechtigkeit lasse ich an jemandem aus, den ich überhaupt nicht kenne und der sich in seiner Freizeit womöglich für die Belange der Fischotter engagiert oder selbstlose Summen an ein Heim für erziehungsgeschädigte Kinder überweist. Bleibt eigentlich nur Möglichkeit zwei – zumal der Überraschungseffekt auf meiner Seite liegt. Wenn einen das spontane Verlangen befällt, einer Sache aus dem Weg zu gehen, sollte man sich manchmal zwingen, das genaue Gegenteil zu tun. Am Ende wird sich alles in Luft auflösen. Warum bis zum Nachmittag damit warten?

Ich gebe mir einen Ruck, drücke den Stuhl mit den Kniekehlen nach hinten und mache mich auf den Weg quer über die Terrasse wie John Wayne zu seinem letzten Gefecht: entschieden, ruhig, gelassen. Gleich wird Kala mich erkennen, ihre Überraschung entschädigt mich für die ganze Aufregung, *du triffst dich mit deiner eigenen Frau*, sage ich mir, vergiss das nicht, wovor hast du eigentlich Angst, schau ihr einfach in die Augen, im schlimmsten Fall raunt sie Mr. Lockenkopf eine kurze Bemerkung zu oder sie fängt an, zu lachen, bei Kala weiß man nie, das ist das Schöne an ihr. Aber nichts davon passiert, die beiden sind so in ihre Unterhaltung vertieft, dass sie mich überhaupt nicht wahrnehmen. Während mein Herz mit jedem Schritt ein wenig schneller schlägt, komme ich ihnen gefährlich nahe, entschieden zu nahe, ich bin schon fast an der Kante des Tisches, bevor sie zu mir aufschauen: Kala vollkommen perplex und der Lockenkopf missbilligend-stirnrunzelnd – als sei die Zone um ihn herum ein Biotop, das unter Artenschutz steht. Die Chance, unsere Begegnung möglichst schonend und behutsam einzuleiten, ist dadurch jedenfalls geringer geworden.

»Robert!« Kala dehnt meinen Namen, als hätte sie ihn seit Ewigkeiten nicht mehr ausgesprochen.

»So eine Überraschung«, sage ich und flankiere das Ganze mit einem aufgeräumten Lächeln. »Was treibst denn du hier?« Ich bin froh, dass meine Stimme mich nicht im Stich lässt (auch wenn ich sie mir ein bisschen kräftiger wünschen würde).

»Dasselbe wie du anscheinend auch«, sagt Kala, »ich genieße die Sonne.« Ihre Verwunderung hat sich wieder gelegt. (Ich beschließe, das für ein gutes Zeichen zu halten.) Noch bleibt Mr. Lockenkopf abwartend; er vertraut darauf, dass der Spuk gleich vorüber sein wird.

»Ihre Rechnung!« Mein unangekündigter Ausflug hat die Bedienung aufgeschreckt; vorwurfsvoll tippt sie mit ihrer Fußspitze auf den Boden. Ich entschuldige mich mit einem großzügigen Trinkgeld, das sie mit einer Geste der Herablassung einsteckt, als wäre es Schweigegeld für einen vereitelten Fluchtversuch. Das kurze Strohfeuer der Annäherung zwischen uns ist wieder erloschen, aber jetzt bin ich es, der sie keines Blickes mehr würdigt.

»Bist du schon länger hier? Ich hab dich gar nicht gesehen.« Kala deutet auf den Stuhl rechts von ihr und rückt symbolisch ein Stückchen weiter nach links.

»Ein schnelles Sandwich aus der Hand«, sage ich. »Ich war gerade am Gehen, als ich dich entdeckt habe.«

»Setz dich doch einen Moment zu uns.« *Uns.* »Darf ich dir

Mr. Marcus vorstellen: Wir kennen uns vom Yogakurs.« *Na also.* »Ken – das ist mein Mann Robert, Robert, das ist Ken.«

Robert und Ken. Ken und Robert. Wir reichen uns pflichtschuldig die Hand, wobei Mr. Marcus die Übung mit derselben falschen Begeisterung absolviert wie ich. Für ihn ändern auch meine nachträglichen Referenzen nichts daran, dass ich ein Störenfried bin, der ungebeten in seine Aufführung platzt.

»Wie kommt's, dass du in der Gegend bist?«

»Purer Zufall: Ich hatte ein Gespräch in Riverdale und bin auf dem Weg zurück ins Büro.«

»Du wolltest es doch heute ruhiger angehen lassen.«

»Walter hat mir seinen Termin aufs Auge gedrückt. Und du?«

»Wie meinst du?«

»Was verschlägt dich ins Hess Village?«

»Daran ist Ken schuld«, sagt Kala. Obwohl sie den Namen erst zum zweiten Mal ausspricht, hängt er mir schon jetzt zum Hals heraus.

»Stimmt«, bestätigt Mr. Marcus. »Zentral gelegen, ruhig – für mich der beste Ort im Zentrum.«

Um was zu tun?, denke ich, während ich ihn zum ersten Mal näher betrachte: sich mit den Frauen anderer Männer zu treffen?

»Ken ist neu in unserem Kurs.« Kala erwischt den richtigen Zeitpunkt für einen Themenwechsel.

»So neu nun auch wieder nicht«, korrigiert Mr. Marcus. Das wässrige Blau seiner Augen wird durch die Brille noch verstärkt; von nahem sieht sein Gesicht älter aus, als ich gedacht hätte.

»Gemessen an mir«, beharrt Kala.

»Gemessen an dir mit Sicherheit«, wiederholt Mr. Marcus.

»Bob kann's immer noch nicht fassen, dass er endlich wieder einen Mann an Land gezogen hat«, sagt Kala. (Bob ist ihr Kursleiter.) »Der letzte hat nach zwei Abenden die Segel gestrichen.«

»Das wird euch bei mir nicht passieren«, sagt Mr. Marcus.

»Das hofft auch niemand von uns.«

»Welch Balsam für meine Seele.«

»Trotzdem: Kommst du dir nicht manchmal komisch vor?«

»Würdest *du* dir komisch vorkommen?«

»Ich weiß nicht«, sagt Kala, »ich hab noch nie drüber nachgedacht.«

Irgendetwas an Mr. Marcus' Benehmen geht mir gegen den Strich. Es liegt etwas Indiskretes darin; als wollte er Kala auf einer sehr persönlichen Ebene zur Preisgabe von Informationen verleiten (und daran ändert auch die Tatsache nichts, dass *sie* ihm die Frage zuerst gestellt hat).

»Wie sind Sie ausgerechnet auf Yoga gekommen«, mische ich mich ein.

»Für Football bin ich nicht breit genug, für Basketball nicht groß genug und für Eishockey nicht schnell genug.« Mr. Marcus zeigt mir ein breites Siegerlächeln: Offenbar hält er dieses Bündel an Einschränkungen für ein schwer zu toppendes Qualitätsmerkmal seiner Person. »Im Ernst«, fügt er hinzu, als hätte ich, nicht er, unser Gespräch vom Weg abgebracht: »Ich hab mich schon immer für den Fernen Osten interessiert. Nur hab ich bisher leider nie die Zeit dafür gefunden.«

»Und warum Yoga?«

»Es gab ein paar Kriterien«, proklamiert er geheimnisvoll.

»Kriterien?«

»Ja, Kriterien«, wiederholt er, als erwarte er, dass ich noch einmal nachfrage.

Dieser Mensch enttäuscht mich. Gleichzeitig spielt er sein

Spiel sehr virtuos; ich kann mir nicht vorstellen, dass Kala darauf hereinfällt. Aber worüber haben sie sich dann vorher so angeregt unterhalten? Mr. Marcus begutachtet mich so wie ein Hobby-Anthropologe einen Gorilla, die Evolution, das weiß er, hat uns mit einer Fülle an Gemeinsamkeiten gesegnet, die er wohl oder übel akzeptieren muss, genauso wie er meine Anwesenheit an diesem Ort wohl oder übel akzeptieren muss.

»Ich wollte erstens einen festen wöchentlichen Termin«, sagt er, jetzt doch bereit, seine Wundertüte zu öffnen. »Und ich wollte zweitens eine Gruppe, in der ich mich wohl fühle; das motiviert mich zusätzlich.« Sein Blick wandert zu Kala: Für diesen Part – das hätte ich auch so begriffen – ist sie zuständig.

»Ich glaub nicht, dass du unsere Motivation nötig hast«, sagt Kala. *Und Ermutigung am allerwenigsten – wenn einer sein Licht nicht unter den Scheffel stellt, dann Mr. Lockenkopf.* »Bob scheint sehr zufrieden mit dir zu sein. Oder hat er dich schon mal damit aufgezogen, dass du mehr üben sollst?«

»Dazu hat er keine Zeit«, sagt Mr. Marcus.

»Warum denn das?«

»Weil er viel zu sehr auf euch fixiert ist.«

»Einen Vorteil muss es ja haben, wenn man der einzige Mann unter lauter Frauen ist«, entgegnet Kala.

»Praktizieren Sie auch Yoga?« Mr. Marcus weiß, dass es an der Zeit ist, mich auch wieder zu Wort kommen zu lassen. Ich würde ihn jetzt gerne fragen, ob seine Eltern ihm jeden Abend vor dem Einschlafen ins Ohr geflüstert haben, für wie großartig sie ihn halten, und ob ihm nach all den Jahren kritikloser Zuneigung nichts anderes übriggeblieben ist, als selber daran zu glauben? Und ich würde ihn gerne fragen, ob er sich einbildet, dass ich seine Ambitionen nicht durchschaue: Er und ich interessieren uns für dieselbe Frau – *meine Frau.*

Nur dass ich nach zehn Jahren Ehe die schlechteren Karten habe, er ist gerade dabei, das herauszufinden, die Art, wie er Kala die Bälle zuspielt und sie darauf reagiert, zeigt ihm, dass er richtig liegt. Für Mr. Marcus bin ich so relevant wie der Schlussstand der Börse in Seoul; er verspricht sich seine Rendite woanders.

»Ich hab mich noch nie für den Fernen Osten interessiert«, sage ich, »und so wie's aussieht, wird sich daran wohl auch in Zukunft nicht viel ändern.«

»Schade.« Mr. Marcus verzieht trotz meiner Anspielung keine Miene.

»Ja, schade«, sage ich. *Der Ferne Osten ist für Arschlöcher wie dich reserviert.*

Gott, ich übertreibe! Ich bin es einfach nicht mehr gewohnt, die zweite Geige zu spielen. Mit jeder Minute, die ich länger hier am Tisch sitze, schwäche ich meine Position. Von was lasse ich mich bloß so beeindrucken?

»Und welche Art der Entspannung bevorzugen Sie?« Mr. Marcus hat erkannt, dass ich mich über die Zeit retten will, bis der Gong das Ende der Runde verkündet. Während er aus seinem Salat die Cocktailtomaten herauspickt, setzt er nach.

»Ich bin für fast alles zu haben«, sage ich, eine Spur zu scharf. »Nur auf die Gesellschaft anderer Leute kann ich dabei ganz gut verzichten.«

»Dafür hast du ja tagsüber genug mit ihnen zu tun«, schaltet Kala sich ein. Ich weiß nicht, ob sie mir aus der Patsche helfen oder mich darauf hinweisen will, dass dieser Zug in die falsche Richtung fährt. (Eher Letzteres.)

»Das Problem kenn ich«, bekundet Mr. Marcus. »Manchmal fühl ich mich wie ein Staubsauger, der den ganzen Tag die Emotionen anderer Leute aufsaugt, nur dass am Abend niemand kommt und den Beutel leert.«

»Und wie werden Sie den Müll wieder los?«

Kala verzieht den Mund, als wollte sie sagen *Du benimmst dich heute ziemlich eigenartig,* aber natürlich sagt sie das nicht. Sie sieht hübsch aus in ihrem hellblauen Top mit dem dazu passenden Strickjäckchen.

»Wenn ich das wüsste, hätte ich längst ein Buch darüber geschrieben«, sagt Mr. Marcus. Vielleicht ist er gar nicht so übel, wie ich mir eingeredet habe. Vielleicht hat er sich seine Mittagspause einfach ein bisschen anders vorgestellt, genau wie ich, und nun versuchen wir beide, mit unserer Enttäuschung zurechtzukommen.

»Vielleicht können wir beim nächsten Mal ja an der Stelle anknüpfen«, sage ich, obwohl es nach der heutigen Vorstellung ein nächstes Mal so schnell nicht geben wird.

Warum will man für einen anderen Menschen Ein und Alles sein? Und warum zum Teufel schlägt man sich mit diesem unbescheidenen und nicht sehr aussichtsreichen Wunsch gerade dann herum, wenn er so erklärtermaßen nicht auf der Tagesordnung steht wie ein Chicken Curry auf der Speisekarte eines vegetarischen Schnellimbisses?

»Warum nicht«, sagt Mr. Marcus.

Es war eine schlechte Idee, mich hier einzumischen; ich hätte kurz auf der Bildfläche erscheinen sollen und dann wieder verschwinden.

»Statt des Fernen Ostens ruft mich leider das Büro«, sage ich, mehr zu Kala als zu Mr. Marcus, sanft wie ein Lamm. »Glandis fragt sich sicher schon, wo ich abgeblieben bin.« Für einen versöhnlichen Abschluss ist es jetzt zu spät. Aber noch geht es um Schadensbegrenzung.

»Dann lass sie besser nicht mehr warten.« Aus Kalas Augen spricht eine gewisse Ernüchterung.

»Du denkst noch an Walters Fest?«

Sie nickt – vermutlich hat sie bislang keinen einzigen Gedanken daran verschwendet.

»Wann glaubst du, wirst du heute kommen?«, sagt sie, mehr pflichtschuldig als wirklich interessiert.

»Ich denke mal, ich schaffe es bis vier«, sage ich.

»Schön«, sagt Kala.

Ich beuge mich zu ihr und küsse sie auf die Wange. (Ein Wunder, dass ich dazu noch in der Lage bin.) Dann verabschiede ich mich von Mr. Marcus. (Wir sind beide betont freundlich.) Auf der Straße drehe ich mich noch einmal um. Aber am Nebentisch brechen gerade die Gäste auf und verdecken mir die Sicht.

Acht

Manchmal streichen die Tage und Monate in einem selbstvergessenen Rhythmus an einem vorüber und irgendwann sind Jahre daraus geworden und nichts kündet davon, dass es jemals anders sein könnte. Dann wieder befällt einen das unbestimmte Gefühl, dass die Dinge nicht so laufen, wie sie laufen sollten, obwohl man nicht sagen kann, woran es liegt oder ob dem überhaupt so ist. Vielleicht rührt dieses Empfinden ja daher, dass die meisten Umbrüche unmerklich und ohne unser Zutun vonstattengehen, jedenfalls meiner Meinung nach, während die großen, hehren Entschlüsse (die, die ein Leben verändern sollen) in Wirklichkeit nichts anderes sind als der Versuch, dem etwas entgegenzusetzen. Wie wäre es sonst zu erklären, dass stolze Projekte am Ende nicht von ebensolchen Gefühlen, sondern oft von völlig lächerlichen Kleinigkeiten zu Fall gebracht werden?

In diesem Zusammenhang muss ich immer an meinen Freund Ben denken, der mir erzählte, wie er vor Jahren nichts ahnend den MC-Drive eines Hamburger-Restaurants ansteuerte, im Kopf einzig und allein damit beschäftigt, ob sein Magen das obligatorische Menü mit einem einfachen oder einem doppelten Burger attraktiver fände, während seine Freundin in dem Augenblick, in dem er das Fenster herunterkurbelte und die Bestellung ins Mikro bellte, beschloss, dass sie das alles nicht mehr ertrug. (Sie habe ihm, gestand er mir, genau diesen Moment später als den Moment der Wahrheit beschrieben.) Natürlich würde Ben niemals ernsthaft behaupten, dass ein Hamburger seine Beziehung zerstört hat, aber das Verrückte ist doch, dass dieser Hamburger es geschafft hat, etwas in Gang zu setzen, was du – wenn alles schiefläuft – in den Stunden danach selbst mit den besten Argumenten nicht mehr rückgängig machen kannst (und das sollte einem auf alle Fälle zu denken geben).

Zwanzig vor zwei. Der große Ventilator über Glandis' Schreibtisch empfängt mich mit einem sonoren, Mut machenden Brummen.

»Ich dachte schon, du lässt dich hier überhaupt nicht mehr sehen!«, sagt sie kopfschüttelnd und wirft mir über den Rand ihres Bildschirms einen gespielt vorwurfsvollen Blick zu. »Na, wie war's?«

»Alles in allem ziemlich unterhaltsam – wenn man von ein paar kleineren Blessuren an Leib und Seele einmal absieht.«

Der fragende Ausdruck in Glandis' Gesicht weicht jetzt einem überraschten, teilnahmsvollen Könntest-du-mir-bitte-mal-erklären-was-das-heißen-soll-Blick, doch bevor sie dazukommt, Luft zu holen, signalisiere ich ihr mit einem vertrauensvollen Lächeln, dass mit mir alles in Ordnung ist, und verschwinde auf die Toilette. Spontane Gefühlsoffenbarungen sind der Königsweg, um etliche Stunden und einige selbstmitleidige Geschichten später in der verrauchten Ecke einer dunklen Kneipe mit leichtem Drehen im Kopf festzustellen, dass sich daraus noch lange keine Gemeinsamkeiten ableiten lassen. Und obwohl ich die Wahrscheinlichkeit dieser bitteren Erkenntnis in unserem Fall eher gering einschätze, halte ich es für besser, auf eine Überprüfung zu verzichten; was mir passiert ist, ist nichts, was nicht tausend anderen Männern und Frauen auch schon passiert wäre. (Und das genügt mir.)

»Ach übrigens«, setzt Glandis an, als ich zurückkomme, »was hältst du davon, wenn wir heute Abend gemeinsam zu Walter fahren?«

»Ich weiß nicht, ob das eine besonders gute Idee ist.«

»Keine Angst, ich hab nicht vor, dir den Platz am Steuer streitig zu machen.«

»Das könnte ich vielleicht sogar verschmerzen.«

»Ich seh schon«, seufzt Glandis, »das hier ist ein Teil deines Problems, hab ich Recht?«

»Ich fürchte, ja.«

Kala und ich könnten Jonathan bei ihren Eltern abliefern wie geplant, anschließend die Zeit für das nutzen, wonach uns ist (auch wenn es mit den romantischeren Ambitionen fürs erste vorbei sein dürfte) und alles Weitere – einschließlich Walters Fest – in Ruhe auf uns zukommen lassen.

»Versteh mich nicht falsch«, beginnt Glandis nach einer kurzen Pause erneut, »aber ich schätze, allzu viel Alleinsein bekommt mir heute nicht.« Sie schiebt die Unterlippe nach vorn und richtet sich auf. »Ich fang sofort wieder an, zu brüten – na ja, du weißt schon.«

Das Raymondproblem.

»Ich werd sehen, was sich machen lässt.« Ich will nicht, dass Glandis meine abwartende Haltung persönlich nimmt; trotzdem hat die Sache mit Kala Priorität. »Kann ich dich von zu Hause aus noch mal anrufen?«

»Aber bitte nicht zu spät.«

»Versprochen.«

»Robert?«

»Ja?«

»Nur eins noch: Ich hab nicht den Anspruch, dass dieser Abend so verläuft, wie ich ihn mir vorstelle.«

»Dann hast du mir was voraus.«

»Aber natürlich hab ich auch nichts dagegen.«

Wir müssen beide grinsen. Ich spüre ihr gegenüber eine stille Dankbarkeit, Dankbarkeit darüber, wie behutsam sie mit ihren und meinen Interessen umgeht.

»Alles Weitere spätestens in Port Dover, okay?«

»Spätestens«, sage ich.

Ich verschwinde in mein Büro und öffne das Fenster. Nur das einsame Surren eines Sprenklers, der sich im Garten gegenüber energisch um die eigene Achse dreht und den Rasen mit einem feinen Netz aus silbrig schimmernden Fäden überzieht, stört die Idylle – die Upper Paradise Road rüstet sich fürs Wochenende.

Eigentlich sollte ich meinen verlorenen Vormittag jetzt wieder hereinarbeiten, bei den vielen Terminen vor Ort bleibt naturgemäß eine Menge liegen, das ist die Kehrseite der Medaille, zuerst die Bedarfsanalyse, dann die maßgeschneiderten Angebote, aber die maßgeschneiderten Angebote können mir für heute gestohlen bleiben, stattdessen checke ich meine E-Mails und die Memos von Glandis, nichts wirklich Wichtiges, zum Glück, trotzdem muss ich am Montag einen Gang höher schalten oder eine Abendschicht einlegen.

Ich mache den Job jetzt bald neun Jahre und in diesen neun Jahren lief weiß Gott nicht immer alles glatt, besonders am Anfang; ich war zwar meinem Elfenbeinturm in Toronto entkommen, dafür aber zum ersten Mal in meinem Leben mit Kunden aus Fleisch und Blut und einem provisionsabhängigen Gehalt konfrontiert. Aber ich will mich nicht beklagen, ich wusste schließlich vorher, auf was ich mich einlasse, und da die Rahmenbedingungen ziemlich genau meinen Erwartungen entsprachen, entwickelte ich ein beträchtliches Durchhaltevermögen. Endlich eine Arbeit, in die mir niemand hineinredete. Deren Früchte ich selber ernten konnte. Die sich nicht nur am Schreibtisch, sondern auch im Auto und auf fremden Sofas abspielte. Dass ich dabei Woche für Woche mit einem ziemlich repräsentativen Querschnitt meiner Landsleute konfrontiert werden würde, war mir klar – dass ich daran *so* großen Gefallen finden könnte, nicht unbedingt.

Kala hat meinen Wechsel bedingungslos unterstützt; Bedenken kamen ihr erst später. »Pass auf, dass du dir selber treu bleibst«, sagt sie manchmal und ich weiß, warum sie das sagt. (Trotzdem liegt sie falsch.) Hinter jeder Art von Professionalität steckt eine Verengung des Blickwinkels: Wer davon lebt, wildfremde Menschen zu kategorisieren, damit er ihnen in der Welt der Summenzuwächse, Novationen und Bonussysteme den geeigneten Platz zuweisen kann, gerät leicht in Gefahr, sich selbst für ungeheuer intelligent und die eigenen Inhalte für ungeheuer relevant zu halten. Aber erstens bin ich mir dessen bewusst, zweitens kämpfe ich von jeher eher mit dem gegenteiligen Problem und drittens, das ist das Wichtigste, glaube ich auch nach neun Jahren im Geschäft noch fest an das Mysterium des Menschseins. Während Walter seinen Spaß daran findet, Kunden nach obskuren Items zu kategorisieren, daraus Rückschlüsse auf die *Vertragsabschlusswahrscheinlichkeit* zu ziehen und sie dann der Reihe nach unterschriftsreif zu machen, halte ich mich an die ehrwürdige Maxime *offer people possibilities, let them choose the solution* – und versuche im Zuge dessen so oft wie möglich einen kurzen, beiläufigen Blick *hinter* die Kulissen zu werfen. Wenn man so will, sind wir beide in ein simples Spiel mit unseren Prognosen verstrickt, nur dass sich hinter diesen Prognosen für Walter das Berechenbare und für mich das Unberechenbare verbirgt – jeder Tag ist für eine Überraschung gut (wie die Rutherfords heute wieder gezeigt haben).

Insofern hat Walter Recht, wenn er sagt, dass ich kein geborener Verkäufer bin, und man kann die Sache durchaus unter philosophischen Gesichtspunkten betrachten. Der Grund dafür ist, dass ich zu wenig auf den Verkaufsabschluss fixiert bin, wie Walter es ausdrückt und während er zur Not auch Rasenmäher oder Schneeketten an den Mann bringen könnte (ohne dass sein Selbstverständnis darunter leidet), würde ich mir mit so viel Vordergründigkeit verdammt schwertun.

Nein, was ich an meiner Arbeit schätze, ist, dass ihr in ihren guten Momenten zwangsläufig etwas Existenzielles anhaftet (auch wenn man noch so sehr bemüht ist, die Sache herunterzuspielen). Die Dinge erhalten ein seltsam verändertes Gewicht, wenn man sich Auge in Auge mit einer Police erst einmal klargemacht hat, dass das eigene Leben ein Versuch von begrenzter Laufzeit ist. Natürlich dränge ich diese Überlegung niemandem auf. Die eine Hälfte der Leute hat damit ohnehin nichts am Hut (vermutlich wäre diese Hälfte eher für einen Zweitrasenmäher zu erwärmen), bei der anderen lässt sie sich mit ein wenig Glück immerhin als Aufhänger für gute Gespräche nutzen. Ich habe mich mit meinen Kunden schon über Baseballspiele, Kindererziehung und den Tod unterhalten – auf eine leichte, zuversichtliche und kurzweilige Art – und daraus ebenso viel Befriedigung gezogen wie aus meiner monatlichen Gehaltsabrechnung.

Als Kala und ich heirateten, war ich von einem Job als Makler für Lebensversicherungen bei Walter Buck so weit entfernt wie der Dalai Lama von einer Ernennung zum chinesischen Außenminister. Ich hatte die Universität zwei Jahre zuvor mit einem Abschluss in Neuer Amerikanischer Geschichte verlassen, um beinahe nahtlos in ein tiefes Loch zu fallen, das dem Umstand geschuldet war, dass sich bei mir trotz aller Bemühungen keine präzise Vorstellung von meinem künftigen Leben einstellen wollte (und das ich mit einer Überdosis Sport zu stopfen versuchte).

In dieser desolaten Phase traf ich Dr. Freeman, einen meiner Professoren, in einem Getränkeladen an der Younge Street, wo er nach einem guten kalifornischen Rotwein für seinen Hochzeitstag Ausschau hielt. (Wir kannten uns nicht nur von seinem letzten Kurs – die Bedeutung der Kubakrise für die amerikanische Außenpolitik –, sondern auch von einer privaten Feier, die er als kleines Dankeschön für die Teilnehmer organisiert hatte und auf der seine Frau, eine zwanzig Jahre jüngere, hübsche Brünette mit gezupften Augenbrauen, von der gemunkelt wurde, sie habe ihn vor Jahren bei exakt demselben Anlass *erlegt,* mexikanische Tortillas mit Maiskolben servierte, während wir über den Holzeinschlag großer Konzerne in British Columbia diskutierten.) Obwohl ich mich nach außen hin bemühte – meine schleichende Orientierungslosigkeit muss mir deutlich anzumerken gewesen sein und anscheinend berührte ihn das in irgendeiner Weise, denn nach den üblichen Floskeln fragte er mich an der Kasse plötzlich ziemlich unvermittelt, ob ich mir vorstellen könne, bei einer Public-Relations-Agentur in Toronto einzusteigen; ein Freund von ihm sitze dort in der Geschäftsführung. Die Agentur, so erzählte er mir, versuche im Auftrag namhafter japanischer Unternehmen das Bild des Landes in der nordamerikanischen Öffentlichkeit nach und nach ein wenig ausgewogener und freundlicher zu gestalten. (Die US-Investitionen der Japaner hatten in den Jahren zuvor ihren Höhepunkt erreicht, was erste Hysteriker schon an ein zweites Pearl Harbour denken ließ.) Sobald er Näheres in

Erfahrung gebracht habe, versprach er, werde er sich wieder bei mir melden.

Ich war freudig überrascht, was sonst, schließlich schlug ich mich nicht gerade mit einem Überangebot an Perspektiven herum. Zwei Wochen später rief Dr. Freeman tatsächlich an. Damit nicht genug: Er hatte seinen Freund auch bereits von meinem zu erwartenden Anruf in Kenntnis gesetzt. »Sie haben Talent, Robert, vergessen Sie das nicht«, sagte er zum Abschied. Vor lauter Nervosität absolvierte ich Stimmübungen im Bad. Das Gespräch selbst verlief unspektakulär. Ausgestattet mit meinem Zeugnis, ein paar wohlwollenden Gutachten der Universität und einem Gefühl des Aufbruchs stellte ich mich anderntags persönlich vor und wurde – an dieser nüchternen Einschätzung führt kein Weg vorbei – dank Dr. Freemans Fürsprache auch tatsächlich genommen. Meine Aufgabe bestand darin, geplante PR- und Werbemaßnahmen auf ihre potentielle Eignung für den amerikanischen Markt abzuklopfen (ein erster tiefer Blick in die Seele des nordamerikanischen Durchschnittsbürgers und die ideale Vorbereitung auf meinen Job bei Walter Buck, auch wenn ich das damals natürlich noch nicht ahnte), laufende Kampagnen kritisch zu evaluieren sowie einen Haufen wirklichkeitsfremder, lobhudelnder PR-Texte zu verfassen.

Zwei Jahre lang gab ich mir alle erdenkliche Mühe, Dr. Freeman nicht zu enttäuschen und den Vertrauensvorschuss, den man mir entgegengebracht hatte, zu rechtfertigen. Wenn ich nicht arbeitete, war ich allein; wenn ich nicht allein sein wollte, stand ich auf dem Tennisplatz. Dann lernte ich Kala kennen. Ihre Eltern konnten sich anfangs nicht recht entscheiden, ob ihnen mein Job imponierte oder nicht. Vor allem Richard kam mit seinem Patriotismus gehörig ins Schleudern. Als erfolgreicher Servicemanager einer großen Ford-

Niederlassung an der Vierhundertdrei bei Burlington unterstellte er den *Schlitzaugen*, wie er sie nannte, unsere Automobilindustrie mit ihren Exporten zu ruinieren, was meiner Tätigkeit in seinen Augen den faden Beigeschmack von Vaterlandsverrat eintrug und meine Eignung als Schwiegersohn entsprechend schmälerte. (Heute können wir darüber lachen.)

Mein Weg in die Versicherungsbranche folgte dann wieder den Gesetzen des Zufalls. Kala hatte in der Zwischenzeit ihr Literaturstudium abgeschlossen, wir heirateten und gemeinsam entschieden wir uns für Hamilton als neuen Lebensmittelpunkt. Da Kala mittlerweile von einem Job im Verlagswesen träumte, ließ ihr das alle Chancen, notfalls auch weiterhin in Toronto nach etwas Vernünftigem Ausschau zu halten. Gleichzeitig war es uns möglich, in Hamilton, wo die Immobilienpreise es mit Neuankömmlingen wie uns noch halbwegs gut meinten, dank der Starthilfe ihres Vaters (auch ich verdiente im Übrigen nicht schlecht) ein hübsches Haus mit einem schönen Garten zu kaufen, groß genug, um mit Freunden um das Barbecue zu sitzen und den Kindern später einen Sandkasten und eine Schaukel aufzustellen. Schneller als gedacht fühlte ich mich hier, in sicherem Abstand, aber greifbarer Nähe zu meinem früheren Leben, genau am richtigen Platz.

Lag es an der allgemeinen Aufbruchsstimmung? Oder war ich schlichtweg zu glücklich? Jedenfalls machte sich, was die Arbeit betraf, nach der Hochzeit und unserem Umzug eine innere Unruhe in mir breit, zunächst sehr verhalten, dann immer deutlicher. Nicht nur, dass mir die Fahrerei über den verstopften James N. Allen Skyway mit jedem Tag vermeidbarer und überflüssiger vorkam; irgendetwas in mir sträubte sich auch dagegen, die Wirklichkeit fortwährend unter ein und demselben Blickwinkel zu betrachten. Plötzlich kränkte es mich, wenn in der Agentur viele meiner Ideen links und rechts vom Tisch herunterfielen, nur weil sie nach Ansicht der Leute, die darüber zu entscheiden hatten, nicht den *Nerv des Projekts* trafen. (Ich glaube, ich hatte schon damals ein Faible dafür, mich von kleinen, unbedeutenden Details ablenken zu lassen.)

Schließlich stolperte ich eines Abends, auf der blauen Couch im Wohnzimmer, über Walters Anzeige. Darin war auffallend oft von Begeisterung und innerer Überzeugung die Rede (Gefühlszustände, die ich seit längerem nur noch für mein Privatleben gelten ließ) und obwohl ich diese Verheißungen nicht wörtlich nahm, so genügten sie doch, mich neugierig zu machen.

Und die Kündigung? Fiel mir nicht schwer – abgesehen von der Frage, ob ich mich noch einmal bei Dr. Freeman melden sollte (ich entschied mich für eine Postkarte, auf die ich nie eine Antwort erhielt). Ich hatte mir den ganzen Vormittag salbungsvolle Ausführungen zur mythischen Aura japanischer Gärten abgerungen, dann war es so weit. Später, als ich mein Büro leer räumte, fiel mir auf, dass ich es in den zurückliegenden sechsunddreißig Monaten nicht geschafft hatte, auch nur ein *privates* Teil darin unterzubringen (keine Tasse, kein Foto, kein Kalender an der Wand). Diese Entdeckung bestärkte mich in meinem Beschluss.

Dass ich mich am Ende tatsächlich für den Job bei Walter Buck entschieden habe, lag im Übrigen weniger an der Anzeige oder an ihm selbst (obwohl wir uns alles andere als unsympathisch waren), sondern an der Upper Paradise Road, die mir von Anfang an gefiel. Sie sah ungefähr so aus, wie ich mir zu der Zeit mein weiteres Leben ausmalte. Ruhig und übersichtlich. Mit einem klaren Bekenntnis zu Zielen, die sich realisieren lassen. Und auch heute, neun Jahre später, fahre ich morgens manchmal hier herauf, denke an diese erste Fahrt und dass alles so, wie es gekommen ist, seine Richtigkeit hat.

Man sollte meinen, dass die elementaren Dinge des Lebens – was man studiert, wen man heiratet, welchem Job man nachgeht – das Resultat zielgerichteter Überlegung und sorgfältiger Planung sind (oder zumindest dem ernsthaften Bemühen danach entspringen). Das traf für mich immer nur sehr bedingt zu, vielleicht weil das Leben mir schon sehr früh klargemacht hat, dass es auf deinen persönlichen Wunschzettel keine Rücksicht nimmt (was sich spätestens bei Vaters Tod zu bewahrheiten schien). Jedenfalls hatte die Vorstellung, dass Plätze, Orte und Menschen (und mit ihnen das, was man gemeinhin das eigene Schicksal nennt) sich jederzeit wieder verändern können, für mich stets etwas Bedrohliches und Tröstendes zugleich.

Das änderte sich erst, als Kala in mein Leben trat. Im Grunde, das ist mir heute völlig klar, hatte sie den größten Anteil an dem Umschwung, der sich damals vollzog. Sie war von einer ansteckenden Spontaneität. Außerdem glaubte sie fest daran, dass die Zukunft eine Menge an Chancen für sie bereithielt (dass sie mich dazurechnete, gab meinem schwankenden Selbstwertgefühl respektablen Auftrieb). Idealismus war in Kalas Augen eine unverzichtbare Zutat im großen Kochtopf des Lebens, seinen Gefühlen zu trauen die Vorstufe jeder Veränderung.

Plötzlich warf ich meine alte Angst über Bord, dass eine Entscheidung für sie zugleich eine Entscheidung gegen all die anderen attraktiven Frauen war, die nur darauf warteten, Robert Ames kennen zu lernen. Und es gelang mir, auch die Arbeit bei Walter Buck unter einer längerfristigen Perspektive zu sehen, ohne sofort nervös zu werden. Daran hat sich bis heute nichts geändert. Vermutlich spekuliere ich einfach nicht mehr darauf, dass ein neuer Job aus mir einen anderen Menschen macht. (Für eine neue Frau gilt dasselbe.) Man könnte auch sagen, dass ich mich mit dem, was ich bin und was ich tue, ausgesöhnt habe. Würde ich jetzt eine Gewinn- und Verlustrechnung aufmachen, ich wäre auf der Habenseite.

Um auf Walter zurückzukommen: Natürlich begegnete er mir anfangs mit einer gesunden Skepsis. Schließlich ist es ein Unterschied, ob du ein verkopfter Theoretiker (seine Einschätzung von mir) oder ein ausgebuffter Praktiker bist (seine Einschätzung von sich selbst). Was ihn letztlich bewogen hat, es mit mir zu versuchen, war die Tatsache, dass ich mit Menschen umgehen kann. Die Verschiedenheit zwischen uns beiden war dafür ein ziemlich geeigneter Gradmesser (und etwas, was dir draußen beim Kunden jeden Tag passieren kann – insofern spekulierte Walter schon damals völlig zu Recht darauf, dass wir gemeinsam ein hübsches Spektrum abdecken könnten). Darüber hinaus, glaube ich, tat es ihm gut, jemanden, der ein ganzes Stück jünger war als er, dieselbe Sache anfangen zu sehen; das vermittelte ihm das beruhigende Gefühl, nach wie vor auf dem richtigen Dampfer zu sein. Walter legt dir keine Steine in den Weg, wenn du ihn in seiner Art akzeptierst, und so habe ich es immer gehalten. Nur jetzt, wo er in seine Wochenendaffären hineingeschlittert ist und sich beharrlich weigert, wieder aus ihnen herauszufinden, wünsche ich mir manchmal, er hätte mir nie davon erzählt.

Das Telefon. Es ist Walter – als ob er geahnt hätte, dass ich mir gerade seinetwegen den Kopf zerbreche.

»Halt ich dich von irgendwas ab?«

»So direkt kann man das eigentlich nicht behaupten.« Ich unterdrücke ein Gähnen. (Es fällt mir schwer, wieder in die reale Welt zurückzufinden.)

»Tut mir übrigens leid«, sagt Walter. »Das mit dem Termin,

meine ich. Ich hoffe, ich hab deine Tagesplanung nicht über den Haufen geworfen?«

»Was soll ich dir denn auf eine so scheinheilige Frage antworten?«

»Die Wahrheit und nichts als die Wahrheit.«

»Na schön, wenn du's genau wissen willst: Ja – du hast meine Planung über den Haufen geworfen! Andererseits bin ich dadurch in den Genuss eines denkwürdigen Vormittags gekommen, also gleicht sich die Sache wieder aus.«

»Ich weiß, dass es dir schwerfällt, aber vielleicht drückst du dich trotzdem etwas klarer aus?« Vermutlich schneidet er in diesem Augenblick eine angestrengte Grimasse. Walter ist kein Freund von vagen Andeutungen und hält das mit Sicherheit für ein Überbleibsel meines früheren Theoretikerlebens.

»Ich würde mich nicht mal klarer ausdrücken, wenn ich mich klarer ausdrücken könnte. Nur so viel: Ich glaube, du musst dich heute Abend anstrengen, um noch einen draufzulegen.«

»Danke für den Hinweis! Ich hab schon angefangen, deinen Humor zu vermissen.«

»Auf gute Freunde ist eben immer Verlass.«

»Deswegen ruf ich an«, sagt Walter, etwas zu laut. Anscheinend steht er in irgendeiner Shopping Mall, denn im Hintergrund höre ich Stimmengewirr und das einschläfernde Gesäusel einer Hammondorgel. »Hör mal, könntest du mir einen Gefallen tun?« Seine Stimme klingt plötzlich eine Spur tiefer.

»Solange ich nicht weiß, was auf mich zukommt, sag ich bei solchen Gelegenheiten ungern ja. Außerdem hast du dein Kontingent bei mir für heute schon erschöpft.«

»Scheint ja nicht besonders groß zu sein.«

»Alles eine Frage der Wirtschaftlichkeit – es gibt auch noch andere Leute, die von mir profitieren wollen.«

»Und wer, wenn ich fragen darf?«

»Dreimal darfst du raten!«

Walter sagt nichts, stattdessen übernimmt die Hammondorgel mit *Mrs. Robinson* das Kommando. Anscheinend ist er an einem sehr zentralen Punkt seiner Überlegungen angekommen und weiß nicht recht, wie er mir klarmachen soll, was es damit auf sich hat.

»Keine Angst, ich werd dich nicht überfordern. Vielleicht kannst du sogar das Nützliche mit dem Angenehmen verbinden.«

»Die Frage ist nicht, ob du mich überforderst«, sage ich, »sondern ob ich dir trauen kann. Um was geht's denn?«

Walter schickt ein bedeutungsvolles Räuspern in die Leitung.

»Ich wollte dich bitten, Kala heute Abend mitzubringen.«

»Und weiter?«

»Nichts *und weiter.* Das ist alles.«

Ich bin ziemlich perplex. Wenn man so lange zusammenarbeitet wie wir, ist man daran gewöhnt, den anderen in allen möglichen Stimmungslagen anzutreffen. Die hervorstechendste Eigenschaft, die Walter dabei über all die Jahre an den Tag gelegt hat, war eine mitunter aufreizende Demonstration von Gelassenheit, sobald es um Fragen geht, die Dritte betreffen. In gewisser Weise ist er sehr tolerant – tolerant in dem Sinn, dass er zwischen seinen eigenen und fremden Angelegenheiten unterscheiden kann. Natürlich weiß er um Kalas Zurückhaltung ihm gegenüber, und ob sie sich nun für oder gegen Port Dover entscheidet, weiß ich noch nicht einmal selbst. Die Frage ist also: Warum sollte er sich und sein Glück von solchen Unwägbarkeiten abhängig machen?

Ich bugsiere den schwarzen Metallpapierkorb neben den Schreibtisch, bis ich bequem die Beine darüberlegen kann.

Meine Füße! *Pferdeleder passt sich Ihrer Fußform optimal an: Ein, zwei Wochen, und diese Schuhe tragen sich wie Mokassins.* Bravo – aber nur wenn ein Gratisindianer das Einlaufen übernimmt und der Verkäuferin nach vier Wochen das Fell über die Ohren zieht.

»Bist du noch dran?«

»Natürlich bin ich noch dran.«

»Warum sagst du dann nichts?«

»Weil ich mich frage, seit wann dir so viel an Kala gelegen ist.« Trotz der Hammondorgel kann ich hören, wie Walter einatmet und die Luft mit einem lang gezogenen *Fhhhhhhh* in irgendeine Ecke seines Einkaufszentrums bläst.

»Du unterschätzt mich eben«, sagt er langsam.

»Vielleicht kenn ich dich auch nur zu gut.«

Walter lacht ein kurzes, freudloses und gequältes *Hehehe.*

»Irgendwas wirst du dir doch dabei gedacht haben.« Ich beschließe, hartnäckig zu bleiben. »Ein alter Hase wie du äußert ein solches Anliegen doch nicht ohne Hintergedanken.«

»Alter Hase ist gut. Können wir das Verhör jetzt wieder einstellen?«

»Na los, raus mit der Sprache.«

»Eigentlich gibt's da nicht viel zu sagen, glaub mir!« Irgendetwas knackt in der Leitung.

»Dann sag mir das Wenige.«

»Ich wünsche mir ein ruhiges, beschauliches Fest, bei dem jeder auf seine Kosten kommt.«

»Das wünsche ich mir auch.«

»Und ich weiß, dass Michelle mit Kala gut auskommt und sich freuen würde, sie wieder mal zu sehen.« Walter hält einen kurzen Augenblick inne. »Verstanden?«

»Wenn ich ehrlich sein soll – nicht ganz.«

»Ich hoffe, das ist kein Grund, mir einen Wunsch abzuschlagen?«

»Ich bin gerade dabei, mir das zu überlegen«, sage ich, während ich mit der rechten Hand gedankenverloren in einem Katalog für Büromöbel blättere, der seit heute Morgen auf meinem Schreibtisch liegt.

»Na hör mal, wir sind schließlich Geschäftspartner!« Walter spielt den Entrüsteten.

»Genau deswegen. Bis jetzt war ich der Meinung, Port Dover wär eine Privatveranstaltung – und dann kommst du und machst auf einmal eine Dienstfahrt draus.« Ich lege den Katalog zur Seite. Die Leitung gehört jetzt wieder Simon and Garfunkel (oder vielmehr dem, was die Hammondorgel von ihnen übriglässt).

»Robert«, sagt Walter in mein Schweigen hinein, »du weißt, dass bei mir momentan einiges schiefläuft. Ich hätte nichts dagegen, wenn es anders wäre, aber es ist nun mal so. Dann fängt man an, sich Gedanken zu machen, ganz blödsinnige Gedanken. Glaub mir: Ich hab dir alles gesagt, was ich sagen kann. Ich will, dass Michelle sich heute Abend wohl fühlt. Und dummerweise bild ich mir plötzlich ein, dass Kala ihr dabei helfen kann.«

In diesem Augenblick geht die Tür auf und Glandis macht ein paar Handzeichen, die ich nicht verstehe.

»Was sie bestimmt gern tun würde«, sage ich, während ich Glandis einen fragenden Blick zuwerfe und mit den Schultern zucke. »Aber sie hat ihren eigenen Kopf. Und was in diesem Kopf vorgeht, weiß ich manchmal selber nicht so genau.« Glandis zieht sich wieder in ihr Büro zurück. »Mal sehen, was sich machen lässt.« (Das verspreche ich jetzt innerhalb von zwanzig Minuten schon zum zweiten Mal.)

»Danke, Robert«, sagt Walter. »Ich will dich mit der Sache

nicht unter Druck setzen, okay?« Ein leichter Anflug von Resignation liegt in seiner Stimme – als hätte ihm sein Arzt gerade die Ergebnisse einer Blutuntersuchung mitgeteilt, bei der die Cholesterin- und Leberwerte jenseits von Gut und Böse waren. So fürsorglich habe ich ihn bisher selten erlebt.

»Das lass ruhig meine Sorge sein«, sage ich. Wieso spielt Michelles Befindlichkeit plötzlich eine so große Rolle für ihn? Und wieso glaubt er, dass ausgerechnet meine Frau seiner Frau unter die Arme greifen könnte? Kala jedenfalls dürften seine Überlegungen ziemlich egal sein. (Ich hätte von Anfang an nicht mit ihr über Walters private Probleme diskutieren sollen.)

»*Ein* Repräsentant der Familie Ames wird auf jeden Fall bei dir antreten«, tröste ich ihn, »vorausgesetzt, du hältst mich nicht noch länger von der Arbeit ab.«

»Ich kann mich beherrschen.«

»So oder so – kein Grund zur Nervosität.«

»Das sagst du. Trotzdem danke für dein Mitgefühl!«

»Morgen wirst du an die Sache keinen einzigen Gedanken mehr verschwenden.«

»Ich weiß«, sagt Walter.

»Also dann: bis heute Abend.«

»Bis heute Abend.«

Ich verschränke die Arme hinter dem Kopf und schließe die Augen. Dieses Gespräch war nicht unbedingt dazu angetan, meine Stimmung zu heben. Ist sein Geburtstag der Auslöser oder liegt es doch an Port Dover, wahrscheinlich beschäftigt Walter die Frage, wie er die verschiedenen Facetten seines Lebens unter einen Hut bringen könnte, nachdem er sie bislang so schön auseinander gehalten hat, ein vielschichtiges Problem, für das ich leider auch keine Lösung parat habe, vor allem, solange er sich *beides* vorstellen kann, ein Leben als treusorgender Ehemann *und* als hormongetriebener Schürzenjäger, kein Wunder, dass er sich in Ermangelung einer besseren Idee vorerst dafür entschieden hat, sich nicht zu entscheiden.

Dahinter steckt natürlich die Hoffnung, mit ein bisschen Glück um die Entscheidung herumzukommen – für den Fall, dass eine seiner beiden Identitäten sich in Luft auflösen sollte. Ich halte das für ein riskantes Spiel. Erstens ist noch lange nicht gesagt, dass Walter mit dem Ergebnis glücklich wird. Zweitens können bis dahin Monate oder Jahre verstreichen und in dieser Zeit – das ist so sicher wie das Amen in der Kirche – wird jede der beiden ihn immer tiefer in den Strudel ihrer Verheißungen ziehen, bis er am Ende überhaupt nicht mehr weiß, wo ihm der Kopf steht.

Das Unberechenbare an der ganzen Geschichte ist doch, dass die Trennlinie zwischen Gewinn und Verlust nur am Anfang eindeutig verläuft. In dieser ersten Phase (die Walter im Übrigen schon hinter sich hat) ist Sex mit Carol oder Lucy ein prickelndes Vergnügen, das von der Aussicht, dass dein pubertierender Sohn zuhause beim Abendessen lustlos im Teller herumstochert oder deine Frau sich im Bad mit einem Bimsstein die Hornhaut von den Füßen schrubbt, noch gesteigert wird. Im weiteren Verlauf kommt es aber zu immer mehr Überschneidungen (schließlich gab es auch für die Art deines bisherigen Lebens ein paar plausible Gründe). Plötzlich spiegelt das lustlose Herumgestochere deines Sohnes für dich vielleicht ein authentisches und daher ernst zu nehmendes Lebensgefühl seiner Generation wider, während du dich im Bett mit Carol genau davon möglicherweise ziemlich weit entfernt fühlst. Am Ende hängt es allein von deiner eigenen Stimmung ab, wo das Heil liegt und wo die Katastrophe lauert, und selbst das ändert sich ständig. Willkommen also in

Phase drei, wo du auch in den Armen von Carol nicht gegen ein eisiges, schneidendes Gefühl des Verlusts gefeit bist (zum Beispiel beim Gedanken daran, wie es wäre, wenn du deinen Sohn morgens *nicht mehr* zur Schule bringen würdest), ein Gefühl, das dich trotzdem nicht davon abhält, schon am nächsten Tag – kaum dass du ihn mit einem kameradschaftlichen Stoß in die Rippen davon überzeugt hast, endlich aufzustehen – wieder von Carol und ihren knackigen kleinen Brüsten zu träumen. Für einen selbst mag ein solches Hin und Her ja vorübergehend noch als einigermaßen kurzweiliges Gesellschaftsspiel durchgehen, aber welcher der übrigen Beteiligten hat schon Lust, dabei länger als unbedingt nötig mitzuspielen? Nein, solange Walter eine so zentrale Frage wie die, wie und mit wem er sein Leben verbringen möchte, offen lässt, könnte er seine Biographie genauso gut an ein Autorenteam in Hollywood verkaufen, das daraus ein verworrenes Drehbuch ohne Happy End stricken würde.

Zu dieser Erkenntnis bin ich auf dem üblichen Weg der Erleuchtung gelangt: *Try – and fail.* Natürlich gibt mir das noch lang kein Recht zu Verallgemeinerungen – es ermuntert mich höchstens, dem einen oder anderen Freund ein paar Dummheiten auszureden. Bei Walter wäre mir das seltsam unpassend erschienen. Einmal, weil er ohnehin stolz ist auf seinen praktischen Instinkt, dann, weil die eingehendere Erörterung eines so delikaten Themas den Vertrauensrahmen zwischen uns eindeutig sprengen würde. Das Einzige, was ich ihm guten Gewissens raten könnte, ist, die Gegenwart ab und an unter dem Aspekt zu betrachten, wie sie später als Vergangenheit auf einen wirken wird. (Wer dabei ins Grübeln kommt, darf sich nicht wundern, wenn er eines nicht allzu fernen Tages feststellt, dass in seinem Leben einiges schiefläuft.)

Ddd – ddd – ddd seufzt der Sprenkler in meinem Rücken.

Ich nehme die Füße wieder vom Papierkorb herunter. Mit der internen Nummer rufe ich Glandis.

»Was kann ich für dich tun, Robert?«

»Leider hab ich trotz deiner bewundernswerten pantomimischen Einlage nicht ganz verstanden, was du von mir wolltest?«

»Deine Frau hat angerufen. Sie kam nicht durch und lässt dir ausrichten, dass sie jetzt zu Hause ist.«

»Okay!«

Durchs Fenster höre ich einen lauten Pfiff, dann noch einen. Schließlich ruft eine Stimme »Sweetie, Sweetie« und weiter vorn in der Straße bellen zwei Hunde. Ich frage mich, ob ich Kalas Anruf für ein gutes Zeichen halten soll – in dem Sinn, dass sie nicht bereit ist, über die Sache im Lazy Flamingo einfach hinwegzugehen. Aber im Moment wüsste ich nicht, was ich ihr sagen soll. Mein Bedürfnis nach einer Aussprache ist seit dem Telefonat mit Walter erheblich gesunken. Am liebsten würde ich Zeit gewinnen, aber dafür ist es zu spät: Kala rechnet mit meinen Rückruf, und je länger ich sie warten lasse, desto irritierter wird sie sein.

Es gibt Momente, in denen du – egal, was du tust – den Eindruck nicht wieder loswirst, dass du genau das Falsche tust. Ein unruhiges Pochen in meinem Herzen zeigt mir an, dass dieser hier das Zeug dazu hat. Und egal, ob diese Momente auf den ersten Blick dramatisch und richtungweisend erscheinen oder klein und unbedeutend, das Resultat ist dasselbe: Du bist in eine Geschichte verwickelt, die wie die meisten Geschichten erst am Ende ihren Anfang preisgibt und dich in dem Gefühl zurücklässt, du hättest diesen Anfang als solchen erkennen und irgendwelche Konsequenzen daraus ziehen können.

So ging es mir mit Kunden von uns, Clarence und Alvin York aus Cayuga. Wir saßen im Besprechungszimmer, als mir die blauen Flecken an Clarence' Unterarm auffielen. Alvin war nicht mein Fall, aber was heißt das schon, einer der Typen, die dich mit ihrer falschen Freundlichkeit einlullen und gleichzeitig bei allem, was du sagst, nachhaken, als würdest du ihnen ein faules Ei andrehen wollen. Ansonsten konnte ich aus dem Verhalten der beiden nichts Ungewöhnliches ablesen. Sie hatten Interesse, wozu wären sie sonst so lang geblieben. Alles schien bestens.

Bis sich auf den Vertragsentwurf niemand mehr meldete. Versuche, telefonisch jemanden zu erreichen, scheiterten. Also fuhr ich auf einem meiner Außendienstnachmittage kurzerhand dort vorbei. Das Haus wirkte verlassen; irgendwer hatte begonnen, die Post unter dem Vordach neben einem Blumenkasten zu stapeln. Ich wollte gerade unverrichteter Dinge wieder in den Wagen steigen, da ließ eine Frau im Haus gegenüber ihr Gesicht hinter dem Fliegengitter sehen.

Ich ging hin und klingelte. So erfuhr ich, dass Alvin Clarence geschlagen hatte, und das nicht zum ersten Mal. Diesmal aber hatte er es übertrieben. Seitdem lag sie mit gebrochenem Kiefer im Krankenhaus, während er im Untersuchungsgefängnis auf eine faire Verhandlung wartete, bei der er sich als geduldigen Ehemann beschreiben würde, dem eben einfach die Sicherungen durchgebrannt waren.

Hätte ich meine Beobachtung im Büro auf irgendeinem Revier melden müssen? Hätte Ben sich den gewohnten Weg zum MC-Drive sparen sollen? Ich weiß es nicht. Aber ich glaube, all das wäre nicht unbedingt die Garantie dafür gewesen, dass die Dinge sich besser entwickelt hätten. Bens Freundin hätte sich ein Jahr später von ihm getrennt und Alvin womöglich Clarence verschont, dafür aber irgendeine andere Frau verprügelt. Ich glaube, Geschichten wie diese werden von einer Dynamik getragen, die sich weder durch einen heldenhaften Verzicht noch durch ein ernstes Gespräch auf einer Polizeidienststelle aus der Welt schaffen lässt. Ich trete mit dem Telefon ans Fenster und wähle Kalas Nummer. Sie hebt nach dem ersten Läuten ab.

»Ich bin's.«

»Schön, dass du anrufst«, sagt sie zurückhaltender, als der Inhalt der Worte es nahelegt, und dann: »Sag mal, was war vorhin eigentlich los mit dir?«

»Wie meinst du das?«, frage ich, obwohl ich natürlich weiß, wie sie das meint. Nur dass ich überrascht bin, wie schnell sie darauf zu sprechen kommt. Ich spähe hinaus auf die Straße. Vor dem Nachbarhaus steht ein sandfarbener Plymouth mit geöffneter Heckklappe. Ein weißhaariger älterer Mann in einem Holzfällerhemd schleppt einen großen Sack Grillkohle in die Garagenauffahrt, wo er ihn an die Hauswand lehnt. (Die unvermeidliche Folge der guten Wetterprognose fürs Wochenende.)

»Bitte, Robert!«, sagt Kala ungeduldig, »du weißt genau, wovon ich rede.«

Es ist kein angenehmes Gefühl, selber der Gesprächsgegenstand zu sein, und ich würde dieses Gefühl gerne loswerden. Der weißhaarige Mann kommt zurück und beugt sich über seinen Kofferraum. Dann zieht er eine Decke heraus und schüttelt sie auf dem Gehweg aus, bevor er sie zusammenlegt und wieder im Auto verstaut. »Tut mir leid«, sage ich.

»Es soll dir nicht leidtun«, sagt Kala.

»Sondern?«

»Ich wüsste nur gerne, was dir durch den Kopf gegangen ist.«

»Ich hab keine Lust, darüber zu reden«, sage ich.

»Ist das alles?«, sagt Kala. »Du hast keine Lust, darüber zu reden, und damit ist das Thema für dich erledigt?«

»Hör zu«, sage ich besänftigend, »ich bin selber nicht damit zufrieden, wie unser kleines Treffen verlaufen ist. Aber ich hatte einen anstrengenden Termin hinter mir und einfach nicht die beste Laune.«

»Nicht die beste Laune?«, wiederholt Kala ungläubig. So, als könnte sie sich verhört haben.

Wopp. Der Mann wirft die Klappe des Kofferraums zu und rüttelt an ihr herum, um sich zu vergewissern, dass sie wirklich verschlossen ist. Dann trottet er zur Fahrertür und zelebriert das Ganze noch einmal.

»Ja«, sage ich, »nicht die beste Laune.«

»Ich finde, du machst es dir ziemlich einfach«, sagt Kala nach einer Weile.

»Wenn du das findest, kann ich es leider nicht ändern.«

»Robert?«

»Ja?«

»Ich meine es ernst«, sagt Kala ruhig.

»Ich weiß«, sage ich.

Ich starre immer noch auf den sandfarbenen Plymouth, als würde er sich gleich in eine Wüstenmaus verwandeln und in einem Erdloch verschwinden.

»Soll ich dir verraten«, sagt Kala, »was ich mir im Lazy Flamingo gedacht habe? Ich hab mir gedacht«, fährt sie fort, da ich nichts darauf antworte, »dass mir einiges fehlt. In meinem Leben. In unserer Beziehung.«

»Schön, dass ich das bei der Gelegenheit auch mal erfahre.«

»Ich wollte es dir schon länger sagen.«

»Mein Gott«, sage ich. »Findest du, dass jetzt der richtige Zeitpunkt ist, um über so was zu sprechen?«

»Dafür gibt es keinen richtigen Zeitpunkt«, sagt Kala.

»Okay«, sage ich. »Vielleicht keinen richtigen, aber mit Sicherheit einen geeigneteren.«

»Fang jetzt nicht damit an, Robert«, sagt Kala. »Nicht mit diesen ganzen feinsinnigen Unterscheidungen, die nirgendwohin führen. Meine Güte, was wärst du ohne deine Worte.«

Wir schweigen beide. Der Mann im Holzfällerhemd wirft einen letzten prüfenden Blick auf sein Auto, bevor er seitlich den Gehweg entlang aus meinem Blickfeld verschwindet.

»Hör zu«, sage ich. »Vorhin, im Flamingo ... ich hätte verdammte Lust gehabt, dich allein zu sehen.«

»Ich weiß nicht, was ich damit anfangen soll, Robert. *Du hattest Lust, mich allein zu sehen.* Was genau willst du mir eigentlich sagen?«

»Ist das wirklich so schwer zu verstehen?«

»Ja, das ist es«, sagt Kala. Sie bläst Luft gegen den Hörer.

»Na schön«, sage ich. »Was möchtest du hören? Dass ich nicht darauf vorbereitet war, dich in Begleitung anzutreffen? Dass ich deinen komischen Bekannten nicht sonderlich sympathisch fand? Dass ich bestens auf ihn verzichten hätte können? Irgendwas in der Richtung? Wärst du dann zufrieden?« Ich höre in die Stille hinein, die meinen Worten folgt. Ich könnte aufbrechen, denke ich, und in zwanzig Minuten zu Hause sein. Zu Hause, da bin ich mir sicher, würde ich einen anderen Ton finden.

»Vielleicht«, sagt Kala. »Zumindest klingt es um einiges ehrlicher, als einfach zu sagen: *Ich hatte nicht die beste Laune.*«

»Meine Güte«, sage ich.

»Das ist es also«, sagt Kala.

»Verdammt, das ist es nicht«, sage ich. »Das ist *ein* Aspekt von vielen, hörst du: *einer von vielen.*«

»Abgesehen davon, dass ich keine Ahnung habe, welche du meinst, ist das noch lang kein Grund, so zu reagieren, wie du es getan hast.«

»Wie habe ich denn reagiert?«

»Robert«, sagt Kala, »ich hab keine Lust, mich mit dir zu streiten.«

»Das ist kein Streit«, sage ich. Draußen sind ein paar Kinder aufgetaucht, Knie und Ellbogen mit Schützern ausstaffiert. Sie zeichnen Linien auf die Straße. Ihre Skates und Hockeyschläger haben sie auf dem Gehsteig deponiert.

»Streit hin oder her«, sagt Kala, »jedenfalls vermittelst du mir das Gefühl, irgendetwas an der Tatsache, dass ich mit einem Teilnehmer aus meinem Yoga-Kurs eine Tasse Kaffee trinke, könnte nicht in Ordnung sein.«

»Das sagst du.«

»So brauchen wir wirklich nicht über die Sache zu reden«, sagt Kala abrupt.

»Was erwartest du denn?« Ich lächle gequält, obwohl das niemand sehen kann.

»Was ich erwarte? Das kann ich dir sagen. Ich erwarte, dass du dich wie ein vernünftiger Mensch benimmst.«

»Und wie benimmt sich ein vernünftiger Mensch?«

Kala zögert einen Moment. »Auf jeden Fall nicht so ... nicht *so*, wie du es heute Mittag getan hast. Und jetzt wieder tust.«

»Danke für das Kompliment.«

»Ich wollte dir nicht weh tun«, sagt Kala leise und ich glaube ihr das. Die Kinder sind mit den Markierungsarbeiten fertig. Nun sitzen sie wie Hühner aufgereiht auf der Bordsteinkante, um sich die Schuhe anzuziehen.

»Allmählich glaube ich, dass es kein Zufall war, dass wir uns dort getroffen haben.«

»Robert, sei jetzt bitte nicht so kompliziert.«

»Ich bin nicht kompliziert. Ich frage mich nur, ob das, was uns gerade passiert, nicht etwas ist, was uns schon längst passieren hätte können.«

»Und das heißt?«

»Du hast was mit ihm, oder?« Ich frage das so unvermittelt, wie man eine solche Frage nur stellen kann. Meine Worte hängen in der Leitung und rühren sich nicht weg, kein bisschen. Plötzlich fühle ich mich taumelig leicht, obwohl mein Herz klopft wie verrückt.

»Waaas?«, sagt Kala gedehnt und »Gott noch mal!«, dann sagt sie nichts mehr. Draußen ist der Ball mit dem ersten Schlag unter den Plymouth gerollt. Eines der Kinder legt sich bäuchlings auf den Asphalt und stochert mit dem Schläger unter dem Auto herum.

»Hast du mir noch was zu sagen?«, fragt Kala nach einer Weile, tonlos.

»Nein«, sage ich mit hohler Stimme, obwohl ich weiß, dass das der letzte Moment ist, ein völlig verfahrenes Gespräch vielleicht doch noch zu retten, zu beteuern, dass mich der Teufel geritten hat und ich jedes einzelne Wort von dem, was ich gesagt habe, bitter bereue.

»Robert, du bist ein verdammter Idiot«, sagt Kala in mein Schweigen hinein und legt auf. Ich halte den Hörer an mein Ohr gepresst, bis es anfängt zu schmerzen. Draußen hat der Junge den Ball wieder unter dem Auto herausbugsiert.

Neun

Auf dem Weg durch den kühlen Hausflur hinaus ins Freie atme ich ein paar Mal tief ein und wieder aus wie ein Taucher vor dem Gang ins Wasser. Natürlich habe ich sofort einen spontanen, wenn auch halbherzigen Versuch der Wiedergutmachung gestartet (halbherzig insofern, als ich Kala nichts Neues hätte sagen können), bin dabei aber vom Anrufbeantworter gebremst worden. Auf das Angebot meiner eigenen Stimme, eine Nachricht zu hinterlassen, konnte ich getrost verzichten. (Wie hätte eine Erklärung von einer Minute wohl ausgesehen?) Einerseits war ich enttäuscht, andererseits erleichtert. Ich wählte die Nummer noch einmal, legte aber auf, bevor mein Ansagetext zu Ende war. Danach saß ich eine knappe halbe Stunde am Schreibtisch, unfähig, einen klaren Gedanken zu fassen. Durch die Tür hörte ich Glandis mit ihrer Mutter sprechen. *Mach dir keine Sorgen, Mom. Nein, da liegst du völlig falsch. In Ordnung, aber nur dir zuliebe.* Bevor ich mir endgültig komisch vorgekommen wäre, machte ich mich fertig, schloss das Fenster und brach auf. Glandis, immer noch am Telefon, verabschiedete mich, indem sie auf sehr nette Art die Augenbrauen nach oben zog. Dieser Tag, schien das zu heißen, folgt seinen eigenen Gesetzen, oder?

In der Tat – obwohl ich mich frage, welchen. Ich weiß nur, das ich hin- und hergerissen bin zwischen dem Wunsch, das, was seit heute Vormittag passiert ist, einfach zu vergessen, und dem schleichenden Verdacht, dass ich womöglich *genauer hinschauen sollte*. Für das Vergessen spricht, dass es eine ziemlich optimistische Art ist, Ereignisse, die nun einmal nicht mehr rückgängig gemacht werden können, auf sich beruhen zu lassen. Wie oft wird aus einer Mücke der sprichwörtliche Elefant, nur weil jemand darauf besteht, eine Sache *zu Ende zu diskutieren*? Steht etwas aber von Anfang an unter einem unglücklichen Stern, wird es dadurch auch nicht besser. Außerdem geht es den meisten selbst ernannten Klärungsfanatikern weniger um *die Wahrheit*, sondern darum, einen Schuldigen zu finden; haben sie das geschafft, lehnen sie sich zurück und beteuern scheinheilig, dergleichen sei schon in den besten Familien vorgekommen. In Wirklichkeit sammeln sie Fehler wie andere Leute Münzen oder Briefmarken – um sie im Bedarfsfall aus der Schublade zu ziehen und auf den Tisch zu legen.

Aber selbst wenn wir uns vornehmen, etwas wirklich zu vergessen – wer garantiert uns, dass wir nicht in einem ungünstigen Moment, dann, wenn wir schon lange nicht mehr damit rechnen, wieder von unserer Erinnerung überfallen werden? Und dass im Schlepptau dieser Erinnerung nicht Ärger oder Reue in uns aufsteigen, über vermeintliches Unrecht oder verpasste Chancen? Das Leben besteht aus einer endlosen Kette von Entscheidungen, und je älter man wird, desto weniger Zeit bleibt einem, die Falschen davon wieder zu korrigieren. Irgendwie ist es immer die längere Wegstrecke, die einem Angst einjagt: zuerst die Zukunft, später die Vergangenheit. Wenn aber die Zukunft gegenüber der Vergangenheit mit den Jahren an Bedeutung verliert, was gäbe es dann Wichtigeres, als mit der Vergangenheit Frieden zu schließen, solange man noch eine Zukunft vor sich hat?

Die Frage, ob du mit einem Ereignis in deinem Leben ins Reine kommst, ist schon für einen Menschen allein schwer zu beantworten. Als Vater starb, war ich dreizehn und in den Straßen lag ein halber Meter Schnee. Vier Tage vorher hatte er beim Reparieren eines Aufzugs über ein Stechen im Arm geklagt. Am nächsten Morgen stellten Howard und er wie gewohnt ihre Route zusammen. Sie bestückten den Wagen mit den nötigen Ersatzteilen. Ein Schaltrelais fehlte, also ging Vater ins Lager, um es zu holen.

Als er nach zwanzig Minuten immer noch nicht zurück war, wurde Howard misstrauisch. Er fand ihn im Treppenhaus, auf den Stufen liegend, die Augen offen, als würde er sich konzentrieren, aber er brachte kein Wort heraus. »*Nicht ein einziges*«, sagte Howard später zu meiner Mutter, als würde er Vater dieses Schweigen übel nehmen. »*Bei einem Infarkt entscheidet jede Minute*«, der Arzt im Krankenhaus redete nicht lang um den heißen Brei herum, »*bei Ihrem Mann sind viele Minuten vergangen, Mrs. Ames, wir tun, was wir können, aber es sieht nicht gut aus, es sieht sogar ausgesprochen schlecht aus.*«

In den nächsten zweiundsiebzig Stunden glitten wir durch ein irreales Zwischenreich; Mutter verbrachte jede freie Minute in der Klinik, deshalb waren mein Bruder Martin und ich uns so ziemlich selbst überlassen. An jenem dritten Tag sollten wir Vater zum ersten Mal sehen, durch die Scheibe der Intensivstation. Doch auf dem Weg ins Krankenhaus trödelten wir herum, bewarfen uns mit Schneebällen, kurz – wir vergaßen die Zeit, und als wir schließlich in der Klinik eintrafen, war er nicht einmal zehn Minuten vorher gestorben. Noch heute reichen ein paar Schneeflocken, die vom Himmel fallen, um in mir einen Film ablaufen zu lassen, der zum immer gleichen Ende führt, bevor er abreißt. *Meinen Film.*

Es hat lange gedauert, bis ich darüber hinwegkam, dass ich die Chance zum Abschied verpasst hatte. Dass Vater womöglich auf uns gewartet hatte. Dass er nicht einfach eines schönen Tages wieder in die Küche spazieren würde, während wir beim Frühstück saßen. Die Zeit heilt alle Wunden, aber es war mehr als die Zeit. Wir hängten seinen alten Blaumann an die Garderobe. Ich ließ mir von Mutter erzählen, wie sie und Vater sich kennen gelernt hatten. Einmal im Monat besuchte ich sein Grab. Irgendwann war ich so weit, zu begreifen, dass es neben dem äußeren auch einen inneren Abschied gibt, den mir niemand verwehren konnte. Und natürlich war es ein Vorteil, dass Martin und ich unter demselben Schuldgefühl litten.

Das Einzige, was dich davor bewahrt, über die Zukunft zu spekulieren oder in die Vergangenheit abzuschweifen, ist die Gegenwart – Sätze wie dieser finden sich in jedem zweiten Esoterik-Ratgeber. Wenn die Gegenwart aber aus so schmerzlichen Momenten besteht wie damals bei uns? Momente, die du am liebsten sofort wieder rückgängig machen möchtest? Die dich daran hindern, auf das zuzugehen, was *ist*, weil du den Kopf nicht freibekommst von dem, was *war*? Vergessen funktioniert in so einem Fall nicht, das ist mir damals klar geworden. Nicht, solange du in der Erinnerung feststeckst wie ein Auto im Morast: Die Räder drehen durch und es geht keinen Meter vor oder zurück.

Erst wenn du mit dem Erinnern anfängst, nicht mit dem Wunsch nach Vergessen, lässt dich die Vergangenheit aus ihren Klauen – zumindest bei mir war es so. (Sue erzählte ich die Geschichte bereits ohne Tränen in den Augen.) Als müsstest du ihr beweisen, dass du sie ernst nimmst und dich nicht einfach davonstehlen willst. Und wer weiß, vielleicht erreichst du am Ende des Weges sogar den Punkt, an dem du sagen kannst, dass du mit etwas von dir in Kontakt geblieben bist, was du anderweitig verloren hättest. In diesem Augenblick registriere ich mit leichtem Unbehagen, dass ich mich Kala gegenüber in ein seltsames Gefühl von Verlust hineingesteigert habe – ein Gefühl, das mir mehr in den Knochen sitzt als alles, was heute Mittag zwischen uns passiert ist (das unselige Telefongespräch eingeschlossen).

An der Heckscheibe des Ford klemmt ein pinkfarbener Zettel: *Sommerware extrem reduziert – Alexas first und second hand.* Ich lasse den Zettel unter dem Wischerblatt klemmen und steige ein. Drinnen ist die Luft so schwül, dass ich sofort das Fenster öffne. Alexa. Ich lege meine Hände auf das warme Lenkrad. Keine Ahnung, wer Alexa ist, vermutlich ein Überbleibsel meiner Mittagspause im Hess Village, nur dass es mir bisher gar nicht aufgefallen ist. Statt direkt nach Hause zu fahren, verspüre ich plötzlich den Drang, einen Umweg einzulegen und die Begegnung mit Kala noch ein wenig hinauszuschieben. Ich könnte eine Kleinigkeit für Mark Rutherford organisieren, ein Sportshirt oder eine Kappe der Hamilton Tigers. Bei der Gelegenheit ließe sich dann vielleicht auch etwas für Jonathan auftreiben. Und für Kala. Warum keinen guten Willen demonstrieren? Ein Zeichen setzen, dass ich wieder gelassener bin, bereit, meinen Anteil an der Sache zu überdenken?

Ich biege vom Parkplatz auf die Straße, vorbei an dem Plymouth, der als einziges Auto in der prallen Sonne ausharrt, der Rest hat sich in dunkle Garagen verkrochen oder unter den Schatten der Alleebäume geduckt. Selbst die Hockeyfraktion hat eingesehen, dass es sich zwei Stunden später sehr viel entspannter spielen lässt. Die Upper Paradise Road wirkt jetzt wie ausgestorben – ein Spalier stummer Einfamilienhäuser, angetreten, mich ins Wochenende zu verabschieden. Für einen kurzen Einkauf würde es eigentlich auch die Westcliffe Mall tun, aber dort treibe ich mich oft genug herum, manchmal funkt Kala SOS, weil der Parmesan für die Nudeln oder das Eis für den Nachtisch fehlt, außerdem fürchte ich, dass sich in der hummeligen Atmosphäre randvoll gefüllter Einkaufswägen meine Kreativität schon beim Aussteigen verabschiedet. Zurück ins Zentrum – der Fanshop der Tiger-Cats könnte eine gute Anlaufstation sein. Die Klimaanlage zaubert eine leichte Gänsehaut auf meine Unterarme, während ich im Leerlauf den Becket Drive hinunterrolle. Leider lässt der alte Kombi vor mir es betont langsam angehen, so kann ich weder die Kurven ausreizen noch mit Schwung in die Aberdeen Ave schießen. *Runterkommen, alter Junge.*

Keine zehn Minuten später habe ich den Wagen in der Tiefgarage verstaut und stehe im unbarmherzigen Scheinwerferlicht des Jackson Square *Roarrr Store* zwischen Miniflaggen (sieben Dollar, kindisch), T-Shirts (zwanzig, nichts sagend), Decken (neununddreißig, für Synthetik reichlich übertrieben) und angeberischen schwarzen Footballhelmen, auf denen ein zähnefletschender Tiger zum Sprung ansetzt (neunundzwanzig – obwohl sie aussehen, als würden sie bei der ersten Feindberührung ihren Geist aufgeben). Eigentlich sind mir auch die neunundzwanzig Dollar zu teuer, aber in Anbetracht meines Bodychecks ist der Helm mit seinem schwarzen Gesichtsgitter fast schon wieder originell (vor zwanzig Jahren hätte ich ihn selber haben wollen, was sonst). Also stürze ich mich in ein nutzloses Gespräch mit dem Verkäufer – »bei den Größen kann ich Ihnen nichts raten, am besten, Sie bringen den Jungen mit« –, ehe ich nach einigen Selbstversuchen, die meine Frisur ramponieren, zu *large* greife, »ja, notfalls können Sie den Helm auch wieder umtauschen«.

Teil eins meiner Mission ist beendet. Vom schnellen Erfolg ermutigt, presche ich zwei Geschäfte weiter in einen edlen Dessousladen, lasse die Batterie der nach A, B, C und D aufgereihten Büstenhalter und Push-ups links liegen und inspiziere die Slips, Tanga oder normal (unter den gegebenen Umständen vielleicht doch besser normal), weiß, durchsichtig und aus Satin, an den Hüften hoch ausgeschnitten, dem Etikett nach französisch (La Reine). Zu meinem Leidwesen schenkt Kala ihrem Po nicht die Aufmerksamkeit, die er verdient, deshalb versorge ich sie in unregelmäßigen Abständen – so wie jetzt – mit den passenden Gegenargumenten.

Bei der Gelegenheit fällt mir Richards sechzigster Geburtstag ein. Ein verrückter Oktober: Das Thermometer kletterte auf sommerliche Temperaturen, die Blätter der Bäume ein einziges feuerrotes Glühen. Richard verlegte seine Feier kurzerhand nach draußen; sogar die Hollywoodschaukel musste ihren vorgezogenen Winterschlaf noch einmal unterbrechen. Kala und ich hatten angeboten, bei der Vorbereitung zu helfen, wir waren seit zwei Uhr nachmittags im Einsatz, jetzt begann es zu dunkeln, das Buffet war eröffnet, die Gäste hatten sich mit allerlei Ess- und Trinkbarem im Garten verstreut, ihr Stimmengewirr drang bis hinaus zur Straße, wo ich die Blumen für Claire begutachtete, die wir vor lauter Aufregung im Wagen vergessen hatten.

Entsprechend mitgenommen sah der Strauß aus: Höchstens ein kaltes Bad in der Wanne konnte ihn noch retten. Ich legte die Blumen ins Wasser und schlenderte hinüber ins Wohnzimmer. Kala stand, einen Teller in der Hand, allein am Buffet. Draußen zündete Richard gerade die letzten Fackeln an. »*Du?*«, sagte sie, als ich näher kam. »*Ja, ich*«, entgegnete ich und küsste sie sanft auf den Nacken. »*Hungrig?*« – »*Allmählich schon.*« Mit der Zunge fuhr ich die Linie ihres Halses entlang bis zum Träger des Kleides. Und dann, während Kala sich vorbeugte, um was auch immer auf ihren Teller zu verfrachten, legte ich die Innenflächen meiner Hände auf ihren Po. Langsam, im Rhythmus ihrer eigenen Bewegung, schob ich sie nach vorn, gegen die Kante des Tisches, so, dass für den Bruchteil einer Sekunde alles Gewicht auf ihren Fußballen lag. »*Nimm sie weg.*« In Gedanken war ich ganz woanders, deshalb reagierte ich nicht sofort, und so sagte Kala ein zweites Mal, sehr leise: »*Bitte nimm deine Hände da weg.*« Aus den Augenwinkeln sah ich, dass jemand zur Terrassentür hereinkommen wollte, aber wieder abdrehte, als er uns stehen sah.

»*Weißt du, wo deine Mutter die Vasen versteckt?*«

»*Oh je – die Blumen!*«

»*Deswegen.*«

»*Soll ich sie fragen?*«

»*Lass gut sein.*«

»*Die Leute sind nett hier, findest du nicht?*«

»*Das sind sie*«, sagte ich, obwohl mir die Leute eigentlich egal waren.

»*An meinem nächsten Geburtstag*«, sagte Kala, »*will ich in Blumen ertrinken. Versprichst du mir das?*«

»*Ich versprech's dir.*«

Dann ging sie hinaus in den Garten. Eine Zeitlang betrachtete ich sie; die Scheibe des Wohnzimmerfensters warf mein Bild zurück. Kala trug die Haare jetzt sehr viel länger als früher. Meine Frau, dachte ich, sie ist meine Frau, und ich versuchte mir vorzustellen, was das bedeutete, bevor ich es aufgab und im Bad nach den Blumen schaute. Die meisten ließen immer noch traurig die Köpfe hängen, andere hatten ihre Blütenblätter eingebüßt. Ich hätte den Strauß neu stecken müssen. Aber was ich stattdessen tat, war, die Stängel zu brechen – mit einer schnellen, fast schon geübten Bewegung, einen nach dem anderen, bis ich damit fertig war.

»Sie kommen zurecht?«

»Ich denke schon«, sage ich. *La Reine*. Kala.

»Die Kasse ist dort drüben.«

»Vielen Dank.«

Geschafft – fehlt nur noch Jonathan, aber das dürfte das geringste Problem sein. Weiter hinten gibt es ein Spielzeuggeschäft, das einen olivgrünen Hubschrauber in der Ladenpassage stehen hat. Für einen Dollar kannst du ein nervtötendes Schütteln und Blinken in Gang setzen, das alle Kinder magnetisch anzieht. Auch jetzt versuchen wieder zwei Hobbypiloten ihr Glück, nur dass sie von beiden Seiten gleichzeitig hineinklettern wollen, dabei gibt es bloß Platz für einen. Der Junge hilft ein bisschen nach, indem er das Mädchen an den Haaren zerrt – umsonst. »Lilly war zuerst dran«, sagt die Mutter, sehr energisch, nun weint auch noch der Junge, »zuerst Lilly, dann du«, wiederholt sie streng, während sie im Geldbeutel nach der passenden Münze kramt, Geschwisterliebe hat auch ihre unschönen Seiten, Lilly streckt erwartungsfroh die Hand aus.

Der Rest entgeht mir, weil ich den Laden betrete, wo mir sofort bizarre Geräusche aus der Abteilung für Computerspiele entgegenschlagen. Eine aparte kleine Asiatin mit Pagenschnitt nickt aus rehbraunen Mandelaugen zu mir herüber. Ich nicke zurück. Jetzt nur keine Beratung, wenn du nicht weißt, was du willst, ist jede Beratung eine Qual, noch macht sie keine Anstalten, vielleicht hat die Beschallung sie abgestumpft, aber so sieht sie nicht aus – egal, ich habe andere Sorgen. Mein erster Schnelldurchlauf bestärkt mich in der Annahme, dass aus Kindern, die mit solchem Krempel beschenkt werden, nie und nimmer vernünftige Erwachsene werden. Wenn Erwachsene sich ausdenken, was Kinder wollen, kommt eine Erwachsenenwelt en miniature heraus: deprimierend phantasielos. Wie zum Beweis stolpere ich in der nächsten Reihe über Darth Vader, batteriebetrieben, auf Knopfdruck bereit, eine Kostprobe seines asthmatischen Schnaufens abzuliefern.

Mit jeder Minute, die ich mich länger hier verzettele, steigt die Wahrscheinlichkeit, dass sich mein ohnehin nicht sehr stabiler Gemütszustand wieder verschlechtert. Bleibt die Flucht zu den Klassikern: eine Wasserpistole? Pumpgun trifft den Kern der Sache eher, in den Füllbehälter passt mindestens ein Liter. Ein Basketballkorb für die Garageneinfahrt? Solange ich nicht die Zeit habe, ihn aufzuhängen, sind Tränen vorprogrammiert, und heute habe ich nicht die Zeit. Wieso kann ich mich bloß nicht dazu durchringen, halbe Sachen zu machen? Gott, die ganze Welt ist eine halbe Sache, aber Jonathan hätte ich diese Erfahrung gerne so lange wie möglich erspart.

Vor den Bildschirmen bricht jetzt eine wilde Ballerei aus, ein pickliger Halbwüchsiger hängt an den Tasten des Controllers, seine Hände zucken, so viel Leidenschaft am falschen Platz, verpulvert, bevor sie in die richtigen Bahnen gelenkt wird, lieber keine Pumpgun, die Relationen sind verschoben, früher konntest du jemanden nur nass spritzen, wenn du in Tuchfühlung warst, heute schaffst du's auch aus zehn Metern Entfernung. Die Zeit läuft. Wie wär's mit diesem Flugzeug? Es liegt federleicht in der Hand. Auf den Tragflächen thronen zwei Indianerköpfe, die Jonathan bestimmt gefallen. Laut Verpackung fliegt es zwanzig Meter und mehr – nicht gerade ideal für den Garten, aber was soll's, heute fährt er schließlich zu Richard und Claire, dort hat er Platz genug.

Bingo! Ich grinse zu der Asiatin hinüber, als wollte ich ihr demonstrieren, dass meine Zögerlichkeit einzig und allein dazu da war, eine zielstrebige, wohlüberlegte Entscheidung wie diese vorzubereiten, dann drehe ich unter ihren braunen Mandelaugen ab zur Kasse. Alles halb so schlimm, beruhige ich mich. Und jetzt nichts wie weg hier.

Zehn

Sonne. Sonne überall. Als ich die Tiefgarage verlasse, muss ich für einen Moment die Augen schließen. Walter hat sich das richtige Wochenende herausgepickt, das passt zu ihm, aber erstens gönne ich ihm sein Glück und zweitens scheint die Sonne auch für mich. Meine Einkäufe liegen neben mir auf dem Beifahrersitz. Auf eine kindliche Art und Weise bin ich froh um sie: Sie drücken aus, was ich selber nicht in Worte fassen könnte – ein Bedürfnis nach Nähe und Versöhnung, eine Geste der Zusammengehörigkeit. Viertel vor drei. Vielleicht sollte ich die Gunst der Stunde nutzen und sofort bei den Rutherfords vorbeischauen. Selbst wenn Janet mich hereinbittet – wovon ich ausgehe – bin ich um vier zu Hause. Plötzlich sehe ich wieder ihr Gesicht vor mir, sie streicht Mark über den Kopf, dort an der Tür hatte sie nur Augen für ihn, dafür hatte ich später nur Augen für sie. Dieser Helm ist der beste Grund, sie wiederzusehen. Und dann? Was dann?

Die Autos wälzen sich die Main Street stadtauswärts wie eine Prozession von Pilgern. Ich passe den geeigneten Moment ab, ziehe den Wagen nach rechts auf einen abfallübersäten Seitenstreifen und halte an. Am besten, ich kündige mich an: Eine klar umrissene Vorgabe erhöht die Chance, dass Janet mir aufgeschlossen begegnet. Und aller Voraussicht nach wäre ich gut beraten, dasselbe bei Kala zu tun – ich will nicht, dass sie überrascht ist, wenn ich auf einmal im Haus stehe. Ich öffne einen Spaltbreit das Fenster, aber das Einzige, was hereinströmt, ist das Brummen des Verkehrs und der Gestank von Benzin. Bei Kala hebt immer noch niemand ab. Stattdessen springt wieder der Anrufbeantworter an. Komisch, Jonathan müsste längst zuhause sein. Wo steckt sie bloß? Ich fahre das Fenster wieder hoch, dann wähle ich die Nummer der Rutherfords. Aber auch bei den Rutherfords fühlt sich niemand für meinen Anruf zuständig, obwohl ich es hartnäckig läuten lasse. Das spricht dafür, dass Mark wieder auf den Beinen ist, während Janet anderweitig unterwegs ist. Wollte er nicht mit einem Freund in die Stadt? Schlagartig liegt die Hoheit über diesen Nachmittag wieder bei mir. Vor Enttäuschung trete ich mit dem Fuß gegen das Bodenblech. Ich hatte mich auf Janets Stimme gefreut. Darauf, sie kurz zu sehen. Wer weiß, wann sich jetzt wieder die Gelegenheit dazu bietet?

Der Verkehr reißt ab und ich beschleunige zügig hoch. Ich tue mir seit jeher schwer damit, mein erotisches Interesse an Frauen mit meinen sonstigen Gefühlen ihnen gegenüber in Einklang zu bringen. Selbst wenn gar keine sonstigen Gefühle vorhanden sind, rede ich mir ein, dass sie vorhanden sein *sollten.* Womit ich wieder bei Viola wäre. Als ich damals auf dem Parkplatz meine Visitenkarte aus dem Geldbeutel zog, wusste ich, was ich in Gang setzen würde – die Schnittmenge von ihrem und meinem Leben war so gering, dass alle anderen Möglichkeiten von vornherein ausschieden. Unser erstes Treffen war das schönste. Schon beim zweiten meldete sich mein schlechtes Gewissen. Was tat ich hier? Und wo sollte es hinführen? Also strickte ich mir aus dem Nichts eine Geschichte, wo es gar keine Geschichte gab: Viola betrachtete mich einfach als Eroberung auf dem Parkplatz, als nettes Intermezzo in ihrem ansonsten vermutlich nicht sehr abwechslungsreichen Leben. Statt mir darüber klar zu werden, dass ich gekränkt war, weil sie nicht mehr *von mir* wollte, fing ich plötzlich an, so zu tun, als wollte ich mehr *von ihr*.

Ohne zu wissen, wie andere Männer mit ihrer Eitelkeit und ihrem schlechten Gewissen umgehen (denn natürlich war es beides) – unter den Möglichkeiten, die sich *mir* boten, war diese mit Abstand die dämlichste: Plötzlich tat ich so, als legte ich Wert auf ein paar große Gefühle, wo es gar keine großen Gefühle gab. Viola ließ sich davon nicht weiter beeindrucken; ich selbst kam mit meiner neuen Zielvorgabe allerdings gehörig ins Schleudern. Das, was die ganze Zeit der eigentliche Zweck unserer Treffen gewesen war – eine heftige Umarmung an der Tür, Vorhänge zu und ab ins Bett –, klappte auf einmal nicht mehr. Plötzlich bekam ich ihn gar nicht mehr hoch, obwohl ich ihn vorher gar nicht schnell genug hochkriegen konnte. Viola reagierte darauf mit einer Gelassenheit, für die ich ihr noch heute dankbar bin. Sie zündete sich eine Zigarette an und sagte, ohne eine Spur von Vorwurf:

»*So kenn ich dich ja gar nicht.*«

»*Ich hab plötzlich tausend Gedanken im Kopf.*«

»*Ein bisschen viel für eineinhalb Stunden.*«

»*Das Gefühl hab ich auch.*«

»*Verrätst du mir einen?*«

»*Zum Beispiel den, warum ich hier liege.*«

»*Hast du das wirklich schon vergessen?*« Mit den Fingern der linken Hand ermunterte sie mich, den Gegenbeweis anzutreten.

»*Und wenn ich's trotzdem nicht weiß?*«

»*Sollten wir deinem Kurzzeitgedächtnis vielleicht ein we-*

nig auf die Sprünge helfen.« Sie drückte die Zigarette aus und setzte sich auf mich.

»*Versuchs.*«

Und Viola versuchte es, während ich die Augen schloss und daran dachte, wem ich mehr Unrecht tat, ihr oder mir, und ob Sex auch nur annähernd so kompliziert wäre, wenn man daraus nicht pausenlos etwas ableiten würde. Aber wie nichts daraus ableiten, schon der Wunsch nach Wiederholung führt ohne Umweg in die Abhängigkeit, er hindert einen daran, den Moment zu genießen, diesen rauschhaften Zustand, in dem sich alles in der Schwebe befindet, und in diesem, in diesem einen Augenblick konnte ich Walter verstehen, jemand, der nur in Kategorien von Notwendigkeit denkt, erlebt dabei vielleicht trotz allem einen Hauch von innerer Freiheit, obwohl das nichts entschuldigt, auch nichts erklärt, höchstens, warum Dinge geschehen, von denen wir ansonsten nicht einmal wüssten, warum sie geschehen.

Danach traf ich Viola nur noch einmal. Sie bat mich, ihr den Rücken zu massieren, weil sie sich an der Kasse verspannt hatte; ich tat es wie ein alter Freund und auch sie, das konnte ich spüren, verfolgte dabei keinen Hintergedanken. Als wir fertig waren, wollte sie von mir wissen, wie ich die Möbel in ihrer Wohnung umstellen würde. Ich machte ihr reihenweise Vorschläge und sie sagte: *keine schlechte Idee* oder *vielleicht sollte ich das tatsächlich probieren.* Wir hatten gute Laune. Ich versprach, mich wieder zu melden, aber wir wussten beide, dass ich es nicht tun würde. Hin und wieder begegneten wir uns später noch im IGA: Wir lächelten uns an, vermieden aber jedes persönliche Wort. Und seit vielleicht zwei Jahren sehe ich sie gar nicht mehr.

Obwohl ich damals anders darüber dachte, halte ich das Ende unserer kurzen Beziehung inzwischen für sehr geglückt:

Viola entließ mich so sanft aus ihrem Leben, dass für keinen von uns ein schaler Nachgeschmack zurückblieb. Ja, ihre hartnäckige Weigerung, dem, was zwischen uns passierte, irgendeine Bedeutung beizumessen, führte mich schlussendlich zu der spannenden Frage, warum ausgerechnet ich mich so sehr ans Gegenteil klammerte. Je länger ich darüber nachdachte, desto klarer wurde mir, dass ich auf der Suche nach Erklärungen ganz von vorn anfangen musste – und ganz von vorn hieß: bei Joan und bei Sue.

Mit Sue konnte ich zwar über Gott und die Welt reden, aber ins Bett mit mir wäre sie erst, wenn ich mich für die höheren Weihen ihres Umerziehungsprogramms geöffnet hätte. Joan dagegen war von Anfang an bereit dazu, obwohl wir zu der Zeit noch keine fünfzehn Minuten zusammenhängend miteinander geredet hatten. *Mein Begehren* schien in dieser verwickelten Arithmetik der Gefühle keine Rolle zu spielen. Wenn es aber keine Rolle spielte, wie sollte ich dann damit umgehen? Auf diese Frage wusste ich auch nach Sue und Joan lange keine Antwort. Mein Liebesleben plätscherte ziemlich unaufgeregt dahin: Ich hatte meinen Spaß, verlor aber niemals die Kontrolle; die Frauen, mit denen mich wirklich etwas verband, eine Art geistiger Seelenverwandtschaft, hielt ich auf Distanz, indem ich sie erotisch zur persona non grata erklärte. Das Risiko schmerzhafter Erfahrungen reduzierte sich durch diesen Lebensstil auf ein Minimum, die Wahrscheinlichkeit, das große Glück zu finden, allerdings auch. Dass wahre Liebe diese Grenzen sprengt, beschäftigte mich nicht weiter – wie hätte ich zu der Zeit auch wissen können, was wahre Liebe ist? Und dann kam Kala und warf mein ganzes Koordinatensystem über den Haufen.

Der Mann, dem ich das alles erzählte, war Dr. Emery, bei dem ich im nächsten Vierteljahr eine Handvoll Therapiesitzungen absolvierte. Dr. Emery war es auch, der mir attestierte, dass ich seit der Freundschaft mit Sue ein tief sitzendes Schuldgefühl mit mir herumtrage, koitale Wünsche ohne intakten Überbau anzumelden. Meinen Einwand, dass ich mit Joan auch ohne diesen Überbau großen Spaß gehabt hätte, ließ er nicht gelten, weil die Joan von mir unbewusst zugeteilte Rolle darin bestanden habe, mich aus meiner Verwicklung mit Sue zu befreien, was man sehr wohl als Überbau bezeichnen könne. Dafür spräche auch, dass wir beide in Freundschaft auseinandergegangen seien und auch heute noch ab und an miteinander telefonieren würden (eine kleine Übertreibung meinerseits), was mir mit meinen anderen Freundinnen nicht gelungen sei. (Stimmt.) Die nach Joan anbrechende Zeitspanne gefühlsmäßiger Unverbindlichkeit bezeichnete er als *Konsolidierungsphase,* in der mein verunsichertes Ich nach Möglichkeiten gesucht habe, Nähe ohne Schmerz zu erleben, was zwangsläufig auf Kosten der Nähe gehe. Das hörte sich zwar alles ganz vernünftig an – abgesehen davon, dass ich ihm das Meiste davon vorher selber erzählt hatte –, aber wollte ich es wirklich so genau wissen? Bevor Dr. Emery dazu kam, auch noch meine Kindheit und Kala ins Visier zu nehmen, brach ich die Behandlung ab; für mich hatte sie ihren Zweck erfüllt. (Dr. Emery sieht das sicher anders.)

Ich setze den Blinker und schere aus dem Konvoi der Blechdächer aus, hinein in die Tragina Avenue, über die Maple und die Central Avenue, bevor ich auskupple und in aller Ruhe die letzten hundertfünfzig Meter zum Haus rolle (meine kleine Meditation vor dem Ankommen). Zu meiner Überraschung steht in der Garageneinfahrt ein Wagen, den ich kenne: der Wagen von Kalas Eltern. Ursprünglich wollten die beiden Jonathan gegen achtzehn Uhr abholen, damit wir uns in Ruhe für Walters Fest fertig machen können. Was um alles in der Welt bringt sie dazu, einfach drei Stunden früher hier anzutanzen?

Ich verpasse dem Lenkrad einen genervten Schlag mit der flachen Hand: Die Vorstellung, mit Claire auf dem Sofa zu sitzen und nicht zu wissen, worüber ich mit ihr reden soll, versetzt meinen frommen Wünschen für den Rest des Nachmittags einen empfindlichen Dämpfer. Seit elf Jahren schüttelt sie mir mit demselben gespielten Lächeln die Hand und seit elf Jahren bin ich versucht, ihr zu sagen, dass ich schließlich nicht sie, sondern ihre Tochter geheiratet habe, nur um es mir seit elf Jahren jedes Mal aufs Neue zu verkneifen. Arme Claire – sie hat sich für Kala immer jemand anderen gewünscht, jemand, der ihrer Tochter im schillernden Geflecht aus gesellschaftlichem Erfolg und privatem Glück einen Ehrenplatz zuweist, dessen Glanz umgehend wieder auf sie selbst zurückfällt. Mich hält sie bei der Erreichung dieses Ziels für eine latente Fehlbesetzung. In der ihr eigenen Art demonstrierte sie das schon am Tag unserer Hochzeit. Rechtzeitig vor der Fahrt zur Kirche erlitt sie einen Migräneanfall, der sie zwang, ihre Augen während der Trauung hinter einer dunklen Sonnenbrille zu verschanzen. Die anschließende Feier bereicherte sie mit hochgelegten Beinen von der Gartenliege aus, wo sie huldvoll wie Queen Elizabeth die Aufmerksamkeit der Gäste einforderte, die an diesem Tag eigentlich für Kala und mich reserviert gewesen wäre. »Kümmere dich nicht um sie«, beruhigte mich Kala. »Mutter hat einfach immer das Gefühl, zu kurz zu kommen.« Trotzdem habe ich Claire diesen Auftritt nie verziehen. (Schon die ersten Sekunden, las ich neulich in Psychology Today, entscheiden darüber, ob man mit einem Menschen warm wird oder nicht – allerdings verrät einem keiner, wie man mit den Jahren danach zurechtkommen soll.)

Ein kurzer Blick zum Haus – niemand zu sehen. Sicherheitshalber deponiere ich den Helm im Kofferraum, das erspart mir unnötige Erklärungen. Und mein Geschenk für Kala? Hallo Claire, hallo Richard, würde es euch stören, uns einen Moment allein zu lassen, Kala und ich, wir hatten vorhin eine idiotische Begegnung und danach ein noch viel idiotischeres Telefongespräch, wenn wir nicht höllisch aufpassen, ist der Tag gelaufen, also seid so nett und dreht eine Runde um den Block, ich ertrage euch jetzt nicht, ich ertrage heute überhaupt niemanden, außerdem würde ich meiner Frau gern ein kleines Geschenk überreichen, eins, das nur mit uns zu tun hat, ihr versteht schon?

Ich lasse den Slip in der Hosentasche verschwinden und sperre die Tür auf. Auf dem Display des Anrufbeantworters im Flur leuchtet eine rote Drei: Nachricht eins, zwei, drei, allesamt von mir. Das Flugzeug als Schutzschild vor der Brust spaziere ich weiter ins Wohnzimmer: Die Tür zum Garten steht offen, aber draußen ist weit und breit niemand zu sehen. Zu meiner Verblüffung entdecke ich auch im Zimmer keine Anzeichen dafür, dass es vorher anders gewesen sein könnte – nicht mal Claires obligatorische Kippe im Aschenbecher.

Frustriert stapfe ich zurück in die Küche, wo ich den Kühlschrank öffne und mir ein Glas Orangensaft eingieße. *Fünf Tipps,* lese ich auf der Verpackung des Fliegers, *wie Sie mit diesem Spielgerät lange Freude haben. Erstens: Achten Sie auf ausreichenden Abstand zu Häusern, Bäumen oder sonstigen Hindernissen in der Flugbahn. Zweitens: Benutzen Sie das Fluggerät nicht auf asphaltierten Flächen. Drittens: Werfen Sie es so, dass die Spitze leicht nach unten zeigt und …* Von irgendwoher schiebt sich ein fernes, leises Rauschen an mein Ohr. Es dauert ein paar Sekunden, bis ich das Rauschen als das identifiziere, was es ist: das Geräusch der Dusche im Bad direkt über mir.

Also ist Kala doch zu Hause. Aber wo bitte schön stecken dann Richard und Claire? Und wo Jonathan? Ich bin schon auf dem Weg nach oben, als mir einfällt, dass Kala sicher mit allem Möglichen rechnet, nur nicht damit, dass ich eine Stunde früher als geplant ins Bad platze, um ihr Unterwäsche zu überreichen. Also mache ich kehrt, drücke draußen an der Haustür zweimal pflichtschuldig auf die Klingel, bevor ich die Tür mit einem hörbaren Rrumms wieder schließe. Wieso muss ich heute eigentlich bei allem, was ich tue, Anlauf nehmen? Und wieso, zum Teufel, jetzt schon zum zweiten Mal bei meiner eigenen Frau?

Vorsicht, Robert, du bist drauf und dran, wieder ins falsche Fahrwasser zu geraten, schließlich hast *du* dich heute Mittag im Ton vergriffen und danach, am Telefon, eine ziemlich haltlose Behauptung aufgestellt, spiel jetzt bloß nicht den Beleidigten, damit stößt du bei Kala auf wenig Gegenliebe, für's erste wäre schon viel gewonnen, wenn wir das Spiel auf neutralem Boden wieder anpfeifen könnten. *Tock, tock. Tock, tock.* Ich trete ein, ohne die Antwort abzuwarten. Der Spiegel über dem Waschbecken ist vom Dunst beschlagen. Ein süßer Duft – Kalas Duschgel – strömt direkt in meine Nase und von dort hinauf in eine zentrale Schaltstelle meines Gehirns, wo er sehnsuchtsvolle Schwingungen auslöst.

»Einen Moment«, ruft Kala in den dampfenden Nebel um sie herum; ihr heller Körper schimmert durch das dünne Acrylglas. Sie hat mir den Rücken zugewandt, den Kopf unter dem Wasserstrahl; ihre Wäsche liegt verstreut auf der Waschmaschine. Feuchte Luft kriecht mir unters Hemd. Viel zu heiß hier drinnen. Und wie ich dastehe und der Gedanke, mich auszuziehen und zu ihr zu schlüpfen, sich anfühlt wie die einzig naheliegende Antwort auf das Ziehen in meiner Lendengegend, steigt plötzlich eine abgrundtiefe Traurigkeit in mir auf. Denn natürlich kann ich *nicht* zu ihr unter die Dusche steigen. Vielleicht konnte ich es vor einem Jahr oder meinetwegen noch vor einem halben; aber irgendwann dazwischen hat sich mein Anspruch auf dieses Privileg in Luft aufgelöst.

Ein Gefühl dumpfer Hilflosigkeit legt sich mir auf die Schultern wie ein schwerer Sandsack. Zu allem Überfluss sackt auch noch mein Blutdruck in den Keller. Mit weichen Knien setze ich mich auf den Rand der Wanne. Wie oft habe ich neben Kala hier im Bad gestanden, während sie aus der Dusche kletterte, sich die Zehennägel lackierte oder ihren nackten Körper mit einer beiläufigen Drehung im Spiegel begutachtete, im stillen Einverständnis, dass sie und ich zusammengehören, und wenn es etwas gab, das uns voneinander trennte, dann nie in einem grundsätzlichen Sinn, eher wie ein vorüberziehendes Wolkenband, das die Sonne verdeckt, von den Rändern her schon wieder in strahlendes Licht getaucht. Oh ja, auch wir kannten leidenschaftslose Momente, Momente, in denen wir zeitweilig den Kontakt zueinander verloren – wer kann in einer Ehe wie unserer, nach all den Jahren, schon ernsthaft behaupten, dass er ein solches Gefühl noch nicht erlebt hätte? Aber diese *Atempausen*, wie ich sie für mich nannte, beflügelten uns gleichzeitig irgendwie und meistens stürzten wir uns danach mit umso größerer Entschlossenheit in das, was unser gemeinsames Projekt war: die Liebe, Jonathan, ein paar gute Freunde. Es gibt kein Glück, das ewig währt. Aber eines, das geduldig ist, das um Fehler weiß, die möglich sind, die eigenen wie die der anderen. Das ist es, was Kala und ich uns erkämpft hatten. Und niemals, niemals, hätte ich gedacht, dass sich daran jemals etwas ändern könnte.

»Würdest du mir bitte mein Handtuch geben?« Kala hat das Wasser abgedreht. Ich stehe auf und hänge es über den Rand der Duschkabine. »Danke.« Sie trocknet sich ab, dann wickelt sie ihren Körper hinein und schiebt die Tür zur Seite.

»Wie kommt's, dass du schon zu Hause bist?« Die Tatsache, dass sie halbnackt vor mir steht, macht mich verlegen.

»Um ehrlich zu sein: Nach unserem Telefongespräch hatte ich keine Lust, noch länger im Büro zu bleiben.«

Kala holt ein zweites Handtuch aus dem Schrank, mit dem sie sich die Haare abtupft, dann geht sie hinüber zum Waschbecken.

»Ich hab dir was mitgebracht«, sage ich und halte den Slip in die Höhe, so, dass Kala ihn im Spiegel sehen kann.

»Das ist nett von dir«, sagt sie, ohne wirklich Notiz von ihm zu nehmen. Ich hätte mir die Übergabe für später aufheben sollen.

»Warum hast du nicht abgehoben?«, frage ich. »Ich hab versucht, dich zu erreichen.«

»Ich hab mir gedacht, dass du's bist«, sagt Kala, als würde das irgendetwas erklären. Natürlich tut es das auch – auf seine Weise. Sie kämmt sich jetzt die Haare, den Kopf abwechselnd nach links und nach rechts gelegt.

»Jedenfalls bin ich froh, dass ich hier bin.«

Ich würde Kala gern berühren. Ihr die Hand auf die Schulter legen. Aber ich fürchte, sie könnte selbst das missverstehen.

»Tut mir leid, wie ich mich am Telefon benommen habe; ich war dir gegenüber ziemlich unfair.«

Kala hat ihre Haare zu Ende gekämmt. Sie schaut weiter in den Spiegel – als müsste sie überlegen, was sie sich als Nächstes vorgenommen hat.

»Ich meine, ich war einfach nicht darauf vorbereitet, dich mit einem anderen Mann im Café zu treffen. Kannst du das verstehen?«

»Ja, das kann ich verstehen«, sagt Kala.

»Warum redest du dann nicht mit mir? Irgendwie hab ich den Eindruck, dass du nicht mit mir reden willst«, sage ich.

»Robert!« Kala dreht sich zu mir herum, als hätte ich ihr das Stichwort gegeben. »Vorhin, am Telefon, da wollte ich mit dir reden. Du warst der Meinung, das sei jetzt nicht der richtige Zeitpunkt. Okay. Vielleicht hattest du Recht. Aber jetzt ist für *mich* nicht der richtige Zeitpunkt, wenn du weißt, was ich meine.«

»Hör zu«, sage ich beschwichtigend. »Warum machst du dich nicht einfach fertig und wir setzen uns in den Garten, und dann sehen wir weiter?«

»Warum? Weil Jonathan und Richard jeden Augenblick zurückkommen, darum!«

»Na schön, dann warten wir eben, bis Richard wieder weg ist; er wird ja nicht ewig bleiben. Was ist mit Claire?«

»Sie konnte nicht mitkommen.«

»Umso besser«, sage ich. »Hör mal: Ob wir eine halbe Stunde früher oder später zu Walter fahren, spielt keine Rolle. Außerdem haben wir noch die Zeit im Auto. Das dürfte doch eigentlich reichen, oder?«

»Ich glaube nicht, dass das eine besonders gute Idee ist«, sagt Kala.

»Wenn du eine bessere hast«, sage ich, »hab ich auch nichts dagegen.«

»Robert«, sagt sie leise, »entweder du verstehst mich nicht oder du willst mich nicht verstehen. Ich werde nicht mit auf Walters Fest kommen. Du musst allein fahren.«

»Allein?« Die Endgültigkeit dieser Ankündigung trifft mich härter als erwartet. »Und warum, wenn ich fragen darf?«

»Weil ich schon vor heute Mittag keine große Lust hatte, dich zu begleiten.«

»Heute Mittag, heute Mittag – mittlerweile hab ich das Gefühl, dass du um heute Mittag ganz froh bist.«

»Ich sagte: schon *vor* heute Mittag.«

»Also liegt es an Walter?«

»Robert!«

»Ja?«

»Du weißt doch auch, woran es liegt.«

»Wenn ich das weiß, dann sag's mir doch bitte noch mal mit deinen eigenen Worten – nur der Einfachheit halber.«

»Es liegt an dir und es liegt an mir. Es liegt an *uns.*«

»Sag mal, worum geht es hier eigentlich? Könntest du mir bitte mal verraten, worum es hier eigentlich geht?«

»Verlang jetzt keine Erklärung, Robert. Ich hab selber keine. Im Moment weiß ich nur, dass ich nachher mit Jonathan zu meinen Eltern fahre und dort das Wochenende verbringe. Ich brauche Abstand, das ist alles.«

»Was heißt hier *das ist alles*? Seit wann können wir nicht mehr über ein Problem reden, sondern müssen uns aus dem Weg gehen? Und in zwei Tagen? Was soll in zwei Tagen eigentlich anders sein?«

»Weißt du, was ich mir von dir wünsche?« Kala hebt die Hände, als wollte sie sagen: *Warum verstehst du das eigentlich nicht?,* aber natürlich sagt sie das nicht. »Dass du aufhörst, mich zu drängen. Dass du aufhörst, eine Erklärung zu verlangen, wo ich dir gerade gesagt habe, dass ich dir keine geben kann.«

Sie lässt die Hände wieder sinken: Ein Hauch von Resignation liegt in dieser Geste. Ihre Augen schimmern feucht (was auch an den nassen Haaren liegen kann). Ich sitze immer noch auf dem Rand der Wanne, unfähig, sie zu berühren oder zu trösten, wie denn auch, schließlich bin ich selbst ein Teil des Problems (und Mr. Marcus vermutlich der andere). Als ich vor zehn Minuten in dieses Haus kam, hatte ich ein klares Ziel vor Augen: Ich wollte die atmosphärischen Störungen zwischen uns bereinigen. Ich wollte das Meine dazu beitragen, den Abend vielleicht doch noch zu einem *gemeinsamen Abend* werden zu lassen. Und ich wollte zusammen mit Kala den Blick wieder nach vorn richten. Nichts von alldem hat sich einlösen lassen. Ja, in gewisser Weise haben sich meine bösen Ahnungen von heute Mittag sogar bestätigt: Es geht um entschieden mehr als eine Begegnung im unpassenden Moment oder eine Laune des Augenblicks. Wir sind uns gegenseitig einige Antworten schuldig geblieben – dabei sind die wichtigsten Fragen noch gar nicht gestellt. Aber was ist schon eine wichtige Frage, wenn man seit elf Jahren zusammenlebt und darüber schon lange nicht mehr nachgedacht hat?

Ich kann mich nicht aufraffen zu gehen, so nicht. Meine größte Angst in diesem Moment ist, dass ich etwas *tun* sollte (Kala bitten, die Wahrheit auf den Tisch zu legen, wenn es sie denn gibt; das Fest bei Walter sofort absagen, den ganzen Abend mit ihr auf der Couch sitzen und reden, reden, reden), aber die Gelegenheit dazu verstreichen lasse. Ich bin nicht wirklich verzweifelt. Eher wild entschlossen, einer Sache ins Auge zu schauen. Aber ich weiß nicht, wie diese Sache aussieht und wie lang meine Entschlossenheit anhalten wird.

»Robert!« Kalas Stimme beendet alle Spekulationen. »Könntest du mich jetzt bitte allein lassen? Ich will mich fertig machen. Außerdem kommen Vater und Jonathan gleich zurück.«

Ich sitze wie angewurzelt auf meinem Platz. Ich hätte, denke ich, gern die Chance, auf das, was passiert, Einfluss zu nehmen. Dinge, wo nötig, klarzustellen. Mit anderen Worten: Wenn es um eine Entscheidung für oder gegen mich geht, will ich dabei sein.

»Bitte!«

Wir schauen uns in die Augen. Aus irgendeinem Grund reiche ich Kala die Hand, als müsste ich mich jetzt, hier im Bad, von ihr verabschieden. Sie zieht mich hoch. Dann, nach ein paar Sekunden, die mir vorkommen wie eine Ewigkeit, löst sie ihre Hand mit sanftem Druck aus meiner und ich weiß, dass es Zeit ist.

Elf

Mein Kopf dreht sich. Am liebsten würde ich kehrtmachen, die Badezimmertür aufreißen und Kala anbrüllen, dass ich das alles für ein gottverdammtes Missverständnis halte und dass ich keine Lust habe, dieses Missverständnis das ganze Wochenende mit mir herumzutragen. Bloß dass das nirgendwo hinführen würde, genauso wenig wie mein Versöhnungsangebot aus dem Dessousladen irgendwo hingeführt hat. Zugegebenermaßen – meine Unterstellung am Telefon war alles andere als diplomatisch; es hätte tausend feinfühligere Wege gegeben, die Sache aufs Tablett zu bringen. Entweder habe ich Kala damit vor den Kopf gestoßen. Oder mitten ins Schwarze getroffen. War sie nicht beinahe jeden Abend nach ihren *Asanas* oder *Pranayamas* bis tief in die Nacht unterwegs, ein Glas Wein trinken? Einmal kam sie erst kurz vor zwei nach Hause, angeblich weil sie auf der Main Street in eine groß angelegte Polizeikontrolle geraten war und keine Papiere bei sich hatte. Aber gesetzt den Fall, ihr Problem heißt tatsächlich Ken – welchen Grund sollte sie haben, mich im Unklaren zu lassen? Wir alle haben unsere kleinen Krisen, Phasen, in denen wir uns einreden, dass das Leben keine Überraschungen mehr für uns bereithält. Aber natürlich ist das Blödsinn. Das Leben kann dir nur so viel geben, wie du dir selber zutraust. Kala und ich hatten immer jede Menge Pläne; kein Mr. Marcus oder sonst wer könnte daran so schnell etwas ändern.

Unruhig pilgere ich den Gang auf und ab, bevor ich mich im Schlafzimmer aufs Bett fallen lasse und die Augen schließe. Das Einzige, was jetzt noch hilft, ist Geduld. Ausgerechnet. Geduld hatte für mich immer etwas Berechnendes, ein verstohlenes Warten auf den besten Moment. Nur: Woran soll ich den besten Moment erkennen – wenn es den besten Moment überhaupt noch gibt? Vielleicht war Kalas Anruf im Büro ja dieser beste Moment? Hat sie nicht davon gesprochen, dass ihr etwas fehlt? Als ob ich im Büro Zeit für Grundsatzfragen hätte.

Außerdem war ihre Bemerkung viel zu allgemein. *Jedem von uns fehlt irgendetwas.* Mir auch. Zum Beispiel Verständnis dafür, wie sie in einer Situation wie dieser zu ihren Eltern fahren kann. Warum verbringt sie die Nacht nicht einfach bei Ruth? Oder Lisa. Ich finde, in einer persönlichen Krise sollte man gerade um seine Eltern einen großen Bogen machen. Was, wenn Richard und Claire den Braten riechen? Eltern kennen ihre Kinder eben doch ziemlich gut. Und dann? Besorgte Nachfragen, jede Menge gute Ratschläge. Will sie sich das wirklich antun? Will sie *mir* das antun? Oder möchte sie mir damit ganz einfach demonstrieren, dass sie ihre eigenen Entscheidungen trifft? Als ob ich daran je gezweifelt hätte. Abstand. *Ich brauche Abstand.* Warum hören sich alle Formulierungen in dieser Richtung eigentlich immer so beschissen klischeehaft an?

In diesem Augenblick klingelt es an der Tür. Ich rapple mich hoch. Richard und Jonathan kommen von ihrem kleinen Ausflug zurück und Kala steckt immer noch im Bad. Ich ziehe mein Hemd glatt und poltere die Treppe hinunter. Draußen steht Ray Vernon, unser Nachbar.

Ray ist ein hagerer Typ mit stechenden blauen Augen, der sein ganzes Leben in der kanadischen Armee verbracht hat, nicht beim *Bodenpersonal,* wie er seine erdverbundenen Kollegen nennt, sondern bei der Luftwaffe, wo er einem Jagdgeschwader angehörte. Nach seiner aktiven Zeit, die ihn im Übrigen in keine einzige Kampfhandlung geführt hat (den Golfkrieg erlebte er bereits außerhalb des Cockpits), gab er seinen Erfahrungsschatz noch eine Zeitlang im Schulungszentrum der Streitkräfte weiter, bevor er sich mit Ende vierzig in den Ruhestand versetzen ließ. Ray treibt sich oft schon morgens um sechs im Garten herum oder hantiert in seiner Doppelgarage, wo er auf einer Seite eine kleine Werkstatt eingerichtet hat. Nebenbei betätigt er sich als aufmerksamer Chronist des sozialen Lebens in unserer Straße: Ray weiß, wie viel Post in deinem Briefkasten landet und wann du die Zündkerzen bei deinem Auto wechselst; vermutlich weiß er sogar, wann Kala und ich miteinander schlafen. (Unser Fenster ist nachts gekippt.)

»Ich hab dein Auto stehen sehen.« Ray steckt in einer ausgebeulten Cordhose, die aussieht, als hätte sie ihn sein halbes Leben lang begleitet; darüber trägt er ein verschwitztes, eng anliegendes T-Shirt. Sein Oberkörper ist durchtrainiert wie bei einem Dreißigjährigen (wenn man mich nicht als Maßstab nimmt). »Darf man dir schon ein schönes Wochenende wünschen?«

»Darf man«, sage ich, obwohl ich gegen solche Einleitungen allergisch bin (meistens verheißen sie nichts Gutes).

»Was ist los? Du siehst ein bisschen mitgenommen aus.«

»Im Ernst? Muss daran liegen, dass du mich gerade aus meinem kleinen Nachmittagsschlaf gerissen hast.«

»Soll ich später noch mal klingeln?«

»Sag einfach, was du auf dem Herzen hast.«

»Ich brauch deine Hilfe.« Eine nette Überraschung, immerhin; normalerweise ist Ray der klassische Ich-mach-alles-alleine-Typ. »Ich will die Ahornbäume da hinten ausschneiden.« Er deutet mit einer unbestimmten Handbewegung hinüber in seinen Garten.

»Ist es dafür nicht ein bisschen heiß?« Gartenarbeit rangiert für mich auf der Liste überflüssiger Tätigkeiten irgendwo zwischen Auto waschen und Gehsteig kehren.

»Es dauert nicht lang«, sagt Ray. »Höchstens zwanzig Minuten.«

»Sicher?«

»Sicher.«

»Na schön – ich zieh mir nur noch was anderes an.« Meine Begeisterung hält sich in Grenzen, aber besser, als nichts zu tun und darauf zu warten, dass meine schlechte Laune noch schlechter wird, ist es allemal.

»Ich warte drüben auf dich.« Ray formt die Finger der rechten Hand zu einem militärischen Gruß und verschwindet in Richtung seiner Einfahrt.

Ich schlüpfe im Keller in eine ausrangierte Jeans und ein altes Sweatshirt, dazu Turnschuhe. Droben im Bad ist immer noch alles gespenstisch still – keine Ahnung, was Kala so lange treibt. Einer plötzlichen Eingebung folgend deponiere ich das Flugzeug für Jonathan vor der Haustür: Er soll es sofort entdecken, wenn er heimkommt. Nachdem ich mit dem Geschenk für Kala so schmählich gescheitert bin, möchte ich die Sache diesmal gern sich selbst überlassen. Zufrieden mit meiner guten Idee betrete ich die Garage der Vernons, wo Ray mit den letzten Vorbereitungen an seiner Kettensäge beschäftigt ist.

»Ich hab nichts gegen Bäume«, empfängt er mich, ohne aufzuschauen. »Aber ich hab auch nichts dagegen, am Nachmittag auf der Terrasse zu sitzen und in die Sonne zu blinzeln. Beides zusammen war in letzter Zeit ein Problem.« Prüfend zieht er an der Anlasserschnur: Mit einem kurzen Gurgeln signalisiert der Motor seine Einsatzbereitschaft. »Was soll's! Ich werd ein paar der großen Äste kappen, dann sehen wir weiter.« Natürlich verfügt Ray über ein ganzes Arsenal an benzinschluckenden und stromfressenden Helfern, mit denen er das Laub vom Rasen bläst oder die Kanten seiner Beete trimmt, und natürlich verfluche ich ihn jedes Mal dafür, wenn er davon – wie so oft – nach fünf oder an den Wochenenden Gebrauch macht. (In puncto Lärm hält er seinen Flieger wohl immer noch für das Maß aller Dinge.)

»Und welchen Part hast du mir dabei zugedacht?«

Ray legt die Säge auf die Werkbank und schaut mich an, als hätte er über diese Frage noch gar nicht nachgedacht. »Ich klettere allein hoch«, sagt er, »aber dann brauch ich jemand, der mir mit der Kleinen hier hilft, wenn's so weit ist.« Dass er einen Zivilisten wie mich für die Nachschubsicherung einplant, ist ein großes Kompliment. Wortlos drückt er mir die Säge in die Hand, dann hebt er eine Aluminiumleiter von der Wand, die er schultert.

»Das Seil, Robert! Wärst du bitte noch so nett, das Seil mitzunehmen?«

Durch die Tür am Kopfende der Garage marschieren wir in den Garten, den ich dank der dichten Hecke zwischen dem Grundstück der Vernons und unserem nur vom ersten Stock aus begutachten kann. Die Fliesen auf der Terrasse hat Ray im Frühjahr eigenhändig erneuert. Wenn Hannahs Rosen Läuse haben, rückt er ihnen mit einer Brühe zu Leibe, die er achtundvierzig Stunden vorher ansetzt – ganz ohne Chemie.

Eigentlich, hat Ray mir verraten, sollte er öfter zum Vertikutierer greifen, damit er das Moos in Schach halten kann. Zu wissen, wo man hingehört, muss ein großartiges Gefühl sein – auch wenn du selbst vielleicht nicht unbedingt sagen kannst, warum es sich gerade hier eingestellt hat.

»Das Wetter verwöhnt uns, was, Robert?«

»Von mir aus kann's noch eine Weile so weitergehen.«

Ray legt die Leiter vor dem ersten Ahorn ins Gras und macht sich daran, sie auf die doppelte Länge auszufahren.

»Schon Pläne fürs Wochenende?«

»Nichts Konkretes.«

»Früher hab ich in meine freien Tage gepackt, so viel ich konnte«, sagt Ray. »Heute wach ich manchmal auf und weiß nicht, was ich tun soll.«

Die Sicherungszapfen schnappen ein. Gemeinsam richten wir die Leiter auf und lehnen sie gegen den Stamm, so, dass ihr Ende unter einem stattlichen Ast eingekeilt ist. Ein fachmännisches Rütteln, das ihn zufriedenzustellen scheint. Worum ich Ray am meisten beneide, ist die Überschaubarkeit seines Lebenskonzepts, aber vermutlich braucht es Leute wie ihn, um unser Land im Notfall zu verteidigen.

»Wenn ich oben bin, lass ich das Seil runter.« Ray freut sich, dass es losgehen kann. »Häng die Säge einfach an den Karabiner.«

Alles in allem ist die Astgabelung, bis zu der die Leiter reicht, gute sechs, sieben Meter in der Luft. Ray legt sich das aufgewickelte Seil über die Schulter und steigt hoch; oben angekommen, klettert er zwischen den Ästen höher, bis er sich schließlich knapp unter der Krone einen sicheren Stand sucht. Mir wird schon vom Zusehen schwindlig.

»Hier!« Ray lässt das Seil am Stamm entlang nach unten. Ich nehme es in Empfang und hänge die Säge ein. Technisch ist Ray immer auf dem neuesten Stand. Fertig! Auf mein Zeichen schwebt sie wieder nach oben und verschwindet im Blätterwald. Zwanzig Sekunden später heult der Motor auf.

»Besser, du gehst in Deckung«, brüllt Ray; er hat seine Schutzbrille aufgesetzt und ist jetzt in seinem Element. Schnaubend und kreischend arbeitet sich die Säge ins wehrlose Holz. *Achtung*! Mit einem Pfiff signalisiert er, dass es gleich soweit ist. Krachend stürzt der erste Ast zu Boden. Die Luft stinkt nach Benzin und angeschmortem Holz. Ast zwei und drei müssen sich geschlagen geben; zitternd liegen sie im Gras und hauchen ihr Leben aus. Zum Glück ist Rays Appetit damit fürs Erste gestillt.

»Wie sieht's aus?«

»Wenn du dich beherrschst, ist der Baum noch zu retten.«

»Okay, dann komm ich runter und wir knöpfen uns den zweiten vor. Kannst du die Kleine wieder in Empfang nehmen?« Ich frage mich, welchen Kosenamen Ray seinem Flieger gegeben hat. Über die Hecke ertönt die Glocke von drüben. Richard und Jonathan.

»Nur zu.«

»Pass auf, das Sägeblatt ist heiß!«

Wieder die Glocke. Ich hätte Bescheid geben sollen, wo ich bin.

»Besuch vom Schwiegervater, was?« Ray ist am unteren Ende der Leiter angekommen. Sein T-Shirt und seine Unterarme sind mit Sägespänen gepudert. Ein paar Vögel flattern aufgeregt hin und her und begutachten die Schneise, die er geschlagen hat. Drüben geht die Glocke jetzt zum dritten Mal, was meine Laune nicht gerade hebt.

»Hört sich so an, als ob du verlangt wirst, was?« Ray ist meine Anspannung nicht entgangen.

»Im Moment geht's eher darum, wer die Tür aufmacht«, sage ich. Wir stehen da und lauschen. Alles bleibt still.

»Das Problem scheint sich gelöst zu haben«, sagt Ray.

»Ich fürchte, ich muss trotzdem rüber«, sage ich.

»Ich will dich nicht abhalten«, sagt Ray. Wäre er noch in der Armee und mein Vorgesetzter, würde er mich sicher nicht so leicht davonkommen lassen.

»Wirst du ohne mich über die Runden kommen?« Irgendwie tut es mir leid, ihn im Stich zu lassen. Er und ich, wir hätten heute Nachmittag vielleicht sogar etwas wirklich Verbindendes zwischen uns entdecken können.

»Mach dir nichts draus – das Schöne an Bäumen ist, dass sie einem nicht davonlaufen. Außerdem hab ich genug damit zu tun, die hier klein zu kriegen.« Ray hat sich vor seinen Ästen aufgebaut wie Buffalo Bill neben seiner Beute. Im Profil kommt mir sein Gesicht noch schmaler vor, als es ist. »Dass ich dich gefragt habe, ob du mir hilfst, war in erster Linie wegen Hannah. Sie macht sich Sorgen, wenn ich allein da droben herumturne.« Ray hat eine merkwürdige Art, die Dinge auf den Punkt zu bringen, aber ich habe nicht vor, mich darüber zu beklagen.

»Und du glaubst, sie macht sich weniger Sorgen, wenn ich unten stehe und dir dabei zuschaue?«

»Du weißt ja, wie Frauen sind. Erstens irrational. Zweitens irrational. Und drittens irrational.«

»Wie wär's, wenn den zweiten Baum morgen *ich* übernehme?«

»Nur, wenn ich mir mit Kala keinen Ärger einhandle.«

»Das kannst du getrost mir überlassen«, sage ich.

Zwölf

Die letzten Vorbereitungen laufen. In der Einfahrt stolpere ich über Richard, der an seinem Cabrioverdeck herumnestelt (*der Junge hat sich gewünscht, dass wir offen fahren*), und im Niemandsland zwischen Wohnzimmertür und Küchentür wartet eine gepackte Reisetasche.

»Wo warst du denn?« Der missbilligende Ton in Kalas Stimme ist nicht zu überhören. »Ich hab im ganzen Haus nach dir gesucht.«

»Ray stand plötzlich vor der Tür«, sage ich, überrollt von der augenfälligen Klarheit, mit der die Geschehnisse dieses Nachmittags ohne mich ihren Lauf nehmen. »Er hatte drüben bei sich ein kleines Problem, mit dem ich ihn nicht allein lassen wollte.«

»Du hättest wenigstens Bescheid geben können.«

»Du warst im Bad und Ray meinte, es dauert nicht lang. Außerdem wusste ich nicht, dass du's *so* eilig hast.«

»Ich hab's nicht eilig«, sagt Kala. Sie trägt einen weißen Hosenrock und eine türkisblaue, taillierte Bluse. Beides habe ich noch nie an ihr gesehen, und beides, sagt meine innere Stimme, deutet darauf hin, dass sie dabei ist, sich endgültig auf sich selbst zurückzuziehen. »Ich hätte Jonathan nur gern verraten, wo du steckst, damit er sich bei dir bedanken kann.« Dieser Satz ist der erste, über den ich mich freue, seit ich zu Hause bin.

»Ist er draußen?«

»Wo sonst?«

Und wirklich: Als ich das Wohnzimmer betrete, sehe ich ihn im Gras sitzen, seine Neuerwerbung andächtig auf den zarten schmalen Knien. Am liebsten würde ich ihn umarmen und nie wieder loslassen. Vorsichtig pirsche ich mich auf die Terrasse, aber Jonathan hat mich schon entdeckt. »Papa!« Mit ausgebreiteten Armen läuft er auf mich zu. Ich packe ihn und wirble ihn im Kreis herum, bis mir schwindlig wird.

»How, mein Bruder.«

»How.« Jonathan setzt ein würdevolles Gesicht auf. Im Kindergarten gehört er zu den wenigen, die sich noch für Indianer begeistern. Alle anderen, sagt die Kindergärtnerin, tummeln sich mit Vorliebe im Weltraum.

»Gefällt es dir?«

»Oh ja.« Jonathans Augen leuchten. »Es fliegt toll.« Er strahlt. »Soll ich's dir zeigen?«

»Was denn sonst.«

Er hüpft zurück auf die Wiese, wobei er sich alle zwei Meter umdreht, um zu sehen, ob ich auch wirklich bei der Sache bin. »Wohin soll ich werfen?«, ruft er, voll Ungeduld auf den Zehen wippend.

»Wohin du willst«, rufe ich zurück.

Jonathan richtet sich auf, den Oberkörper gespannt, jetzt ganz bei sich. *Ssssssp*! Das Flugzeug dreht in einem eleganten Bogen höher, verharrt am Scheitelpunkt einen Augenblick lang fast waagrecht in der Luft, bevor es sich schwankend zur Seite neigt und im Sturzflug in die Hecke rast. Zum Glück trägt Jonathan sein Missgeschick mit Fassung.

»Du siehst ulkig aus«, sagt er, als ich komme, um ihn zu trösten. Kein Wunder – unter normalen Umständen bin ich in diesem Aufzug nur alle Jubeljahre zu besichtigen.

»Wie ein Clown.« Er gluckst. Ich lasse den Kopf kreisen und rolle wild mit den Augen. »Clowns müssen einen zum Lachen bringen«, ergänzt er, wie zur Bestätigung.

»Sie können aber auch traurig sein«, sage ich.

»Ich mag keine traurigen Clowns«, verkündet Jonathan im Brustton der Überzeugung. »Wärst du lieber ein trauriger oder ein lustiger Clown, Papa?«

»Ein lustiger.« Kinder sind manchmal spitzfindiger, als man glaubt.

»Und warum?«

»Lustige Clowns kriegen am Ende den größten Applaus«, sage ich. Jonathan blinzelt mich an – das leuchtet ihm ein.

»Willst du's auch mal probieren?«, seufzt er, die Augen auf die Stelle der Hecke gerichtet, hinter der sein Flugzeug verschwunden ist.

»Ich schätze, erst müssen wir den Piloten und die Passagiere verarzten.«

»Es gibt keine Passagiere«, protestiert Jonathan. »Nur den Piloten. Und der Pilot hat einen Schleudersitz.«

»Daran hab ich gar nicht gedacht«, sage ich.

»Stimmt es, dass Ray auch Flugzeuge geflogen hat?«, fragt er, während wir uns gemeinsam auf den Weg zur Absturzstelle machen.

»Ja, das stimmt«, sage ich.

»Welche mit Bomben?« Seine Augen sind jetzt ganz ernst auf mich gerichtet.

»Wer hat denn das gesagt?«

»Mama.«

»Und was hat Mama noch gesagt?«

»Dass er nie welche abgeworfen hat. Und dass sie glaubt, dass er auch nie welche abgeworfen hätte.«

»Das glaube ich auch«, sage ich. »Das glaube ich sogar ganz bestimmt.«

Wir sind an der Hecke angekommen.

»Da!« Jonathan hat sein Flugzeug als Erstes entdeckt.

Für die Bergung muss ich mich in voller Länge in die Hecke legen; erst im dritten Anlauf bekomme ich einen Flügel zu fassen. Geschafft. Sofort unterzieht Jonathan sein Geschenk einer gründlichen Inspektion, während ich damit beschäftigt bin, das Kleingetier wieder loszuwerden, das ich in der Hecke eingesammelt habe.

»Vielleicht ist unsere Wiese einfach zu klein«, sagt er, bemerkenswert einsichtig.

»Wenn es richtig weit fliegen soll, bestimmt.«

»Papa?«

»Ja?«

»Was, wenn es kaputtgeht?« Liebevoll streicht er über die verkratzte Cockpitnase.

»Dann kauf ich dir ein neues.«

»Und wenn es wieder kaputtgeht?« Im Grunde beschäftigt Jonathan die gleiche Frage, die mich auch beschäftigt: Kann es für irgendetwas jemals zu spät sein?

»Kauf ich dir noch mal eins.«

»Und so weiter und so weiter?«

»Und so weiter und so weiter.«

Wir sind zur Mitte des Rasens geschlendert. Ich lege mich ins Gras, die Hosenbeine hochgekrempelt, während Jonathan sich anschickt, alle Gänseblümchen zu pflücken, die er von seinem Platz aus erreichen kann. Sorgfältig schnippt er den Stiel ab; mit den Blütenblättern dekoriert er mein Gesicht.

»Ich hab Angst, dass mir bei Oma und Opa langweilig

wird«, eröffnet er mir, so konzentriert, als würde er ein hundertteiliges Puzzle legen.

»Dir war bei Oma und Opa doch noch nie langweilig.«

»Du bist ja nie dabei, wenn mir langweilig ist.«

»Dann lass uns überlegen, was wir dagegen tun können.«

»Weiß nicht.«

»Weiß nicht gilt nicht.« Ich halte es für meine Pflicht, ihm zu vermitteln, dass er an sich glauben kann, und dazu gehört nun mal, nicht vorschnell den Kopf in den Sand zu stecken. »Weißt du wenigstens, warum dir langweilig ist?«

»Oma und Opa haben fast gar keine Spiele für mich.«

»Du kannst aber doch Spiele von hier mitnehmen.«

»Welche denn?«

»Alle, die du willst.« Jonathan ist jedes Mal mit einem Rucksack voller Spiele unterwegs, aber offensichtlich zählt das heute nicht.

»Alle?«

»Solang sie in Opas Auto passen.«

»Warum kommst du eigentlich nicht mit, Papa?« Jonathan hat mein Gesicht zu Ende dekoriert.

»Weil ich heute Abend zu meinem Häuptling muss.«

»Wer ist dein Häuptling?«

»Mein Häuptling ist der Mann, für den ich arbeite.«

»Der Mann, der mir die Uhr geschenkt hat?«

Die Uhr ist eine Uhr aus Hawaii. Auf dem Ziffernblatt bricht sich eine rekordverdächtige Welle, während ein zweites, kleineres Ziffernblatt unter der brechenden Welle die Sekunden anzeigt. Eigentlich hat Walter die Uhr für seinen Sohn mitgebracht, bloß dass der nichts damit anfangen konnte. Aber das kann Jonathan natürlich egal sein (mir auch).

»Genau der.«

Jonathan nickt, als wäre das ein umwerfendes Argument.

»Dein Häuptling ist nett«, sagt er. »Ich hoff, ich bekomm später auch so einen.«

»Bist du denn mit deinem sooo unzufrieden? *Heey*!«

Jonathan rollt ohne Vorwarnung auf meinen Bauch. »Ich weiß doch nicht mal, wer mein Häuptling ist«, sagt er schelmisch, während er mit einem Grashalm meine Nase kitzelt. »Psssst. Augen zu!«

»Augen zu«, wiederhole ich ergeben.

Und dann bläst er mir beinahe andächtig die Blütenblätter vom Gesicht, mit seinem süßen, unschuldigen Kinderatem, der nach Pfefferminz und Erdbeeren riecht. Als ich die Augen wieder öffne, stehen Kala und Richard auf der Terrasse.

»Ich glaube, Mama und Opa sind startklar«, sage ich.

»Was?«

Jonathan tut so, als hätte er mich nicht verstanden. Ich streiche ihm zärtlich über den Kopf. Wir setzen uns in den Schneidersitz. Am liebsten würde ich so sitzen bleiben, und sei es nur, um eine Weile an nichts anderes denken zu müssen, aber heute diktiert eindeutig Kala den Zeitplan.

»Ich hab dich heute Morgen angerufen«, flüstert er verschwörerisch.

»Du warst Brötchen holen«, flüstere ich verschwörerisch zurück.

Er nickt. »Warum warst du nicht da?«

»Ich war da, aber wir hatten gerade eine Besprechung.«

»Was ist das, *eine Besprechung*?« Wie alle Kinder besitzt auch Jonathan die Gabe, Gespräche im unpassendsten Moment in die Länge zu ziehen (vor allem wenn er ins Bett soll).

»Wir sitzen zusammen und erzählen uns, womit jeder gerade beschäftigt ist.«

»*Jonathaan!*«

»Jeden Tag?«

»Nicht jeden. Meistens am Anfang und am Ende der Woche.«

»Und womit bist du gerade beschäftigt?«

»Das erzähl ich dir ein andermal, okay?« Unsere Zeit läuft ab. »Wie wär's, wenn du dein Geschenk mitnimmst?«

»Opas Garten ist auch nicht größer als unserer.«

»Dann geht Opa eben in einen Park mit dir.« Natürlich ist Richards Garten sehr viel größer.

»Sicher?«

»Sicher.«

Wir stehen auf. Jonathan wirkt immer noch nicht ganz glücklich; vermutlich spürt er, dass dieser Familienausflug unter besonderen Vorzeichen steht.

»Hast du Mama und Opa schon gezeigt, wie gut es fliegt?«, frage ich, um ihn abzulenken.

»Zeig *du*'s ihnen.«

»Wenn du meinst.«

Ich schicke das Flugzeug in sanftem Schwung Richtung Terrasse, wo es kurz vorher zu einer stilvollen Landung ansetzt.

»Jetzt aber dalli! Wer schneller dort ist – eins, zwei ...«

Jonathan wartet die drei gar nicht erst ab, sondern spurtet los. Ich lasse ihm ein paar Meter Vorsprung, dann jage ich hinterher.

»Robert Ames zeitgleich mit Jonathan Ames.« Grinsend schwenkt Richard eine imaginäre Zielflagge. »Achtungserfolg für dich, Robert.« Kala steht schweigend daneben, ihr rechtes Bein nach außen gedreht, wie sie es immer tut, wenn sie ungeduldig ist.

»Bitte wasch dir die Hände«, ermahnt sie Jonathan, »und überleg dir, welche Bücher du mitnehmen willst.«

»Gar keine«, sagt Jonathan trotzig. »Ich nehm nur das Flugzeug.«

Ich bin nicht sonderlich glücklich über seine Bockigkeit, denn natürlich könnte Kala mir unterstellen, dass ich der Grund dafür bin. (Da wir nun mal zu dritt sind, lautet unsere eiserne Grundregel: *keine Koalitionen*, und das ist auch gut so.)

»Hör mal, alter Krieger«, hebe ich an, aber Kala signalisiert mir, dass sie auf jedweden väterlichen Vermittlungsversuch getrost verzichten kann.

»Deine Mutter hat Recht« – ungefragt übernimmt Richard meinen Part. »Ein Buch muss sein. Und wenn du keines findest, können wir zwei ja morgen eins besorgen.« (Großeltern dürfen sich über alle Erziehungsregeln hinwegsetzen.) Das ist ein Kompromiss nach Jonathans Geschmack, obwohl er versucht, sich nichts davon anmerken zu lassen.

»Ab mein Schatz.« Mit einem Klaps auf den Hinterkopf ist Jonathan entlassen.

»Was haltet ihr davon, wenn ich uns einen Kaffee aufsetze?«, sage ich. Im Zweifelsfall überbrücke ich die nächsten Minuten lieber mit einer Tasse in der Hand.

»Ich würde gerne fahren«, sagt Kala. »Außerdem hab ich heute schon genug Kaffee getrunken.«

»Ich bin nur der Chauffeur«, entschuldigt sich Richard.

Als hätten Kala und er sich abgesprochen. Überhaupt: Worüber haben die beiden gesprochen? Verlaufen die familiären Bande jetzt wieder entlang ihrer alten Markierungslinien? Wenn es stimmt, dass Frauen in ihren Männern immer ein Stück weit den eigenen Vater suchen, dann hat es jeder Mann an Kalas Seite schwer. Dieser Gedanke ist nicht neu für mich, nur dass er mir in diesem Augenblick zum ersten Mal seit langer Zeit wieder durch den Kopf schießt (kein sehr hoffnungsvolles Zeichen).

»Vielleicht hast du ja Lust, morgen nachzukommen?« Aus

irgendeinem Grund löst Richards Bemühen in mir ein noch größeres Gefühl der Verlorenheit aus. Ich schaue hinüber zu Kala, aber Kala scheint die Bemerkung ihres Vaters gar nicht gehört zu haben.

»Nette Idee, Richard, aber ich hab mir vorgenommen, morgen und übermorgen endlich all die Dinge zu erledigen, die sonst immer liegen bleiben.« (*Glatt gelogen.*)

»Wie du willst.« Richard ist niemand, der sich mit Eventualitäten lange aufhält. »Dann eben ein andermal.«

»Gern.«

»Wie alt wird dein Chef eigentlich?«

»Dreiundfünfzig.«

»Claire waren offizielle Anlässe immer ein Dorn im Auge.« Der Adressat von Richards Bemerkung bleibt in der Schwebe, aber ich bilde mir ein, ein unterschwelliges Zeichen von Solidarität herauszuhören. »Und wisst ihr was? Am Ende war sie meistens enttäuscht, weil sie *nicht* mit dabei war. Sollen wir?«

Kala nickt.

Wir gehen ins Haus. Wie erwartet springt Jonathan mit leeren Händen die Treppe herunter – er setzt jetzt ganz auf seinen Großvater.

»Machs gut, mein Kleiner«, sage ich.

»Danke, Papa, du auch.« Wir geben uns einen Kuss.

»Dann können wir die hier ja schon mal einladen.« Richard schnappt sich die Reisetasche. »Wenn Sie bitte vorgehen, junger Mann.« Und er und Jonathan marschieren nach draußen.

»Ich brauche dir nicht zu sagen, dass ich es schade finde, wie alles gelaufen ist«, sage ich. Kala und ich sind unter dem Vordach der Haustür stehen geblieben. »Lass uns telefonieren, ja?«

»Lass uns lieber nicht telefonieren.«

»Warum?«

»Ich glaub nicht, dass ich dir was Neues sagen könnte.«

»Wer sagt denn, dass ich unbedingt was Neues hören will?«

»Bitte, Robert!«

»Ich finde, du entziehst dich.« Enttäuschung und Zorn steigen in mir hoch.

»Ich kann nicht immer Rücksicht darauf nehmen, was *du* findest«, sagt Kala. »Oder nicht findest.« Von diesem Tiefschlag muss ich mich erst erholen.

»Das hab ich auch nie von dir verlangt«, sage ich.

»Es hat sich bloß zufällig so ergeben.«

»Wenn du schon so unzufrieden bist, dann sag mir, worüber du am meisten unzufrieden bist?«

»Wenn ihr so weitermacht, überleg ich mir das mit dem Kaffee noch mal anders«, tönt Richard aus der Einfahrt zu uns herüber.

»Jedenfalls schön, dass du noch gekommen bist.« Kala ignoriert meine Frage und lächelt gequält. »Jonathan wäre ziemlich traurig gewesen, wenn er dich nicht mehr gesehen hätte.«

»Und du?«

»Ich auch«, sagt sie. »Falls es das ist, was du hören willst.«

»Kannst du mir zum Abschied ausnahmsweise etwas sagen, aus dem ich schlau werden kann?«

»Ich hab dir heute schon viel zu viel gesagt, aus dem du schlau werden könntest.«

»Dann muss es wohl an mir liegen.«

»Bitte sei jetzt nicht melodramatisch, Robert.«

Einen kurzen Moment kämpfe ich damit, meinen Ärger zu ignorieren und etwas Versöhnliches von mir zu geben. Ich liebe dich. Oder: Warum glaubst du, dass ich hier stehe, wenn ich dich *nicht* lieben würde? Aber etwas in mir sperrt sich dagegen, und als ich es mir schließlich anders überlegt habe, hat Kala sich umgedreht und ist auf dem Weg zur Einfahrt.

»Das nächste Mal bist du hoffentlich wieder dabei«, ruft Richard, während er den Motor anlässt.

»Das hoffe ich auch«, sage ich, mehr zu mir selbst.

Keine zehn Sekunden später gleiten die drei an mir vorbei die Straße hinunter. Jonathan winkt. Ich winke zurück. Erst als der Wagen vorn an der Ecke aus meinem Blick rollt, lasse ich den Arm wieder sinken.

Dreizehn

Konsterniert stehe ich auf dem Gehsteig, ein sarkastisches Grinsen im Gesicht. Ich frage mich, was das für ein Abschied gewesen sein könnte, eingekleidet in einen ganz normalen Wochenendbesuch, und wie es wäre, wenn Kala mir in zwei Stunden am Telefon unter Tränen eröffnen würde, sie habe beschlossen, mit Jonathan eine Weile bei ihren Eltern zu bleiben. Nicht, dass ich mit so etwas rechne – dafür bin ich noch nicht konsterniert genug –, aber von einem bestimmten Standpunkt aus betrachtet erscheint es mir auch nicht unwahrscheinlich, und von den verschiedenen Möglichkeiten, wie dieser Tag endgültig aus dem Ruder laufen könnte, wäre das mit Sicherheit eine.

Vier Uhr. Einem spontanen Impuls folgend führt mich mein erster Weg ins Bad, um zu schauen, was aus meinem Slip geworden ist. Dass ich ihn nirgends entdecke, ist ein kleiner Trost (immerhin). Aus dem Spiegel starrt mir ein ziemlich abwartender Typ entgegen, einer von der Stell-mir-was-Konkretes-in-Aussicht, dann-lass-ich-mich-aus-der-Reserve-locken-Sorte. Es passt mir zwar nicht, aber im Augenblick könnte ich auf die Begegnung mit mir selbst getrost verzichten. Was ich brauche, ist eine gehörige Portion Entschiedenheit – egal in welche Richtung (schließlich predige ich das Ganze auch meinen Kunden). Ich fixiere mein müdes Gegenüber, schneide ihm zwei, drei provozierende Grimassen, spiele selbstmitleidige Verzweiflung und distanzierte Überlegenheit, bis ich genug davon habe und hinunterwandere ins Wohnzimmer, wo ich mich aufs Sofa lege, Arme und Beine von mir gestreckt wie ein Toter.

Selbst das Geräusch von Rays Motorsäge gäbe jetzt in meinen Ohren ein verführerisch lockendes Signal der realen Welt ab, aber vermutlich steht der gute Ray schon längst in seiner Garage und säubert sein bestes Stück mit einem benzingetränkten Lappen. Und während ich zur Decke starre, meine Augenlider immer schwerer werden und ich beseelt bin von dem Wunsch, dieser drängenden Schwere nachzugeben, während ich also nichts lieber täte, als einfach einzuschlafen und in einem fernen Land, ganz ohne Sorgen, wieder aufzuwachen, spüre ich plötzlich so etwas wie ein diffuses Auseinanderdriften von meinen Hoffnungen und Ängsten, eine Art große Lücke, in die sich allerlei flüchtige Bilder schieben: Glandis, die unter dem Ventilator sitzt und auf Antworten wartet. Mark, der sich die Hände vors Gesicht presst, umringt von seinen Freunden. Janet. Immer wieder Janet. Und dann ...

Kala und ich. Wir haben uns in der Stadt zum Essen verabredet. Wir sind nicht mehr neu in Hamilton, aber neu genug, um abends gemeinsam auf Entdeckungstour zu gehen. Ziellos flanieren wir durch die Straßen, stecken unsere Nasen in alle möglichen Speisekarten. Wir können uns nicht entscheiden, aber warum nicht einfach warten, bis der Hunger uns die Entscheidung abnimmt? Dass dunkle Wolken aufziehen, kümmert uns nicht weiter, die frische Brise vom See ist eher angenehm. Die ersten Tropfen fallen, schwere Tropfen. Und jetzt? Viel Auswahl bleibt nicht mehr, eigentlich bleibt uns gar keine Auswahl mehr. Ohne ein Wort verständigen wir uns auf einen ganz und gar unprätentiösen Rückzug in den Schoß eines asiatischen Schnellimbisses und werden belohnt: der letzte freie Tisch am Fenster. Draußen öffnet der Himmel seine Schleusen. In Sekundenschnelle regiert das Chaos: Männer, Frauen und Kinder laufen aufgeregt durcheinander, suchen Schutz unter Mänteln und Taschen oder ducken sich in Hauseingänge, niemand hat einen Schirm oder eine Regenjacke dabei, jeder ist unterwegs nach irgendwohin. Von unserem Platz am Fenster aus wirkt die ganze Szenerie sehr befreiend – als hätte der Pulsschlag des Lebens sich schlagartig vervielfacht und den Leuten eine Menge Energie entlockt, die sie normalerweise zurückhalten, jetzt aber ungezügelt aus ihnen herausbricht. So müsste es aussehen, denke ich, wenn man wüsste, dass morgen die Welt untergeht und einem nicht mehr viel Zeit bleibt.

Und so tun wir, was jedes andere Paar an unserer Stelle auch tun würde: Wir rücken näher zusammen. Wir fassen uns an den Händen. Strahlend vertraut Kala mir an, dass sie die Pille absetzen und schwanger werden will. Wir haben die Kinderfrage in den zurückliegenden Monaten ein paar Mal weitläufig umkreist, aber nie ernsthaft diskutiert. Offen gesagt – in der Liste meiner persönlichen Prioritäten steht sie nicht unbedingt an vorderster Stelle. Entsprechend verhalten fällt meine Reaktion aus. Kala gibt sich keine Mühe, ihre Enttäuschung zu verbergen: Angesichts meiner fehlenden Begeisterung fühlt sie sich mit ihrem Bekenntnis ziemlich allein gelassen. Obwohl ich geistesgegenwärtig genug bin, mich sofort zur Klausur auf die Toilette zurückzuziehen und mit dem ehrlichen Vorsatz wiederauftauche, den Abend doch noch zu retten, versinkt sie hinter einer Mauer melancholischer Entrücktheit. Schweigend stochern wir in unserem

Tofu mit Reis, während uns aus der Küche der beißende Geruch von altem Frittierfett attackiert.

Heute sehe ich meinen Anteil an der Sache. Damals aber reagierte ich so, wie ich meistens reagiere, wenn jemand ein Signal von mir erwartet, das in eine sehr grundsätzliche Richtung geht: mit Zurückhaltung. Schließlich will ich nicht zwei Tage später mit einer Nachbesserungsliste aufwarten, die die ganze Geschichte scheibchenweise dorthin verschieben soll, wo ich sie *eigentlich* haben möchte. Das Schlimme ist, dass die direkten Reaktionen gemeinhin für besonders ehrlich gehalten werden; vor diesem Hintergrund kann ich Kala keinen Vorwurf machen. Dabei – so viel zu meiner Ehrenrettung – hätte auch ich mir damals sehr wohl schon ein Kind mit ihr vorstellen können. Es war wohl eher dieser Augenblick am Fenster, die Haare nass vom Regen, im Herzen das Gefühl, noch einmal davongekommen zu sein, der mich ganz woanders hingetragen hatte als sie. Aber wie will man so etwas schon erklären?

Ich zucke zusammen, sekundenlang völlig orientierungslos. Ruckartig setze ich mich auf, ein pochendes Dungdung, Dungdung an meinen Schläfen. Ich muss eingenickt sein. Wie spät? Zehn vor fünf. Glandis, richtig, ich wollte mich bei Glandis melden. Und der Helm für Mark – vielleicht ergibt sich jetzt, wo alles anders gekommen ist, ja doch noch die Gelegenheit, bei den Rutherfords vorbeizuschauen. Ich warte, bis das Schwungrad in meinem Kopf aufhört, sich zu drehen, dann stehe ich auf und bewege mich im Zeitlupentempo einen Stock höher ins Bad (mein häuslicher Radius ist heute wirklich beschränkt). Raus aus den albernen Klamotten, endlich. Das unbarmherzige Licht der Deckenstrahler nimmt auf das bisschen Bräune, das ich mir diesen Sommer erarbeitet habe, keine Rücksicht. Gedemütigt steige ich unter die Dusche. Ich sollte wieder mehr Sport treiben; nur weil ich nicht zu denen gehöre, die Fett ansetzen, sobald die Vierzig am Horizont auftaucht, heißt das noch lange nicht, dass die Zeit stehen bleibt. Allmählich kehren meine Lebensgeister zurück. Die letzten zehn Sekunden drehe ich die Mischbatterie bis zum Anschlag auf Blau – noch ist nichts verloren.

Notdürftig abgetrocknet wickle ich mich in Kalas Frotteebademantel (er duftet nach ihrem ayurvedischen Körperöl) und tappe, sehr viel wacher, wieder nach unten. Wen soll ich zuerst anrufen? Glandis? Die Rutherfords? Natürlich Glandis – weil ich bei Glandis nichts falsch machen kann. Im Büro hebt niemand ab, also versuche ich es unter ihrer Privatnummer.

»Hi, hier Glandis! Nach dem Beep bleiben euch zwei Minuten, eine Nachricht aufzusprechen, die mich zum Rückruf ermuntert.« *Beep.*

»Glandis, hier Robert. Vermutlich steckst du im Stau. Melde dich, wenn du zurück bist.« *Klick.*

Als es klingelt, habe ich die Hand noch am Hörer.

»Hallo Robert.«

»Das ging aber schnell.«

»Ich bin schon seit vier zu Hause.«

»Und der Anrufbeantworter?«

»Läuft wegen Raymond.«

»Und?«, frage ich.

»Bisher hat er sich noch nicht gemeldet.«

»Hört sich so an, als wärst du darüber gar nicht so unglücklich.«

»Ich weiß, dass ich mit ihm reden muss«, sagt Glandis. »Aber nicht heute. Zumindest nicht, wenn ich danach noch auf Walters Fest will.«

»Deswegen ruf ich an.« Ich mache eine kleine Pause. »Wenn du's dir inzwischen nicht anders überlegt hast – ich bin bereit.«

»Soll das heißen, du hast einen Platz für mich frei?«

»Nachdem meine Frau den ihren geräumt hat.«

»Doch hoffentlich nicht wegen mir?«

»Wo denkst du hin.« Das Schöne an Glandis ist ihre Unkompliziertheit (sogar, wenn sie eigentlich kompliziert ist). »Was hältst du davon, wenn ich um sieben vor deiner Tür stehe und Taxi spiele?«

»Ein Mann, ein Wort?«

»Zumindest hin und wieder.«

»Ich freu mich, Robert.«

»Ich mich auch.«

Kaum zu glauben: Heute Mittag stand ich kurz davor, Glandis zu vertrösten, jetzt bin froh, dass sie mich nicht im Stich lässt. Erleichtert darüber, dass ich die erste Hürde genommen habe, wähle ich Janets Nummer. 527–4127. *Tuut. Tuuut.* Mein Herz schlägt plötzlich sehr viel schneller.

»Janet Rutherford.«

»Hallo, Mrs. Rutherford«, sage ich, eine Spur zu aufgekratzt. »Hier Robert Ames.«

»Wer?« Leider klingt es alles andere als charmant.

»Robert Ames.« Dass ich meinen Namen wiederholen muss, raubt mir für den Bruchteil einer Sekunde alle Zuversicht.

»Oh, Mr. Ames – was verschafft uns die Ehre?«

»Ich wollte mich nach dem Zustand des Patienten erkundigen.«

»Danke der Nachfrage – dem Patienten geht es gut.«

»Bei der fürsorglichen Pflege, die ihm angedeiht, kein Wunder.«

»Darf ich das als Kompliment auffassen?«

»Wenn Sie nichts dagegen haben.«

Eine kurze Pause. Nicht unangenehm, nur deutlich wahrnehmbar.

»Als ich heute Nachmittag unterwegs war, bin ich über eine Kleinigkeit gestolpert, die Marks Heilungsprozess bestimmt beschleunigt.« Augen zu und durch.

»Das ist wirklich aufmerksam«, sagt Janet, »aber ...«

»Nur eine Kleinigkeit – nicht der Rede wert.«

»... aber ich hab den Eindruck, dass Mark schon gar nicht mehr dran denkt.«

»Vielleicht freut er sich ja trotzdem«, sage ich. »Abgesehen davon, dass *ich* mich auch freuen würde.«

»Dann will ich dem Glück natürlich nicht im Wege stehen.«

»Bleibt nur die Frage, wie wir die Übergabe arrangieren.«

»Das stimmt«, sagt Janet. In der Leitung ertönt ein kurzes Knacken. Sehr viel länger zu warten, macht keinen Sinn.

»Ich möchte nicht mit der Tür ins Haus fallen«, hebe ich an, »aber ich bin nachher ganz in der Nähe. Vielleicht könnte ich auf einen Sprung vorbeischauen.«

»Sekunde!« Janet deckt die Muschel ab. Ich höre sie mit jemandem reden.

»Tut mir leid, Mr. Ames – was haben Sie gesagt?«

»Dass ich nachher ganz in der Nähe bin und auf einen Sprung vorbeischauen könnte.« Plötzlich bin ich bereit, zu akzeptieren, dass mein Schicksal sich an dieser Frage entscheidet. *Bitte sei jetzt nicht melodramatisch, Robert.* Und wenn?

»Sie meinen, bei uns?«

»Ich will mich nicht aufdrängen«, sage ich. »Natürlich hängt es von Ihnen ab.«

»Ein netter Vorschlag.« Ich spüre, wie Janet zögert. »Er kommt bloß ein bisschen überraschend.«

»Das muss an meinem Job liegen. Anschließend treibe ich die Leute in die Enge, bis sie ja sagen.«

»Keine Sorge, ich würde auch nein sagen, wenn mir danach ist. Wann wollten Sie kommen?«

»Jetzt ist es zwanzig nach fünf«, sage ich. »Wie wär's in einer guten halben Stunde? So gegen sechs?«

»Pete dürfte wohl noch unterwegs sein«, sagt Janet, »aber Mark und ich sind zuhause. Wenn Ihnen das genügt?«

Was soll ich darauf antworten?

»Wunderbar.«

»Soll ich Sie ankündigen?«

»Ich würde ihn lieber überraschen.«

»Er wird sich bestimmt wundern.«

»Das soll er auch.«

»Dann bis nachher.«

»Ja, bis nachher.«

Wir hängen ein. Nach dem wackligen Auftakt bin ich mit dem weiteren Verlauf des Gesprächs ganz zufrieden. Am zufriedensten aber bin ich darüber, dass es mir jetzt, knapp eineinhalb Stunden nach Kalas irritierendem Abgang, gelungen ist, den Kopf aus eigener Kraft wieder über Wasser zu strecken; an morgen und übermorgen möchte ich im Augenblick noch gar keinen Gedanken verschwenden.

Noch einmal mache ich mich auf den Weg nach oben, um meine Garderobe zusammenzustellen. Etwas in der Mitte zwischen nicht zu förmlich, nicht zu leger – mit Spielraum in beide Richtungen. In Windeseile bügle ich das Hemd, suche die passende Hose, die passenden Socken, die passenden Schuhe. Fünfzehn Minuten später verlasse ich mit frisch geputzten Zähnen, einem Spritzer After Shave hinter den Ohren, das Haus, nicht ohne vorher das Licht auf der Kommode im Gang eingeschaltet zu haben, damit es mir, wenn ich tief in der Nacht zurückkomme, seinen vertrauten Willkommensgruß entrichtet.

Vierzehn

Mit großen Schritten nähere ich mich dem Ort, an dem vor nicht einmal sieben Stunden alles begonnen hat. Eine erwartungsfrohe Nervosität hat von mir Besitz ergriffen, obwohl ich mir eigentlich vorgenommen habe, nichts zu erwarten. Diesmal bin ich es, der auf die Klingel drückt. Ein paar Sekunden verstreichen, dann nähern sich Schritte. Die Tür geht auf. Vor mir steht Janet, in einem schlichten grünen Kleid, das so eng am Körper anliegt, dass ich beim Anblick der sich darunter abzeichnenden Rundungen augenblicklich in tiefste Verlegenheit stürze.

»Ah, der Kurierservice«, begrüßt sie mich; sie trägt die Haare jetzt nicht mehr hochgesteckt, sondern offen, so, dass sie sanft auf ihre Schultern fallen. »Mark kommt jeden Moment zurück – er ist noch schnell zu seinem Freund, aber ich hab ihm gesagt, dass er spätestens um sechs wieder hier sein soll.«

»Dann wollen wir hoffen, dass er seiner Mutter gut zugehört hat«, sage ich, so unaufgeregt, wie meine Aufregung es zulässt.

»Das hoffe ich auch«, sagt Janet.

Einen kurzen Moment frage ich mich, wie es wäre, wenn sie mich *nicht* hereinbitten würde, aber bevor ich den Gedanken weiterdenken kann, lächelt sie mich an und sagt: »Wollen wir nicht lieber drinnen warten?«, und ich lächle zurück und sage: »Gern.«

Ich folge ihr mit trockenem Mund durch den Gang, an der Küche vorbei und ins Wohnzimmer. Janet füllt aus einer bereitstehenden Karaffe zwei Gläser und reicht mir eines davon.

»Wirklich nett, dass Sie extra deswegen noch einmal vorbeischauen«, sagt sie, obwohl sie das *Extra-deswegen* gar nicht sehen kann (es baumelt in einer Plastiktüte an meinem Handgelenk).

»Das bin ich Mark schuldig«, verkünde ich, durch und durch Sportsmann. »Ich hoffe nur, dass ich mit meiner Idee richtigliege.«

»Verraten Sie mir, was es ist?«

»Ein Footballhelm.« Ich hole den Helm aus der Tüte und stelle ihn auf das niedrige Beistelltischchen neben die Glaskaraffe.

»Er sieht ein bisschen martialisch aus«, kommentiert Janet süffisant.

»Der Helm oder der Tiger?«

»Der Helm *und* der Tiger. *Beides.*«

»Finden Sie ihn *zu* martialisch?« Das Rückzugsgefecht ist eröffnet.

»Was *ich* finde, dürfte in dem Fall wohl keine Rolle spielen.«

»Notfalls kann ich das Ding ja wieder mitnehmen.«

»So weit wird's Mark bestimmt nicht kommen lassen«, sagt Janet. »Pete war schon ein paar Mal mit ihm im Ivor Wynne und es hat ihm gar nicht so schlecht gefallen.«

»Väter und Söhne«, sage ich grinsend – als ob klar wäre, dass die Väter dabei besonders gut wegkommen.

»Männer«, seufzt Janet.

»Eigentlich«, wiegele ich ab, »ging es mir mehr um die symbolische Bedeutung.« Wenn ich schon nicht mein eigenes Geschlecht rehabilitiere, dann wenigstens mich.

»Dann ist Ihnen die Überraschung wirklich geglückt.«

Wir setzen uns: Janet auf das Sofa und ich in den Korbstuhl, den heute Vormittag Pete in Beschlag hatte.

»Ich kann immer noch nicht glauben, dass Sie auch auf der Banbarry High waren«, sagt Janet. Sie hat die Beine übereinandergeschlagen und seitlich weggedreht, so, dass der Saum ihres Kleides höhergerutscht ist und den Blick auf die helle Haut des Oberschenkels freigibt. »Wie klein die Welt doch manchmal ist.«

»Allerdings«, pflichte ich ihr bei. Ich muss mich konzentrieren, nicht dort hinzuschauen, wo ich eigentlich hinschauen möchte.

»Verraten Sie mir wenigstens, woran Sie mich erkannt haben?«

»Erkennen ist zu viel gesagt ... es war mehr ein Gefühl.«

»Ein Gefühl?«

»Damit will ich sagen, dass ich kein klares Bild vor Augen hatte.« *Oh je oh je.* »Ich hätte mich auch täuschen können.«

Wir schweigen beide. Momente wie diese können über den Fortgang eines ganzen Gesprächs entscheiden. Dann steht das Automatikgetriebe auf neutral und jeder überlegt, ob er *drive* (wir beide könnten uns wirklich etwas zu sagen haben) oder *rear* einlegen soll (bringen wir das hier zu Ende, ohne uns gegenseitig das Leben schwerzumachen). Immerhin: Für zwei Menschen, die sich kaum kennen, ein sehr intimer Augenblick.

»Es ist jetzt zwei, drei Jahre her«, sagt Janet, »da waren Pete und ich im Kino. Und plötzlich sehe ich, dass schräg vor mir Sally sitzt; Sally war während der Schulzeit meine beste Freundin.«

»Und – hat sie Sie wiedererkannt?«

»Sie hat mich gar nicht gesehen«, sagt Janet. »Zuerst wollte ich sie ansprechen. Aber dann ging das Licht aus und der Film lief, und als das Licht wieder anging, hatte ich keine Lust mehr.«

»Und warum?«

»Das hab ich mich auch gefragt«, sagt Janet. »Irgendwie, glaube ich, fiel es mir schwer, mir vorzustellen, dass Sally mich mit genau den Augen sieht, mit denen sie mich vor zwanzig Jahren gesehen hat.« Ich frage mich, ob ihre Bemerkung auch auf mich gemünzt ist.

»Was wäre denn so schlimm daran?«

»Schlimm ist das falsche Wort«, sagt Janet. »Ich hatte nur auf einmal den Eindruck ...«

In diesem Augenblick dreht sich ein Schlüssel im Schloss.

»Na also!« Janet schlüpft in die Sandalen, die mir schon am Vormittag aufgefallen sind, und steht auf. »Gleich können Sie Ihren Helm seiner endgültigen Bestimmung übergeben.« Für den Bruchteil einer Sekunde ist ihr Oberschenkel noch entblößter, als er es ohnehin war. Dann streicht sie sich das Kleid glatt und verschwindet im Gang, eine flüchtige Spur ihres Parfums hinter sich herziehend wie einen Schleier.

»Da bist du ja endlich«, höre ich sie sagen. »Na, wie geht's?«

»Ganz okay.« Das Schnappen der Tür, dann wieder Marks Stimme (ich muss mich konzentrieren, um alles zu verstehen): »Sag mal, was macht der Typ denn schon wieder hier? Warum steht sein Auto draußen?«

»Mark! Du weißt, dass ich diesen Ton nicht mag.«

»Na gut. Also – darf ich fragen, warum er schon wieder hier ist?« Das Ganze klingt nur unwesentlich freundlicher.

»Wenn du's genau wissen willst: Er ist deinetwegen gekommen. Er hat dir was mitgebracht.«

»Ist mir doch egal; ich hab Hunger.« Die Primärbedürfnisse bügeln mal wieder alles andere glatt.

»Sag wenigstens erst mal hallo.«

»Heey!« Ein lang gedehntes, widerstrebendes Heey. »Ich hab keine Lust! Schau mich doch an: Soll ich ihm dafür etwa auch noch die Hand schütteln?« Die Chance, meinen Ellbogencheck ein letztes Mal zu inspizieren, schwindet (mein Mitgefühl für Mark allerdings auch).

»Du weißt genauso gut wie ich, dass er es nicht mit Absicht getan hat.« Janet meint es wirklich gut mit mir.

»Na und – ich kann ihn trotzdem nicht leiden.« Damit kommen wir der Sache schon näher.

»Mark, bitte.«

»Aber es stimmt.«

»Jetzt stell dich nicht so an und bedank dich wenigstens für das Geschenk, das er dir mitgebracht hat.«

»Was ist es denn?«

»Ein Helm von den Tiger-Cats.«

»*Mannomann*! Ein Helm von den Tiger-Cats – was soll ich denn damit?« Pete hatte Recht: Mark *ist* verwöhnt.

»Nur damit eines klar ist: Ich hab keine Lust auf deine schlechte Laune. Wenn du dich nicht aufraffen kannst, im Wohnzimmer kurz hallo zu sagen, dann verschwinde gefälligst nach oben.«

»Okay, okay, ich geh ja schon.« Ein theatralisches Schniefen, dann Schritte auf der Treppe. *Rrumms* – klarer hätte Mark nicht ausdrücken können, dass er vorhat, sich seine freundschaftlichen Gefühle mir gegenüber fürs nächste Leben aufzuheben.

»Er sagt, er hat jetzt keine Lust, Sie zu sehen.« Janet lehnt im Türrahmen, in Gedanken noch ganz bei der fruchtlosen Auseinandersetzung mit ihrem pubertierenden Sohn. Es ist ein schönes Bild – obwohl sie selbst das vermutlich ganz anders sehen würde.

»Ist er denn immer noch wütend auf mich?« Ich verschränke die Hände hinterm Kopf und spiele den Ahnungslosen.

»Auf alle Fälle ist es ihm peinlich.« Janet ist viel zu nachsichtig, um mich mit der traurigen Wahrheit in die weite Welt zu entlassen. »Seine Backe ist immer noch geschwollen.«

»Dann muss ich mir meine Absolution heute wohl offenbar selbst erteilen.« Oh selige Mutterliebe.

»Sie werden doch hoffentlich nicht auf die Idee kommen, es persönlich zu nehmen?« Aus Janets Besorgnis spricht derselbe Schuss wohldosierter Übertreibung wie aus meiner Zerknirschung.

»Großer Gott – nein«, sage ich, jetzt wieder Sportsmann. (Wie soll ich es denn *sonst* nehmen?)

»Vielleicht hätten Sie sich mit Ihrer Wiedergutmachungsaktion einfach noch ein wenig mehr Zeit lassen sollen.«

»Im Nachhinein ist man immer schlauer.«

»Und Ihr Helm? Was machen wir jetzt mit Ihrem Helm?« Janet macht keine Anstalten, zum Sofa zurückzukehren.

»Das überlasse ich Ihnen«, sage ich, und in diesem Augenblick meine ich das in einem viel umfassenderen Sinn, als sie es sich jemals vorstellen kann.

»Ich finde, Sie sollten ihn wieder mitnehmen«, sagt Janet. »Ich würde Mark für seine Launen ungern belohnen.«

»Wenn Sie meinen.« Ich leere mein Glas mit einem beherzten Schluck und stehe auf. »Obwohl ich finde, dass das eine mit dem anderen nichts zu tun hat.«

»Haben Sie eine bessere Idee?« Janet lächelt, aber ihr Lächeln bezieht sich nicht auf mich.

»Mark soll sich frei entscheiden«, sage ich. »Und ich bin mir sicher, dass ihm das ohne mich sehr viel leichter fällt.«

»Man merkt, dass Sie selber Kinder haben«, sagt Janet.

»Ihnen würde es andersherum bestimmt genauso gehen.«

»Manchmal«, sagt Janet, »hat man einfach nicht den Abstand, den man bräuchte.«

»Wem sagen Sie das.«

Diesmal lässt Janet mir den Vortritt. Im schmalen Flur starre ich auf die geriffelte hellgelbe Tapete, als könnte ich etwas zu Ende denken, das zu Ende gedacht werden muss. Aber dann sind wir schon an der Tür.

»Was Ihnen mit Sally passiert ist«, sage ich, »ist mir mit einem Freund von mir auch schon passiert.«

»Ach ja?«

»Der einzige Unterschied ist, dass er *mich* erkannt hat.«

»Und?«

»Es war eine große Enttäuschung«, sage ich. »Wir konnten nichts mehr miteinander anfangen.«

»Schade.«

»Dafür habe ich über ihn eine Frau kennen gelernt, die mir noch heute viel bedeutet.«

»Dann war es also doch nicht umsonst.«

»Das wollte ich damit sagen.« Ich gebe mir einen Ruck. »Darf ich?«

Die flüchtige Berührung unserer Wangen; ich spüre die leichte Wölbung an ihrer Schulter, rieche das Parfum an ihrem Hals. In diesem Augenblick befällt mich panische Angst, dass etwas unwiderruflich vorbei sein könnte, etwas, das im Grunde nur mich betrifft. Nur dass ich nicht weiß, ob ich bereit bin, davon Abschied zu nehmen.

»Schön, dass Sie gekommen sind.« Janet wirkt jetzt sehr gelöst. »Und vielen Dank für ... Sie wissen schon.«

Sie schließt die Tür. Eine Weile bleibe ich stehen wie betäubt, dann taste ich nach dem Autoschlüssel in meiner Hosentasche. Meine Hand am Oberschenkel fühlt sich kalt an.

Fünfzehn

An der Main Street reißt mich der tosende Feierabendverkehr ziemlich abrupt aus allen meinen Träumen (oder dem, was davon übriggeblieben ist). Autos jeder Größe, jeden Typs und jeden Alters rollen in donnernden Formationen über den Asphalt und befördern ihre Lenker zurück in den Schoß einer ungeduldig wartenden Familie, die stickigen Zimmer einer verwaisten Wohnung oder vor die nummerierten Kassen des nächstgelegenen Einkaufszentrums. Im Strom der Wagen treibe ich stadteinwärts wie ein Koffer auf dem Gepäckband. Nach der Balsam Ave bleibt die Häuserzeile rechter Hand respektvoll zurück und gibt den Blick frei auf das Betongerippe des Ivor Wynne, das im ockerfarbenen Licht der tiefer stehenden Sonne so erhaben daliegt wie der Ayers Rock. Auf dem Platz davor üben Jungs und Mädchen in roten Trikots noch schnell die wichtigsten Feinheiten und Kniffe für das Baseballspiel am Wochenende. Mütter haben es sich auf mitgebrachten Klappstühlen bequem gemacht oder lehnen Seite an Seite mit ein paar versprengten Vätern am Zaun, in kleine Plaudereien vertieft, wie sie für einen Freitagabend typisch sind, wenn die Welt dir aus irgendeinem Grund wieder versöhnlich erscheint, bereit, dich an ihren Tröstungen teilhaben zu lassen und in eine bessere Zukunft zu lotsen. Gegenüber tanzen die ersten Lichtreflexe des Kingsdale Cleaning Centre (*we do it for you the professionell way*) auf dem Schatten des Gehsteigs, während drinnen fleißige Hände in silber glänzende Waschmaschinentrommeln greifen.

Ich halte den Ford mit Daumen und Zeigefinger der rechten Hand auf Kurs, bis ein Hinweisschild am Straßenrand *Lisa's Corner* ankündigt. Lisa's Corner ist ein in die Jahre gekommenes, unscheinbares Diner mit einer wenig einladenden Markise und grünen Plastiktischdecken. Vor elf Jahren rettete Kala und mich ein liebevoll zubereitetes Frühstück über die alles entscheidende Stunde bis zur Hausbesichtigung in der Tragina Ave hinweg. Seitdem lasse ich mich in unregelmäßigen Abständen bei Lisa blicken, genieße die Leichtigkeit, mit der sie zwischen ihren Gästen herumschwirrt, und profitiere davon, dass diese fünfzig Quadratmeter sich so offensichtlich gegen jede Mode sperren, dass die Zeit darin zum Stillstand kommt. Und weil Glandis erst in zwanzig Minuten mit mir rechnet und es ohne Zweifel unhöflich wäre, sie vor der Zeit zu überraschen, steuere ich den Wagen kurz entschlossen auf den kleinen Parkplatz. (Auch auf Kundentour versuche ich meine Termine so zu legen, dass für Stopps wie diesen genügend Spielraum bleibt.)

Hinter der Scheibe sehe ich Lisa in ihrer Küche hantieren (vermutlich bestückt sie gerade die aufgeklappten Hälften einer Hamburgersemmel mit Zwiebelringen), dann wischt sie sich mit dem Handrücken über die Stirn und verschwindet aus meinem Blickfeld. An dem Tag, an dem Kala mir am Telefon verriet, dass sie schwanger ist, fiel mir nichts Besseres ein, als vom Büro hierher zu fahren, mich an den Tresen zu setzen und Lisa bei der Arbeit zuzuschauen. Die Leute kamen und gingen. Ein Mann und eine Frau, beide im Businessoutfit, diskutierten darüber, wie es wäre, denselben Partner ein zweites Mal zu heiraten. Die Frau sah darin den bravourösen Versuch einer gegenseitigen Wiedergutmachung, eine Art zweites Leben im ersten, das einen – quasi nebenbei – mit einer Fülle an tiefgreifenden Einsichten und Erkenntnissen versorge. Der Mann dagegen plädierte dafür, den neuen Anlauf als etwas völlig Eigenständiges zu betrachten, nur ja nicht als Fortführung des gescheiterten ersten. »*Und wie soll das funktionieren?*«, wollte die Frau wissen. »*Mit dir würde es so und so nicht funktionieren*«, sagte der Mann. »*Dann verrat mir doch bitte*«, konterte seine Begleiterin, »*wie eine Frau es schaffen soll, an einen Neuanfang zu glauben, wenn sie schon mal mit dir verheiratet war?*« Beide lachten, woraus ich schloss, dass sie nicht von sich selber sprachen. Später sah ich, wie sie auf dem Parkplatz in getrennte Autos stiegen und davonfuhren. Während all der Zeit blieb ich immer weiter so sitzen, ließ mir von Lisa die Tasse nachfüllen und wartete, bis es draußen dunkel wurde. Tief in mir spürte ich, dass das Leben sich ab jetzt grundlegend ändern würde. Und manchmal merken wir ja erst in dem Augenblick, in dem wir etwas verlieren, dass es uns am Herzen gelegen hat und wir es vermissen werden.

Ich starre nachdenklich auf die Fensterfront, in der sich die Umrisse meines Wagens spiegeln. Von mir selbst ist nichts zu sehen (daran sind die getönten Scheiben schuld). Aus der Rücken*deckung*, die ich mir von meinem Besuch bei Janet versprochen habe, ist ein empfindlicher Rück*schlag* geworden; offensichtlich habe ich ihr in meinem psychischen Resozialisierungsprogramm etwas zu voreilig eine zentrale Rolle zugewiesen. Weiter rechts schwingt die Glastür mit dem *Come in – we 're open*-Schild auf: Ein junges Pärchen – mit Donuts und Colabechern bewaffnet – schlurft die Reihe der parkenden Autos entlang und klettert direkt neben mir in einen metallicgrünen Pontiac Sunfire. Fenster surren herunter. Sekunden später dröhnt *Why does my heart feel so bad* über den Parkplatz. Von den falschen Leuten zur falschen Zeit ein Lied hören zu müssen, das du magst, ist einer der effektivsten Schläge gegen die eigene Moral; er macht dir klar, dass das, was du für einen Ausdruck *deiner* Gefühle hältst, auch Ausdruck aller möglichen *anderen* Gefühle ist, die mit deinen nicht das Geringste zu tun haben müssen. Der Pontiac stößt zackig zurück, dann rollt er betont langsam zur Ausfahrt, wo er sich ohne zu fackeln in die Schar der Blechleiber drängelt und verschwindet – die nächste Videothek oder den Spirituosenladen fest im Visier.

Plötzlich weiß ich beim besten Willen nicht mehr, ob ich meinen Anteil an der letzten halben Stunde in Riverdale für verschwindend gering oder erschreckend hoch halten soll – was in jedem anderen Fall nicht weiter ins Gewicht fallen würde (obwohl mich beides deprimiert), angesichts der besonderen Hoffnungen in *diesem* aber ein mittelschweres Beben auslöst, das mein Selbstverständnis erschüttert und eine lähmende inquisitorische Selbstbefragung in Gang setzt. Wann habe ich zuletzt versucht, das, was ich wollte (oder glaubte, zu wollen), auch in Angriff zu nehmen? Riskiert, für meine Interessen auf die Schnauze zu fallen – statt den Schwanz einzuziehen und so zu tun, als ob das Ass noch bei mir im Ärmel steckt? Der Stimme in meinem Inneren vertraut – egal, was sie mir sagt?

Ab einem bestimmten Alter, denke ich, die Hände gegen das Lenkrad gestemmt, als würde ich in voller Fahrt in eine Nebelwand rauschen, hinter der schon das Schicksal in Form eines quer stehenden Zwanzigtonners oder eines überraschten Rehbocks auf mich wartet (abgesehen von den Airbags und dem vielen Platz war ein weiteres fadenscheiniges Argument für die Anschaffung dieses Wagens, dass die Lenksäule bei einem Auffahrunfall einklappt), ab einem bestimmten Alter also können die meisten Leute ein Lied davon singen, wie es ist, wenn man sich die Wirklichkeit zurechtbiegt und anschließend verkündet, dass das, was man erreicht hat, genau das ist, was man immer erreichen wollte. Mag sein, dass das nicht die dümmste Art ist, mit den Enttäuschungen des Lebens fertig zu werden. Ja, ich kann mir sogar vorstellen, dass eine Menge Therapeuten gutes Geld damit verdienen, ihren Schutzbefohlenen genau diesen Rat zu geben: Versöhn dich mit dem, was du hast. Vielleicht wird nicht mehr daraus. Und dann ist es das Einzige, was dir bleibt.

Aber manchmal, wenn du allein im Bett liegst oder im Spiegel dein Gesicht siehst oder dich dabei ertappst, wie du einer jungen Frau auf der Straße hinterherschaust, spürst du, dass alles eigentlich ganz anders ist. Und während ich aus den Augenwinkeln beobachte, wie Lisa mit dem Tablett auf zwei teigige Teenager zusteuert, die es gar nicht erwarten können, über ihre XXL-Fries herzufallen, nimmt in meinem Kopf langsam die zweite Strophe dieses Lieds Gestalt an: Das Meiste von dem, was wir haben, ist etwas, das wir ursprünglich gar nicht haben wollten. Es ist uns nur zugefallen. Später haben uns tausend gute und schlechte Gründe daran gehindert, es wieder loszuwerden. Und als wir es endlich wieder loswerden hätten *können* (manchmal sehr viel später), waren wir uns plötzlich nicht mehr sicher, ob das, was dann noch übrigbleibt, ausreicht, um auf eigenen Beinen zu stehen.

Kala und ich – so sehe ich es jetzt – liegen auf der Lauer. Damit will ich sagen, dass wir wohl ziemlich lange ziemlich genau wussten, was uns zusammenhält, und jetzt wissen wir es womöglich nicht mehr so genau. Nur: Kann man darüber sprechen? Und: Was könnte man einander in so einem Fall eigentlich sagen? Ganz zu schweigen davon, dass es womöglich tatsächlich einen Auslöser gibt – über den man dann noch viel weniger sagen kann (oder will).

Die Lust auf ein Schwätzchen mit Lisa ist mir vergangen; frustriert rolle ich vom Parkplatz wieder hinaus auf die Straße. Gut, dass Glandis mich begleitet – das erspart mir die Verlegenheit, auf der Fahrt nach Port Dover mit mir allein zu sein und zu riskieren, dass die dunklen Schatten auf meiner Seele noch um einiges länger werden.

Im Stop und Go der Ampelphasen arbeite ich mich zum *Hamilton Vision Centre* vor (statt Esoterik schnöde Brillen – es würde mich nicht wundern, wenn Mr. Marcus seinen Nasenschmuck ausgerechnet hier aufgetrieben hätte) und verabschiede mich nach rechts in die Mary Street. Ich tuckere am Beasley Park entlang, wo ein paar Skateboarder ihren Spaß daran haben, die Nachbarn mit ihrem Geklapper beim Abendessen zu stören, überquere Cannon und Barton, und schon geht es über die Eisenbahnlinie hinein ins North End.

Das North End zählt nicht zu den bevorzugten Wohnadressen, was damit zu tun hat, dass es nur einen Katzensprung vom Industriehafen entfernt liegt (daran kann auch der Royal Hamilton Yacht Club nichts ändern). Wer sich von ein bisschen Stillstand und Verfall nicht abschrecken hat lassen, konnte dort allerdings bis in die frühen neunziger Jahre zu attraktiven Konditionen ein hübsches kleines Haus ergattern. Inzwischen haben die Preise wieder angezogen; solvente Renovierer teilen sich das Terrain mit alteingesessenen North-End-Fossilien und der großen Schar all jener, die hier nur Zwischenstation machen und auf die Verschönerung ihrer vier Wände ähnlich viel Wert legen wie auf eine Vorladung bei der örtlichen Polizeistation. Nach der Trennung von Raymond hat

Glandis hier eine akzeptable Wohnung zu einem akzeptablen Preis gefunden: nicht sehr luxuriös, aber alles, was man braucht, um eine gewisse Durststrecke zu überstehen, bevor man anderswo, unter veränderten Voraussetzungen, sein Comeback startet.

Glandis' neues Zuhause befindet sich inmitten einer langen Reihe Wand an Wand liegender, gesichtsloser einstöckiger Backsteinbauten mit erhöhter Veranda und schlichtem Vordach. Besonders einfallsreiche Besitzer haben ihre Veranden mit giftgrünem Kunstrasen verschönert, ein hübscher Kontrast zu den billigen weißen Plastikstühlen, die überall herumstehen und so aussehen, als würde sich nie jemand auf ihnen niederlassen (dafür lassen sie sich phantastisch stapeln). Begonien und Fuchsien in allen möglichen Farbkombinationen (ein patriotisches Rot-Weiß überwiegt) versöhnen einen mit der Tristesse, die ansonsten hier herrscht.

Schon von weitem sticht mir die Menschenansammlung auf Glandis' Nachbarveranda ins Auge (eine der wenigen *ohne* Blumen); Walter ist nicht der Einzige, der diesen traumhaften Abend für ein Fest freigeschlagen hat. Als ich näher komme, wird mir klar, dass ich mit meiner Prognose ziemlich weit danebenliege: Grabesstille, nur eine Handvoll Leute, die mit dem Rücken zur Straße dastehen und dorthin gaffen, wo ich nichts sehen kann.

Ich fahre das Fenster hoch und steige aus. Niemand schert sich um mich. Im selben Augenblick hebt drüben, aus dem Pulk, eine wenig einnehmende Stimme an:

»Du glaubst wohl, du kannst das mit mir machen?«

Keine Frage: Es klingt, wie es klingt, wenn ein Mann Streit sucht. Ich bin jetzt bei einem Haufen zugeknoteter schwarzer Müllsäcke angekommen, die irgendjemand ohne ersichtlichen Grund auf den Gehsteig gestellt hat. (Ray würde sofort intervenieren.) Was tun? Das eben Gehörte gleich wieder vergessen? Im Zweifelsfall springt bei solchen Angelegenheiten ohnehin nur ein Haufen Ärger heraus. Mich angesprochen fühlen und einen halbherzigen Schlichtungsversuch starten? Verschafft mir ein paar Pluspunkte für mein Selbstwertgefühl – mit obiger Einschränkung. Bevor ich auch nur den Hauch einer Chance habe, mich aus meiner moralischen Zwickmühle zu befreien, dröhnt dieselbe Stimme ein zweites Mal durch die Abendluft:

»Ich hab dich was gefragt, verdammt noch mal! Oder täusch ich mich da?«

Ich halte mich nicht für besonders mutig – wenn man darunter versteht, im entscheidenden Moment nach vorn zu preschen und den Gedanken an mögliche Konsequenzen zur Seite zu schieben. Ich finde ein solches Verhalten schon schwer genug, wenn eine Sache nur mich allein betrifft – obwohl es natürlich kaum jemals eine Sache gibt, die einen wirklich nur *allein* betrifft (in einer Ehe merkt man das meistens ziemlich schnell). Und vielleicht hätte ich es unter Missachtung aller gegenteiligen Impulse und mit leidlich schlechtem Gewissen sogar bis in Glandis' Wohnung geschafft, wenn ihr streitlustiger Nachbar sich beherrscht und eine halbe Minute seinen vorlauten Mund gehalten hätte.

Was er dummerweise nicht getan hat. Denn plötzlich fühle ich mich tatsächlich *angesprochen*. Nicht, weil ich scharf darauf bin, den Gutmenschen zu spielen; ich bin nicht einmal scharf darauf, mir etwas zu beweisen. Ich fürchte nur, dass ich – wenn ich mich jetzt *nicht* angesprochen fühle – womöglich das liebe lange Wochenende an diese Stimme denken muss.

Ich stapfe an den Müllsäcken vorbei nach drüben. Was ich sehe, ist nicht dazu angetan, meine Laune zu heben: Ein Mann hat eine Frau direkt vor das ovale Schild mit der Hausnummer 69 gedrängt. Sein breiter weißer T-Shirt-Rücken verkündet ein beruhigendes *Never quit – just play harder*, bevor er sich nach oben in einem bulligen Hinterkopf mit sauber ausrasiertem Nacken fortsetzt. Klarer könnten die Rollen nicht verteilt sein – womit sich die Frage, warum ich hier angetreten bin, endgültig erübrigt (auch wenn eine ausgewogenere Konstellation meinen späteren Rückzug bedeutend erleichtert hätte).

»Wird's bald – ich warte!«

Never quit – just play harder hat sich so vor der Frau aufgebaut, dass auch mir die Antwort schwerfallen würde. Niemand macht Anstalten, einzugreifen.

Ich schlängle mich zwischen den Umstehenden hoch auf die Veranda, wo ich in respektvollem Abstand stehen bleibe und tief Luft hole. »Ist der Abend dafür nicht ein bisschen schade?«, sage ich.

»Lass gut sein, Lon«, ergänzt ein anderer.

Lon hebt den Kopf, als hätte ihn von weit her ein Signal erreicht, das ihm bekannt vorkommt, das er aber erst noch einordnen muss. Langsam dreht er sich um. Seine perplexen Augen suchen den Urheber dieses Signals. Er ist mindestens fünfzig (das Alter taugt, was den Stil solcher Auseinandersetzungen anbelangt, offenbar nicht als Gradmesser – ein herber Rückschlag für alle Theorien lebenslangen Lernens), mit einem Gesicht, das jede Casting-Agentur, ohne mit der Wimper zu zucken, im selben Fach ablegen würde: Arschloch vom Dienst. Vermutlich arbeitet er bei Stelco Steel (nichts gegen Stelco Steel) und am Wochenende verprügelt er seine Frau. Lons triffst du auf der Tribüne des Ivor Wynne genauso wie auf der Wasserrutsche des Confederation Park oder in der Camping-Abteilung von Canadian Tire; dann denkst du jedes

Mal, dass du sie am liebsten *nicht* treffen würdest. Wenn die Ankündigung auf Lons Rücken auch nur im Entferntesten seiner Lebensphilosophie entspricht, dann sollte ich jetzt vor allem eines tun: so zufällig, wie ich hier aufgetaucht bin, auch wieder von hier verschwinden.

»Ich hab Sie nicht verstanden.« Lon hat seinen Suchvorgang abgeschlossen und kommt einen irritierenden Schritt näher. Auf der Vorderseite ist sein T-Shirt unschuldig weiß.

»Hören Sie«, sage ich besänftigend, während ich mir gleichzeitig ausmale, wie es wäre, so jemand *mit meinen Mitteln* fertig zu machen (auf die Provision könnte ich gut und gerne verzichten), »es geht mich ja nichts an, aber vielleicht lässt sich das hier auch auf andere Weise lösen?«

»Auf andere Weise?« Lon mustert mich, als müsste er über diesen Vorschlag ernsthaft nachdenken.

»Zumindest könnte man es probieren«, sage ich. Meine Stimme hat den enthusiastischen Klang eines billigen digitalen Anrufbeantworters.

»Aber wie?« Lons Augen wandern über mein Gesicht. »Thess, was sagst du? Können wir's anders lösen?« Im selben Augenblick schnellt sein Ellbogen nach vorn, von unten nach oben, gegen mein Kinn, so plötzlich, dass ich mir in Erwartung des Schlags vor Schreck in die Zunge beiße. Aber er hat mich überhaupt nicht berührt.

»Meinen Sie vielleicht so?« Die Umstehenden quittieren seine Aktion mit einem entschiedenen Gejohle: Einer Fortsetzung des Spaßes auf anderer Ebene steht jetzt nichts mehr im Weg. Ich versuche die Zunge zu bewegen; sie tut höllisch weh.

»*Meinen Sie vielleicht so?*«, wiederholt Lon mit drohendem Unterton. Ohne Zweifel würde es ihm eine ausgesprochene Freude bereiten, sofort und ansatzlos ein zweites Mal zuzuschlagen, diesmal richtig – vorausgesetzt, ich täte ihm den Gefallen, jetzt den Mund aufzumachen.

»Seid ihr denn alle verrückt geworden?« Wie aus dem Nichts steht Glandis neben mir. »Bist du in Ordnung?« Ich will sie beruhigen, aber mein Sprechapparat verweigert seinen vorschriftsmäßigen Dienst. Am liebsten würde ich Lon ein Souvenir aufs T-Shirt spucken.

»Alle Achtung!«, sagt Glandis mit mühsamer Beherrschung. »Gratuliere, Hut ab!«

»Wirst ihn schon wieder hinkriegen«, sagt Lon ungerührt. Seine Augen funkeln – *mit dir*, heißt das, *würde mir noch was ganz anderes einfallen.* »Soll sich nicht einmischen, der Kerl! Wir brauchen hier keine Helden.«

»Nein, brauchen wir nicht.« Glandis packt mich am Arm und führt mich die Veranda hinunter. »Dafür haben wir ja ganze Kerle wie dich.« Ich wundere mich über ihre feste Stimme. »Pfui Teufel!«

Sie zieht mich die wenigen Meter über den Rasen, hinüber auf die andere Seite. Ich wundere mich selbst, wie widerstandslos ich alles über mich ergehen lasse. Es ist nicht der Schmerz. Ich bin überrascht – überrascht von der Plötzlichkeit des Schlags; überrascht von meiner eigenen Hilflosigkeit. Und während Glandis mich mit sanftem Druck ins Haus bugsiert, die Treppe hinauf, versuche ich, das Durcheinander in meinem Kopf zu ordnen und einen ersten klaren Gedanken zu fassen.

»Vielleicht ist es am besten, wenn du erst mal ins Bad gehst«, sagt sie, als wir im Gang ihrer Wohnung stehen. »Wirst du klarkommen?« Ich nicke. »Es sieht gar nicht so übel aus«, fügt sie hinzu: »Ich glaube, du hast Glück gehabt.«

In der Tat: Lon war großzügig zu mir – bis auf ein bisschen angetrocknetes Blut in den Mundwinkeln sehe ich aus wie immer (nur dass ich mich nicht so fühle wie immer). Vorsichtig spüle ich mit kaltem Wasser, bevor ich meine Verletzung in Glandis' Schminkspiegel einer eingehenden Prüfung unterziehe. Zwei unschöne, violett geränderte Bisswunden auf beiden Seiten der Zunge. Aber es hat aufgehört zu bluten. Und auch das Brennen lässt langsam nach.

Als ich zurückkomme, steht Glandis am Fenster und schaut auf die Straße hinaus. In ihrem hellen Leinenrock und der ärmellosen Bluse wirkt sie sehr fraulich und ganz und gar nicht verwegen. Bei der Vorstellung, dass sie mich in dieser Aufmachung aus der Höhle des Löwen befreit hat, muss ich unwillkürlich lächeln. Eine Welle der Dankbarkeit durchflutet meinen Körper.

»Ich bin nur froh, dass deine Frau nicht dabei ist«, sagt sie, ohne sich umzudrehen. »Vermutlich wäre sie nicht besonders gut auf mich zu sprechen.«

»Vielleicht würde sie dich auch bewundern«, sage ich. »Ich finde, du hast dich da unten großartig benommen. Jedenfalls um einiges großartiger als ich.«

»Sag so was nicht«, widerspricht Glandis. »Es kommt nicht darauf an, was man versucht hat. Dass man's versucht hat, ist das Wichtigste.«

»Kann sein.« Ich trete neben ihr ans Fenster. »Trotzdem wär's mir lieber, ich hätte auch was erreicht.«

»Was denn? Den Kerl k.o. geschlagen? Glaubst du, das hätte irgendwas geändert? Nein, das hätte gar nichts geändert.«

»Passiert dergleichen öfter hier?«, frage ich.

»Nicht so«, sagt Glandis. »Nein, sonst wäre ich nicht mehr da.«

»Was hältst du davon, wenn ich die Polizei rufe?«, sage ich. »Immerhin stand der Kerl kurz davor, das, was er mit mir gemacht hat, mit der Frau zu machen. Und beim nächsten Mal geht er vielleicht noch einen Schritt weiter.«

»Ich weiß nicht«, sagt Glandis. »Wirklich. Vielleicht sollten wir's tun. Aber vielleicht würde es auch alles nur noch schlimmer machen. Ich meine ... die Polizei kann nicht immer hier sein.«

Stille senkt sich herab. In diesem Augenblick habe ich den Eindruck, dass es – wenn die Dinge schlecht laufen – passieren kann, dass du selber sie endgültig kaputtmachst. Dass es gar nicht die Umstände sind oder das Pech oder irgendein Zufall; dass es zwar damit anfängt, aber mehr nicht. Die Versammlung drunten hat sich aufgelöst. Nur zwei Männer haben es sich auf den Müllsäcken bequem gemacht, als rechneten sie ernsthaft damit, dass es irgendwann weitergehen könnte.

»Weiß Gott komisch, jetzt zu Walter zu fahren«, sage ich.

»Der ganze Tag kommt mir schon weiß Gott komisch vor«, sagt Glandis.

Von unten höre ich Musik, irgendeine alberne Countrymusik mit Geigen und einer Mundharmonika. Aber vielleicht ist mir die Musik vorher nur nicht aufgefallen.

»Wie hast du überhaupt mitbekommen, dass ich da drüben bin?«

»Ich hab deinen Wagen stehen sehen«, sagt Glandis. »Den Rest hab ich mir zusammengereimt.«

»Danke.«

»Für was?«

»Ich weiß nicht, was ohne dich mit mir passiert wäre.«

»Es wäre auch so gut ausgegangen«, sagt Glandis. »Bestimmt.«

Wenn es Momente gibt, in denen man sich fragt, ob mit ihnen etwas Neues beginnen kann, dann ist das ein solcher Moment. Nur dass ich nicht weiß, was genau das sein könnte.

Ich stehe am Fenster, die Musik unter meinen Füßen. Jemand hustet und räuspert sich. Vielleicht ist es falsch, denke ich, immer nur etwas Bestimmtes zu erwarten, weil dann die Zufälle ausgeschlossen werden. Ohne Zufälle verändert sich dein Leben aber nur so, wie du es dir vorstellen kannst – oder gar nicht. Und wenn etwas Wichtiges auf dich zukommt, bist du glatt imstande, es zu übersehen.

»Wollen wir?« Glandis löst sich vom Fenster. Ich habe den Eindruck, ich müsste noch etwas sagen, irgendeinen Satz, der das hier abschließt und gleichzeitig so viel Rücksicht darauf nimmt wie möglich. Aber mir fällt nichts ein und ich habe Angst, etwas Falsches zu sagen.

»Du hast Recht«, sage ich. »Lass uns jetzt fahren.«

Sechzehn

Um Viertel vor acht schlagen wir endlich die Upper James Street Richtung Süden ein. Fast scheint es, als wollte Hamilton sich weigern, uns freizugeben, aber dann reißt die Girlande der Autohändler, Banken, Fast-Food-Restaurants und Lebensmittelläden plötzlich doch noch ab und entlässt uns in das Niemandsland der Wiesen und Felder. Bis Port Dover sind es fünfzig Kilometer. Früher sind Kala und ich diese Strecke öfter gefahren: In Port Dover gibt es einen hübschen kleinen Strand und der Erie-See ist alles in allem noch ein bisschen sauberer als der Lake Ontario, auch wenn das vermutlich nicht besonders ins Gewicht fällt. Wir lassen die Abzweigung zum Flughafen rechts liegen und nehmen Kurs auf Caledonia. Seit wir die Mary Street verlassen haben, hat keiner von uns beiden etwas gesagt. Nicht dass mir das unangenehm wäre, im Gegenteil: Der Vorfall dort hat aus uns auch ohne viele Worte eine Schicksalsgemeinschaft für einen Abend gemacht. Mark würde sich ins Fäustchen lachen, wenn er wüsste, dass es mich nun auch erwischt hat; für ihn – so viel steht fest – wäre mein unfreiwilliger Akt der Selbstverstümmelung ganz einfach ausgleichende Gerechtigkeit.

»Was du heute Morgen gesagt hast«, unterbricht Glandis unser Schweigen, »hat mir zu denken gegeben.«

»Was genau meinst du?«

»Dass du dir die Frage, ob du deine Frau liebst oder nicht, eigentlich nie gestellt hast.« Ihre Augen folgen einem grauen Siloturm, der sich in den Himmel schiebt wie ein vorsintflutliches Raumschiff, das jeden Augenblick die Triebwerke zündet. »Bei Raymond und mir war's so ziemlich das Gegenteil. Ich dachte immer: Irgendwann wird mein Gefühl ganz klar und eindeutig sein. Aber das war es nie. Vielleicht fällt's mir deshalb auch so schwer, endlich von ihm loszukommen.«

»Den wichtigsten Schritt hast du ja schon mal geschafft«, tröste ich sie. »Du wohnst in einer netten Gegend mit netten Nachbarn, vor denen du dich zumindest tagsüber in unser Büro flüchten kannst.«

»Eigentlich ist mir nicht zum Scherzen zumute.«

»Entschuldige.«

»Das Verrückte ist: In den letzten Wochen hat er mich mit Aufmerksamkeit überschüttet. Jeder zweite Anruf auf dem Anrufbeantworter war von ihm. Neulich stand er sogar mit Blumen vor der Tür.«

Männer neigen, wenn alle Stricke reißen, eben immer noch dazu, ihr Heil in den gängigen Reiz-Reaktions-Mustern zu suchen. Vielleicht ist das das eigentlich Erstaunliche: Ein Teil deines Lebens steht kurz davor, den Bach runterzugehen und das Einzige, was dir einfällt, sind ein paar kindliche Wiedergutmachungsreflexe. Vor uns taucht ein mächtiges weißes Schild auf, das in großen roten Lettern stolz *Don Hyde Marine LTD* verkündet: Vier oder fünf schnittige Motorboote stehen in der kurz geschorenen Wiese wie Findlinge, allesamt auf Anhängern, generalüberholt und startklar für die Sommersaison.

»Robert, warum, glaubst du, bleibt man mit einem Menschen zusammen, wenn man doch eigentlich weiß, dass es nicht der richtige ist?«

»Manchmal lebt man vielleicht schon länger in seiner eigenen Welt«, sage ich, »und es fühlt sich gar nicht so schlecht an. Oder es gibt Kinder und ein Haus und man arrangiert sich, weil alles andere noch viel komplizierter wäre.«

»Soll ich dir sagen, was ich mir vorhin gedacht habe? Was für mich das Schlimmste ist?« Glandis streckt die Arme von sich und dreht die Ellenbogen nach außen. »Dass die Zeit mit Raymond später, wenn ich zurückdenke, vielleicht gar nicht so ins Gewicht fällt. Dass ich sie einfach überspringen könnte und noch nicht mal besonders vermissen würde.«

»Ich glaub nicht, dass du das in einem halben Jahr oder einem Jahr noch genauso siehst«, sage ich. Persönlich finde ich es noch viel schlimmer, wenn jemand die Geister der Vergangenheit überhaupt nicht mehr loswird – obwohl weder das eine noch das andere eine sonderlich angenehme Aussicht ist.

»Was macht dich da so sicher?«

»Solang man in einer Sache drinsteckt, ist man sich oft nicht drüber im Klaren, was sie einem wirklich bedeutet. Oder bedeutet hat. Oder möglicherweise mal bedeuten wird.«

»Hast du das irgendwo gelesen?« Glandis scheint von meiner Antwort nicht sehr begeistert zu sein.

»Eigentlich will ich damit nur sagen, dass Raymond und du vielleicht die besten Freunde werdet, wenn das hier erst mal ausgestanden ist.« Natürlich ist diese Vorstellung in neun von zehn Fällen eine Illusion – einzig und allein dazu da, einen im Glauben zu wiegen, es gäbe Wege, das, was man verliert, auf einer anderen Ebene vielleicht doch noch zu behalten.

»Ich schätze«, sagt Glandis tonlos, »dass die Chancen darauf seit gestern Abend ziemlich gesunken sind.«

»Gestern Abend solltest du schleunigst vergessen«, sage ich.

»Ich komm mir einfach verdammt unfair vor, das ist alles.«

»Findest du's etwa fairer, was Raymond veranstaltet hat?«

»Zumindest war er sich sicher, was er wollte.«

»Das bist du jetzt auch.«

»Nur leider auf seine Kosten.«

»Ich fürchte, wenn zwei Menschen was Unterschiedliches wollen, lässt sich das manchmal nicht vermeiden.« Abschiede, denke ich, eignen sich ziemlich gut dafür, dem anderen ein schlechtes Gewissen zu machen – vielleicht können wir uns deshalb später noch so gut an sie erinnern.

»Komisch«, sagt Glandis. Sie beugt sich nach vorn und spielt mit dem Verschluss des Handschuhfachs.

»Was ist komisch?«

»Der Spruch hätte von meinem Vater sein können. Ab einem gewissen Punkt, hat er immer gesagt, muss jeder selber schauen, wo er bleibt.«

»Scheint ein sehr vernünftiger Mensch zu sein, dein alter Herr.«

»Er ist ein großer Egoist.« Glandis lehnt sich wieder zurück. »Mutter und er haben sich scheiden lassen, als ich sechzehn war.«

»Tut mir leid – ich wollte keine alten Familiengeschichten zum Leben erwecken.«

»Es muss dir nicht leid tun«, sagt Glandis. »Ich hätte mir nur nicht träumen lassen, dass Vaters kluger Spruch mal in irgendeinem Zusammenhang bedeutsam für mich werden könnte.«

Die Striche in der Fahrbahnmitte weichen einer durchgezogenen gelben Linie, obwohl die Straße hier alles andere als unübersichtlich ist. Den Rest der Fahrt verfallen wir wieder in unser altes Schweigen; Zeit spielt jetzt keine Rolle mehr. Und dann sind wir am Ziel – die Silhouette des Wasserturms verkündet es als Erstes. Walters Skizze auf den Knien, dirigiert mich Glandis zum Hafen, nach rechts, eine sanfte kleine Kuppe hoch, hinein in all diese antennenbewehrten, aluminiumverkleideten Außenposten des Glücks.

Siebzehn

An der Kante des Hangs erfasst mich eine irrationale Sehnsucht nach meinem Auto, diesen paar Quadratmetern rollenden Blechs hinter mir am Straßenrand, nur dass sie mir plötzlich vorkommen wie ein letzter unverhoffter Ort wahrer Intimität und Vertrautheit. Einen Moment lang weiß ich nicht, was ich für realer halten soll, die stille Weite des Sees unter mir oder das Durcheinander der vielen Köpfe vor mir, da hat Walter uns auch schon entdeckt, »*Na endlich*«, ich kann seine Umarmung gerade noch mit meinem Geschenk abwehren, einem Bildband über die schönsten Golfplätze der Welt (Augusta National, Cypress Point – jede Menge ausklappbare Panoramafotos), irgendwann bin ich dazu übergegangen, den Leuten in die Hand zu drücken, womit sie rechnen, während ich früher den Ehrgeiz hatte, sie zu überraschen. Was soll's – man macht sich das Leben um einiges leichter, in Walters Fall ohnehin. Voll Stolz präsentiert er uns sein Reich: die traumhafte Terrasse direkt über dem Strand, die beiden Zimmer mit den groben, abgetretenen Dielenbrettern, das obligatorische Panoramafenster zum See. Kein Wort zu Kala – als hätte unser Telefongespräch nie stattgefunden (wenn es hart auf hart geht, akzeptiert er die Dinge, wie sie sind).

»Amüsiert euch!« Genauso schnell, wie seine Führung begonnen hat, ist sie auch wieder beendet.

»Was hältst du davon, wenn wir was gegen unseren Hunger unternehmen?«, schlägt Glandis vor, als wir wieder allein sind.

»Ich denke, ich warte noch ein bisschen«, sage ich, mit Blick auf die lange Schlange, die sich vor dem Grill gebildet hat.

»Soll ich dir was mitbringen?«

»Iss einfach für zwei.«

Glandis stürzt sich ins Getümmel, während ich dieselbe Runde noch einmal drehe und nach bekannten Gesichtern Ausschau halte. Rod Humphrey, der Rechtsanwalt im Büro unter uns, verwickelt mich in ein Gespräch über das neue Buchungssystem in den Provincial Parks.

»Die ganze Spontaneität geht drauf, wenn die Leute anfangen, drei Monate im Voraus ihre Plätze zu reservieren«, beschwert er sich; letztes Jahr hat er zum ersten Mal, seit er sich erinnern kann, keinen Platz in Sauble Falls mehr ergattert. »Wir sind rüber nach Manitoulin Island«, sagt er, »aber die Kinder waren total unglücklich, am Schluss haben sie nur noch gestritten und Weavy bestand darauf, dass wir vorzeitig abreisen.« Wir prosten uns zu, dann folgt sein unruhiger Blick wieder den bunten Sommerkleidern, den glatt rasierten Beinen. »Weavy hatte keine Lust, mitzukommen«, beklagt er sich, eigentlich ein ganz passabler Anknüpfungspunkt, geteiltes Leid ist halbes Leid, aber ich bin nicht in Stimmung (außerdem fürchte ich, dass sich damit die Gemeinsamkeiten zwischen uns schon wieder erschöpft haben).

»Walter hat den Dreh raus.« Rod lässt offen, worauf er sich bezieht, aber ich kann es mir denken. »Vielleicht sollten wir uns auch mal so ein Häuschen zulegen, was, Robert?«

»Ich wüsste nicht, wofür«, sage ich.

»Du bist eben kein Romantiker«, sagt Rod.

»Kommt drauf an, was du unter einem Romantiker verstehst«, sage ich.

»Warum sind die Frauen mit dem, was man ihnen bietet, eigentlich nie zufrieden?« Rod fühlt sich heute Abend offenbar noch einsamer als ich.

»Bist du's denn?«

»Mich fragt ja keiner.«

Ich bilde mir ein, dass ich Glandis lachen höre, drüben am Grill, so, wie ich sie oft höre, wenn ich am Schreibtisch sitze, die Tür geschlossen, aber ihr Lachen lässt sich von einer geschlossenen Tür nicht aufhalten. *Es wäre auch so gut ausgegangen. Bestimmt.* Vom Band rieselt lateinamerikanische Musik, puro cubano.

Später, ich lehne an der Brüstung der Terrasse und schaue hinunter zum Strand, wo ein struppiger Terrier die Möwen verbellt. Sie lassen ihn immer wieder heran, dann breiten sie die Flügel aus und fünfzig Meter weiter vorn beginnt das Spiel von neuem.

»Ganz schön ausdauernd, der arme Kerl«, sagt eine Stimme neben mir. Es ist Michelle. Natürlich war sie enttäuscht, dass Kala nicht mitgekommen ist, und natürlich gab ich mir Mühe, diese Enttäuschung sofort zu relativieren. *Sie hatte ein ziemlich konkurrenzfähiges Angebot von ihrem Vater.* – Wenn's weiter nichts ist. – *Sie lässt dich grüßen.* – Bitte grüß sie zurück. Dabei ließen wir es bewenden; ich war nicht unbedingt scharf darauf, das Thema zu vertiefen.

»Sieht so aus, als ob er seinen Spaß dran hat«, sage ich. Halb elf – die letzten beiden Stunden sind vergangen wie im Flug.

»Weil er nicht kapiert, dass es immer so weitergeht«, sagt Michelle.

Ich kenne sie beinahe ebenso lang, wie ich Walter kenne. Damals war sie richtiggehend schön – die Art von Schönheit, die Frauen entwickeln, wenn die Natur ihren erotischen Glanz ein letztes, verschwenderisches Mal zum Blühen bringt.

»Ich glaub, er wär enttäuscht, wenn's anders wär«, sage ich.

Michelle hat ein großes Plus bei mir: Sie hält sich aus allem, was Walters Arbeit anbelangt, heraus. Streng genommen sehen wir uns einmal im Jahr: Dann sitzen wir zu viert in einem sündhaft teuren Lokal und stoßen darauf an, dass die Geschäfte weiter so gut laufen wie bisher. Kala kann nicht unbedingt mit Walter. Walter nicht mehr so gut mit Michelle. So kommt eins zum anderen.

»Der arme Jeffrey wollte einen Hund, seit er sechs war«, sagt Michelle. Sie sieht seltsam verloren aus, aber vielleicht liegt es auch an dem Glas in ihrer Hand. »*Tu ihm doch den Gefallen,* hat Walter immer gesagt. *Kommt nicht in Frage,* hab ich gesagt. Ich hatte Angst, dass wieder alles an mir hängen bleibt. Du weißt ja, wie Kinder sind – zuerst Feuer und Flamme, und dann können sie sich plötzlich an nichts mehr erinnern.«

»Oh ja«, sage ich, obwohl ich glaube, dass Kinder und Erwachsene in diesem Punkt nicht sehr verschieden sind. Herauszufinden, was einem am Herzen liegt, ist ziemlich schwer. Und eigentlich fängt damit erst alles richtig an.

Unsere erste Begegnung: Sie saß auf dem Beifahrersitz eines roten Ford Mustang, als ich auf dem Parkplatz der Eastgate Mall meinen Einkauf verstaute. Und ich hätte sie nicht unbedingt wiedererkannt, wenn Walter nicht zwei Wochen später mit exakt demselben Wagen in die Auffahrt gerollt wäre. »Darf ich dir meine Frau vorstellen«, sagte er. Zu der Zeit war ich ein knappes Vierteljahr bei ihm. Sie trug die gleiche Sonnenbrille, das gleiche Kopftuch. Im Eingangsbereich des Büros, dort, wo jetzt Glandis sitzt, roch es nach ihrem Haarspray.

»Was macht Jonathan?«

»Die Kindergärtnerin sagt, dass er die Mannschaft ganz schön auf Trab hält. Zeit für die Schule.«

»Sag so was nicht.«

»Wie meinst du?«

»Die Zeit vergeht schnell genug.«

Michelle hat die Haare gefärbt, ein leuchtendes Braun, zu dem die müde Haut an ihrem Hals einen merkwürdigen Kontrast bildet. Alles greift ineinander, denke ich: Wenn du ein Detail veränderst, verschiebt sich die ganze Symmetrie; dann kriecht das Alter aus seinem Versteck.

»Und Kala?«

»Widmet ihr Leben immer noch der Kunst.«

»Und vernachlässigt Mann und Kind.«

»Wie kommst du denn darauf?«

»Es hat sich so angehört.«

»Dann hast du dich *ver*hört.« Mit ihrer Bemerkung ist Michelle übers Ziel hinausgeschossen. »Wie läuft's bei dir?«, frage ich, deutlich reservierter.

»Frag lieber nicht.«

»So schlimm?«

»Na ja. Jeffrey ist jetzt in einem Alter, in dem er auf seine Mom ganz gut verzichten kann. Neulich war er übers Wochenende bei einem Freund und Walter wieder mal hier unten. Nicht dass ich mich allein nicht beschäftigen kann, aber ich kam mir trotzdem ziemlich überflüssig vor.«

»Verstehe«, sage ich.

Ich weiß nicht allzu viel von Michelle. Früher hat sie in einem Kosmetiksalon gearbeitet. Als Jeffrey zur Welt kam, hat sie damit aufgehört. Später wollte Walter nicht mehr, dass sie wieder damit anfängt. Und vielleicht war ihr das ja auch ganz recht so.

»Ich glaub nicht, dass du das verstehst«, sagt Michelle.

Was soll ich dazu sagen? Vorn am Pier rudert ein Mann mit den Armen. Offensichtlich ist der Hund sein Hund. Ich höre einen schwachen Pfiff, dann noch einen. Aber der Hund reagiert nicht.

»Ihr Männer habt den großen Vorteil, dass ihr euer Leben einfach so weiterlaufen lassen könnt«, sagt Michelle. »Ein Kind ist kein Kind. Vielleicht sollten wir Frauen uns ja drei oder vier zulegen.«

»Das halte ich für kein besonders gutes Rezept«, sage ich.

»Wenigstens wüsstest du dann, um was es geht. *Alle wüssten, um was es geht.*«

»Das weiß ich eigentlich auch so schon gut genug«, sage ich.

»Dann hast du Walter was voraus«, sagt Michelle spöttisch.

Aus der Ferne ertönt ein neuer Pfiff, diesmal lauter. Der Mann vom Pier stapft den Strand herauf.

»Komm, lass uns noch was trinken.«

»Ich hab den Wagen droben stehen.«

»Jeder hat den Wagen droben stehen«, sagt Michelle.

Jetzt ist der Pfiff nicht mehr zu überhören. Endlich hat auch der Hund Wind davon bekommen: Er stemmt die Vorderpfoten in den Sand, dann trottet er langsam zurück.

»Wie wär's, wenn du dir für ein paar Stunden was suchst? Einfach, um wieder unter Leute zu kommen?«

»Daran hab ich auch schon gedacht«, sagt Michelle, während sie mit einem Auge nach den Mädchen vom Cateringservice Ausschau hält. »Ich könnte wieder Feuchtigkeitsmasken auflegen. Eine kleine Typberatung geben.«

»Zum Beispiel.«

»Nur dass ich inzwischen siebzehn Jahre älter bin und mitten in meinen Wechseljahren stehe.«

Sie winkt. Die junge Frau schwebt zu uns herüber. Enge Shorts, die Bluse bis zum dritten Knopf geöffnet. *Natalie* – der Sticker mit dem Namen sitzt über der linken Brust.

»Danke, Sweetheart.« Michelle stellt ihr Glas aufs Tablett und nimmt zwei neue. Auch ohne Alkohol habe ich auf einmal ein schwummeriges Gefühl im Magen.

»Sind diese jungen Dinger nicht unglaublich?«, sagt sie, kaum dass Nathalie sich umgedreht hat. »Laufen in ihren neckischen Höschen herum und lassen sich von wildfremden Männern in den Ausschnitt glotzen.«

Sie drückt mir eins der Gläser in die Hand. Sie muss schon eine ganze Menge davon getrunken haben. Es ist mir nur nicht aufgefallen.

»Aus *dem* Spiel bin ich raus, Robert. Das ist der Vorteil am Älterwerden: Inzwischen gehen die Männer an mir vorbei, als wär ich Luft. In gewisser Weise existier ich nicht mehr.«

»Du übertreibst«, sage ich.

»Ich würd eher sagen, ich kenn das Haifischbecken. Du merkst, wenn die Viecherchen keinen Appetit mehr auf dich haben.«

»Trotzdem übertreibst du.«

»Oh, vielen Dank. Du weißt, was sich gehört, hm? Immer hübsch neutral. Immer hübsch ausgewogen.«

»Ich versuch ganz einfach, realistisch zu bleiben.«

»Na schön, dann verrat mir eins.« Michelle tut so, als hätte sie meine Bemerkung überhört. »Gesetzt den Fall, die Kleine da wäre deine Tochter – würdest du ihr dann auch erlauben, so herumzulaufen?«

»Zum Glück muss ich mir darüber keine Gedanken machen.«

»Nun komm schon, sei kein Spielverderber! Warum zieht ihr Männer eigentlich immer den Schwanz ein, wenn euch ein Thema zu heiß wird? Würdest du's deiner Tochter erlauben oder nicht?«

Das ist kein Spaß mehr. Der Wind hat sich gedreht; er weht jetzt aus einer anderen Richtung.

»Ich fürchte, wenn meine Tochter in dem Alter wäre«, sage ich, »würde sie mich nicht mehr um Erlaubnis fragen.«

»Wie diplomatisch! Schade, dass Walter das nicht hören kann. Den Ball zurückspielen ist eine hohe Kunst, was, Robert?«

»Du hast mich nach meiner Meinung gefragt und das ist meine Meinung.«

»Dann will ich dir sagen, was ich tun würde«, sagt Michelle, eine Spur zu laut. »Ich würde meiner Tochter sagen, dass die Hälfte der Männer auf ihren Arsch schaut, weil es *ihr* Arsch ist, und die andere Hälfte, weil es *irgendein* Arsch ist.« Ein paar Augenpaare wandern in unsere Richtung. »Und ich würde ihr sagen, dass das sogar noch ziemlich optimistisch gedacht ist, hab ich Recht? Okay«, sagt sie, wie um auf mein Schweigen die Antwort zu geben, »ich weiß, du willst dich nicht in die Nesseln setzen. Dann lass uns wenigstens anstoßen. Auf die Frauen!« Michelle hebt ihr Glas. »Nein, auf ihre Ärsche – lass uns auf ihre Ärsche anstoßen!«

Als ich mein Glas stehen lasse, trinkt sie allein.

»Hätte ich gewusst, dass Walter zur zweiten Sorte gehört«, fährt sie fort, »hätte ich ihm meinen Arsch nicht überlassen. Obwohl dir keiner garantiert, dass du mit der ersten glücklicher wirst, das würde ich meiner Tochter sagen. Zu welcher Fraktion gehörst eigentlich du, Robert? Entschuldige, ich will dir nicht zu nahetreten, Kala und du, ihr wart in meinen Augen immer was ganz Besonderes, aber das hab ich von

Walter und mir auch gedacht, ziemlich lange hab ich das gedacht.«

Ich spähe hinunter zum Strand. Wo die Wellen auslaufen, sammelt sich grüner Tang. Angeblich ist das Wasser dieses Jahr wärmer, als es sein sollte. Ich würde Michelle am liebsten stehen lassen. Jemand anderen würde ich einfach stehen lassen.

»Hat Walter dir je erzählt, wie er mich rumgekriegt hat?«

»Wir reden nicht viel über Privates – zumindest nicht über *die Art* Privates.«

»Dann geht's dir so wie mir. Also – hat er nun oder hat er nicht? Nein, hat er nicht – so wie du ausschaust, hat er das nicht. Verstehst du, ich hab immer gedacht, wenn man so lange zusammen ist wie wir, werden's weniger Fragen, aber es werden bloß noch mehr. Soll ich jetzt stolz drauf sein, dass er seine Klappe gehalten hat, oder heißt das, dass er nicht mal mehr damit Punkte gutmachen will? Oder bist du taktvoll? Vielleicht bist du ja auch ganz einfach sehr sehr taktvoll?«

»Michelle, ich finde, jetzt ist nicht der richtige Moment für solche Geschichten.«

»Den richtigen Moment gibt's nicht, Robert. Nicht zum Heiraten und nicht zum Kinderkriegen. Noch nicht mal zum Vögeln. Ich will lieber am Morgen und Walter lieber am Abend, also haben wir's irgendwann ganz bleiben lassen.« Michelle leert den Rest ihres Glases. »Wir reden übrigens auch nicht mehr miteinander. Manchmal schaffen wir's, den lieben langen Tag kein einziges Wort miteinander zu reden. Alles eine Frage der Prioritäten, findest du nicht auch? Wenn die Zeit nicht reicht, musst du dir eben überlegen, zu was sie auf alle Fälle reichen soll.« Ihre Augen sind rot geädert, die Müdigkeit, oder ist es doch eher der Alkohol? »Walter hat sich jedenfalls ziemlich ins Zeug gelegt damals – du weißt ja, wie er ist. Aber ich hab nicht gezogen, stell dir vor: Ich hab nicht recht gezogen. Ich fand ihn zu laut. Zu laut und zu selbstsicher.« Ein triumphierendes Lächeln steht auf ihren Lippen. »Ich stand mehr auf Männer, die zwei, drei Anläufe brauchen, bevor sie zur Sache kommen. *Männer wie dich*! Soll ich dir verraten, was Walter gesagt hat, als du dich bei ihm vorgestellt hast?« Michelle schnalzt mit der Zunge. *»Der Junge hat Talent. Aber er ist zu weich. Und er weiß nicht, was er will.* Was ist? Interessiert dich das nicht? Möchtest du das Thema wechseln? Worüber sollen wir reden, schlag was vor!«

»Darum geht's nicht.«

»Worum geht's dann?«

Ich zögere.

»Ach so – du willst mir sagen, dass ich betrunken bin. Na wenn schon! Ich trinke, seit ich hier bin. Ich trinke auf dich und Walter und diese ganzen zauberhaften Menschen. Was dagegen?«

»Ich hab den Eindruck«, sage ich so behutsam wie möglich, »dir geht's nicht besonders.« Ich will, dass Michelle sich beruhigt. Meinetwegen soll sie feststellen, dass der Zug in die falsche Richtung fährt. Aber erstens ist es *ihr* Zug und nicht meiner. Und zweitens tut er das schon viel zu lange.

»Danke für dein Mitgefühl. Nein, mir geht's nicht besonders. Hast du was anderes erwartet?«

»Ich hab gar nichts erwartet«, sage ich.

»Wer nichts erwartet, wird auch nicht enttäuscht – ist das dein Motto, Robert? Pass auf, schau mich an: Ich erwarte schon lang nichts mehr. Trotzdem werd ich enttäuscht – immer noch, immer noch ein kleines bisschen mehr. Irgendwann denkst du, es macht dir nichts mehr aus, aber dann macht es dir doch noch was aus.« Michelle spricht jetzt nur noch zu sich. »Zum Beispiel dieses Cottage«, sagt sie. »Ich wollte es von Anfang an nicht haben. Walter wollte es.«

»So, wie ich Walter kenne«, sage ich, »hat er bestimmt gehofft, dass du ihm irgendwann auch noch was abgewinnen kannst.«

»Was abgewinnen?« Michelle blickt mich ungläubig an – als wäre in ihrem Kopf noch eine andere Stimme, eine Stimme mit sehr viel mehr Gewicht als meiner. »Was, meinst du, soll ich der Tatsache, dass mein Mann hier andere Frauen vögelt, abgewinnen?«

Wut steigt in mir hoch. Dass ich hier stehe. Dass ich einen Job mache, der mich nichts angeht. Der Walter angeht und niemanden sonst.

»Nein, Walter ist nicht dumm«, sagt Michelle tonlos. Sie beugt sich zu mir herüber. »Ich kann nicht schwimmen«, flüstert sie. Ihr Atem riecht nach Alkohol. »Ist das nicht großartig?« Sie blickt sich herausfordernd um. »Mein Mann legt sich ein Haus am See zu, weil seine Frau nicht schwimmen kann. Also hab ich ihn gefragt: Warum willst du es haben? Und er sagt: Aber das weißt du doch, Liebling: Es ist ein alter Traum von mir. Verstehst du: *Es ist ein alter Traum von ihm.*«

»Und wenn schon«, sage ich schwach. In meiner Kehle krampft sich etwas zusammen.

»Und wenn schon«, sagt Michelle. »Und wenn schon!«, ruft sie wie ein Ansager, der die nächste Nummer ankündigt.

Um uns herum verstummen die Gespräche.

»Die Rolle als Unschuldslamm nehm ich dir nicht ab, Robert«, zischt sie. »Ich wette, du weißt alles. Ich wette, Walter hat mit dir darüber gesprochen und du weißt alles.«

»Wie wär's«, sage ich mit mühsam beherrschter Stimme, »wenn du ihn ganz einfach selber fragst?«

»Ich frag aber *dich*«, schreit Michelle.

Ich kann jetzt nichts mehr tun. Ich kann nur dastehen und hoffen, dass das hier vorübergeht.

»Tut mir leid«, sage ich.

»Es tut ihm leid«, murmelt sie.

»Michelle, bitte.«

»Mir tut es auch leid, hörst du?«

Mit einer unbeholfenen Bewegung berühre ich sie am Arm.

»Lass das!« Ihre Stimme überschlägt sich. »Fass mich nicht an!«

Ich ziehe die Hand zurück.

Gesichter, überall Gesichter. Ich weiß nicht, ob ich Walter zuerst gesehen habe. Er schiebt sich langsam durch die Umstehenden, den Kopf schief gelegt, als würde er im Zoo ein seltenes Tier betrachten. Michelle starrt ihn an wie eine Erscheinung.

»Ganz ruhig, Liebling.«

Die Ärmel seines Hemds sind hochgekrempelt.

Michelles Mund zittert, ihr ganzer Körper zittert.

»Ganz ruhig.«

Da stürzt sie nach vorn, schlägt auf ihn ein, ein wildes, panisches Schlagen, Walter versucht, dieses Bündel zu bändigen, aber es gelingt ihm nicht, Michelle tobt wie ein Mensch in Todesangst, brüllt, kratzt, strampelt, beißt. Zwei andere Männer kommen dazu; zu dritt können sie Michelle zu Boden zwingen.

Ich kann nicht sagen, wie lang es dauert, aber irgendwann ist es vorüber, weil Michelle sich bis zur Besinnungslosigkeit verausgabt hat. Die beiden Männer treten zurück. Jetzt ist es nur noch Walter, der sie hält, Michelles Kopf ruht auf seiner Brust und sie hört nicht auf zu weinen, bis ihr Weinen in ein Wimmern übergeht. Um uns herum hat sich ein kleiner Kreis gebildet. Ich spüre, wie mein Kopf hämmert, spüre, wie mein Herz schlägt. Und ich frage mich, ob ich das, was ich sehe, verstörend finde oder ob es nicht gleichzeitig auch ein letzter großer, verzweifelter Liebesbeweis sein könnte – einer, der zu spät kommt, dem aber im Angesicht des endgültigen Verlustes etwas Wahrhaftiges anhängt, etwas, das man vielleicht sein ganzes Leben lang nicht mehr erreichen kann.

Achtzehn

Hinaus in die gnädig schwarze Nacht. Jarvis, Garnet, Willow Grove, Mount Hope – fünfzig Kilometer für das Vergessen, auch wenn von vornherein klar ist, dass es nicht funktioniert. Zwischen den Leitungen der Hochspannungsmasten klettert der Mond nach oben wie auf einer Tonleiter, zu einer winzigen Sichel gekrümmt. Vielleicht sollte ich Kala anrufen. Ihr alles erzählen. *Früher oder später musste es so kommen,* würde sie sagen. Und ich würde mir wünschen, dass sie das nicht gesagt hätte, denn nun wäre sie wieder vertan, die Chance, etwas Gemeinsames daraus wachsen zu lassen.

»Weißt du, was vorhin eigentlich *genau* passiert ist?« Glandis ist die Erste, die Worte findet. »Michelle und du, ihr habt euch doch unterhalten.«

»Unterhaltung würde ich's nicht nennen«, sage ich. »Sie hatte getrunken. Und sie stand unter einem wahnsinnigen Druck.«

»In welcher Richtung?«

»Dass sie sich in einer Sackgasse verrannt haben könnte und nicht wieder herausfindet.«

»Und warum?«

»Frag mich was Leichteres.«

»Du willst nicht drüber reden, oder?«

»Ich steck in einem Loyalitätskonflikt, das ist alles.«

»Dass es mit Walter zu tun hat, ist ja wohl kein großes Geheimnis. Und dass eine andere Frau mit im Spiel ist, auch nicht.«

»Ihr Frauen habt für so was einen siebten Sinn, stimmt's?«

»Sagen wir: Aus der Art, wie ein Mann mit mir umgeht, ziehe ich meine Rückschlüsse darauf, wie er mit anderen Frauen umgeht«, sagt Glandis.

»Hat Walter dir Avancen gemacht?«

»Wo denkst du hin, nein. Er ist lammfromm.«

»Alles andere hätte ich ziemlich unangenehm gefunden.«

»Ich schätze, er weiß, dass er damit bei mir nicht landen kann.«

»Ich hoffe, das bleibt auch so, wenn du mit Raymond Schluss gemacht hast?«

»Das ist doch nicht dein Ernst?«

»Entschuldige – ich weiß nicht, warum ich das gesagt habe. Ich möchte nur nicht ins Büro fahren und mir darüber Gedanken machen müssen.«

Zum ersten Mal spüre ich die Müdigkeit in meinen Knochen und das gleichmäßige Brummen des Motors verstärkt sie noch.

»Glaubst du, Michelle hat die ganze Sache inszeniert?«

»Um so was zu inszenieren«, sage ich, »brauchst du verdammt viel Abstand, und den hatte Michelle schon lang nicht mehr. Ich glaube, sie wusste alles und sie wusste es bestimmt nicht von Walter. Vielleicht hat sie gedacht, dass es irgendwann wieder aufhört. Vielleicht hat sie gedacht, dass es ihr gar nicht so viel ausmacht. Und inmitten von dem, was um sie herum passiert ist, muss ihr heute Abend klar geworden sein, dass ihre ganzen beschissenen Versuche, sich etwas zu erklären und zurechtzurücken, umsonst waren.« Aus dem Nichts steigen mir heiße Tränen in die Augen, die ich sofort wieder unterdrücke. »Der andere betrügt dich, aber plötzlich wachst du auf und weißt: Du betrügst dich selber.«

»Es ist gar nicht schwer, sich selber zu betrügen«, sagt Glandis leise. Die Reifen surren auf dem Asphalt. »Es fängt damit an, dass du irgendwelche Ideale mit dir herumträgst. Manchmal reicht auch schon die Sehnsucht nach diesen Idealen. Okay, sagt dein Kopf, ich weiß, dass es Ideale sind, aber ich brauche einfach eine Richtung, in die mein Leben weist, und diese Ideale helfen mir nun mal dabei. In meiner Beziehung zu Raymond gab es immer ein *was ist* und ein *was sein könnte*. Mein Problem ist, dass ich mich immer an das *was sein könnte* gehalten habe.«

»Vielleicht bist du einfach ein großer Optimist«, sage ich.

Ein Waschbär springt ins Licht der Scheinwerfer, aber im Näherkommen sehe ich, dass das hintere Ende seines Körpers zerfetzt ist.

»Eigentlich«, sagt Glandis, »kann man sich nie sicher sein, ob der andere wirklich der ist, für den man ihn hält. Nimm Walter. Er kam mir immer so selbstsicher vor.«

»Vielleicht war ja genau das sein Problem.«

Zum ersten Mal ziehe ich in Betracht, dass Walter noch sehr viel orientierungsloser war als ich es jemals angenommen hätte. Und vielleicht wollte ich mir meine eigene Orientierungslosigkeit vom Hals halten, indem ich mir Walter vom Hals hielt.

»Früher«, sagt Glandis, »hab ich immer gedacht, dass alles automatisch irgendwann irgendwohin führt. Kannst du das verstehen?«

»Natürlich kann ich das verstehen.«

»Ab wann, glaubst du, hört das auf?«

»Ich glaub, es hört auf, wenn man aufhört, dran zu glauben«, sage ich.

»Macht dir das manchmal Angst?«

»Ich versuch, nicht dran zu denken. Und du?«

Aber Glandis sagt nichts, seufzt nur tief und ich drücke das Gaspedal durch und wir rasen in unserer Raumkapsel durchs All, unterwegs zu einem unbekannten Planeten, im Gepäck unsere ewig alten Wünsche und unser immer gleiches Bedauern.

Neunzehn

Der Kreis hat sich geschlossen, wenn auch nicht so, wie ich es selbst vorausgesagt hätte.

Als ich Glandis kurz vor Mitternacht wieder in der Mary Street abliefern wollte, saß Raymond vor der Tür. Glandis ließ sich auf keine Diskussionen ein, sie bat ihn, morgen wiederzukommen, aber Raymond war hartnäckig, vielleicht, weil er nicht damit gerechnet hatte, sie in Begleitung anzutreffen; am Ende wusste Glandis sich nicht anders zu helfen, als ihn an Ort und Stelle mit der Wahrheit zu konfrontieren. Ich war überrascht, wie ruhig er alles hinnahm. Er stieg in seinen Wagen und ließ den Motor an, aber plötzlich sprang er noch einmal heraus und brüllte ein unflätiges *zum Teufel mit dir* durch die Nacht, bevor er mit quietschenden Reifen in eben derselben verschwand.

Glandis war nicht aufgelöst, nur sehr erregt, und als sie mich fragte, ob ich noch auf einen Sprung mit hineinschauen wolle, sagte ich ja. Drinnen setzte sie Teewasser auf und zündete Kerzen an und erzählte von Raymond, und schließlich gab ich meine Zurückhaltung auf und erzählte von Kala, ich erzählte ihr auch, was mir mit Mark passiert war und mit Janet, von meiner Begegnung im Lazy Flamingo und dem verheerenden Nachmittag, der dieser Begegnung folgte, bis ich schließlich bei just-play-harder-Lon angekommen war und damit auch bei ihr, ich redete und redete und Glandis saß einfach nur da und hörte zu. Als ich fertig war, stand sie auf und sagte, *wenn du bleiben willst, kannst du bleiben, aber ich muss jetzt ins Bett, ich bin müde, todmüde.* Sie ging hinüber ins Schlafzimmer und fing an, sich auszuziehen, zuerst die Bluse, dann den Rock, und ich schaute ihr von meinem Platz im Wohnzimmer aus dabei zu, als wäre es das Normalste der Welt, und dann trug sie nur noch ihren BH und ihr Höschen, beides in weiß, und mit dem Rücken zu mir streifte sie auch ihren BH und ihr Höschen ab und zog die Vorhänge zu, um das Licht der Straßenlaterne auszusperren, ihr Körper versank im Schatten, bevor ich ihn ganz wahrgenommen hatte. Durch die Verbindungstür schlüpfte sie ins Bad; ich hörte, wie der Klodeckel aufgeklappt wurde, kurze Zeit danach die Spülung. Und während Glandis sich abschminkte und ihre Zähne putzte oder vielleicht auch einfach nur in den Spiegel schaute, in das Gesicht einer hübschen, immer noch jungen Frau, die gerade den letzten einer sehr langen Reihe von mutigen Schritten in ein neues Leben gegangen war, erhob ich mich und blies die Kerzen aus, bis auf eine, die ich im Schlafzimmer auf das Nachtkästchen stellte. Dann zog ich mich ebenfalls aus. Ich ordnete meine Kleider fein säuberlich über der Lehne eines Stuhls, nur die Shorts ließ ich an, ich legte mich mit Shorts ins Bett, und als die Tür zum Bad wieder aufging und Glandis herauskam, blies ich auch die letzte Kerze aus und hob die Decke, *komm,* sie schlüpfte zu mir, wir lagen nebeneinander im Dunklen, ich tastete nach ihrer Hand, *das hier war nicht geplant,* flüsterte sie, *nicht von mir und nicht von dir,* und ich beugte mich zu ihr hinüber, legte ihr den Finger auf die Lippen und sagte, *nichts davon. Nichts davon.*

Auch in dieser Nacht wachte ich vor der Zeit auf, weil sich auf der Straße zwei Katzen in die Quere kamen, das Fauchen klang in meinen Ohren nach, als ich die Augen aufschlug. Danach konnte ich nicht wieder einschlafen. Ich lag da und starrte vor mich hin, bis es langsam heller wurde. Ich sah meine Kleider über dem Stuhl hängen, so akkurat und ordentlich, wie jemand sie aufhängt, der Angst davor hat, die Kontrolle zu verlieren. Ich sah die Kommode, auf der eine silberne Vase ohne Blumen stand, das seitlich an den Schrank gelehnte Bügelbrett, den Schrank selbst mit seinen beiden Lamellentüren, ich betrachtete alles, als könnte darin eine Botschaft für mich liegen, aber gleichzeitig mit unendlich großer Distanz. Neben mir schlief Glandis, tief und fest, sie lag auf dem Bauch, die Hand über die Kante des Bettes hängend, eines ihrer Beine angewinkelt. Leise stand ich auf. Als ich den Raum verließ, kam es mir so vor, als würde für den Bruchteil einer Sekunde ihr Atem aussetzen, aber vermutlich war es nur mein eigener Atem, den ich anhielt, um sie ja nicht zu wecken.

Den ganzen Rest des Wochenendes war ich von einer eigenartigen Geborgenheit erfüllt, und diese Geborgenheit erfüllt mich auch jetzt noch, knapp zwei Monate später, obwohl in diesen zwei Monaten viel passiert ist, was ich vor nicht allzu langer Zeit als denkbar größte Katastrophe angesehen hätte. Kala und ich haben uns vorübergehend getrennt; ich habe eine Wohnung im Haus eines netten älteren Ehepaars gefunden, dessen Kinder (ich glaube, es sind drei) längst flügge geworden sind – mit eigenem Eingang, einer kleinen Küchenzeile und Blick in den Garten. Ironischerweise liegt mein neues Zuhause nur ein paar hundert Meter Luftlinie von den Rutherfords entfernt, und ich rechne damit, dass ich Janet über kurz oder lang bei einem meiner abendlichen Spaziergänge über den Weg laufen könnte. Ich glaube nicht, dass ich dann noch nervös bin; ich bin mir nicht einmal sicher, ob sie mich auf Anhieb erkennt. Pete und ich sind uns im Übrigen tatsächlich einig geworden; was aus meinem Helm geworden ist, werde ich wohl nie erfahren.

Kalas Vorschlag war, dass ich weiterhin in der Tragina Ave zu Abend esse und an den Wochenenden zusätzlich zum Frühstück komme; ich weiß nicht, ob sie dabei mehr an mich oder an Jonathan gedacht hat. Ohnehin sollten wir – darüber haben wir erst neulich diskutiert – dieses starre Konzept in Zukunft wieder etwas lockern; es raubt uns die Möglichkeit, dann aufeinander zuzugehen, wenn wir uns wirklich danach fühlen. Jonathan hat das ganze Durcheinander bis jetzt bemerkenswert gut verdaut – ich glaube, für ihn hat sich gar nicht so viel verändert, und was er von unseren neuesten Überlegungen hält, werden wir wissen, wenn es so weit ist. Claire – das hätte ich nie für möglich gehalten – kümmert sich rührend um ihn; auch mir gegenüber hält sie sich auffallend zurück. Mit Richard führte ich nicht lang nach meinem Auszug ein längeres Telefongespräch von Mann zu Mann. Dabei teilte er mir mit, dass er nichts dagegen hätte, wenn Kala und ich wieder zueinanderfinden würden, im Gegenteil. Am Ende lud er mich ein, mit ihm bei Gelegenheit Tennis zu spielen, und obwohl ich das Angebot *hinter* diesem Angebot durchaus zu schätzen weiß, bin ich bisher nicht dazu gekommen, es anzunehmen.

Meine Bedenken Kalas Yogabekanntschaft gegenüber waren unbegründet, das sagte sie mir schon, als sie an jenem Wochenende von ihren Eltern zurückkam. Allerdings sagte sie mir auch, dass sie in den letzten Jahren immer wieder Affären gehabt hätte. Vermutlich wäre ich auch auf diese Nachricht hin nicht ausgezogen, aber dann, als ich nachhakte und wissen wollte, ob irgendeine ihrer Affären auch jetzt noch aktuell sei, stellte sich heraus, dass es tatsächlich noch jemand gab, einen beruflich sehr engagierten Frank, so alt wie ich, der seit zwei Jahren in unregelmäßigen Abständen mit meiner Frau schlief, ohne dass ich davon das Geringste geahnt hätte.

Natürlich gab es Tränen. Und natürlich versicherte mir Kala, dass ich für sie ein besonderer Mensch bleiben würde, egal, was kommt – obwohl ich in dem Augenblick nicht wusste, was eigentlich noch kommen sollte (und es bis jetzt immer noch nicht weiß). Das Meiste, stellte sich heraus, hatte Kala schon mit sich allein ausgemacht.

Trotz dieser bitteren Neuigkeiten gelang es mir nicht, sie zu verdammen. Ja, das Positive daran war, dass mir klar wurde, wie sehr ich mich von mir selbst entfernt hatte. Dieser Eindruck wird in letzter Zeit wieder schwächer, vielleicht weil die heftigsten Turbulenzen allmählich hinter mir liegen. Ich habe begonnen, Tagebuch zu führen, über das, was mich bewegt, was ich tatsächlich empfinde, wenn ich *nicht* meinem Verstand folge. Manchmal bin ich schon zwei Tage später überrascht, was ich geschrieben habe; das zeigt, dass ich mit meiner Methode richtig liege.

Zeit war in meinen Augen immer ein Faktor, der einer Beziehung Robustheit verleiht; inzwischen weiß ich, dass ich diesen Faktor überschätzt habe. Er gilt aber immer noch für den Schmerz, den du empfindest, und deshalb zieht dieser Schmerz sich jede Woche ein Stückchen weiter zurück, bis ich ihn irgendwann hoffentlich gar nicht mehr spüre. Wann das sein wird, steht in den Sternen: Sich von einer Person zu trennen, die du liebst, bedeutet nicht die eine große, dramatische Trennung, wie uns Filme immer weismachen wollen, sondern tausend kleine, unscheinbare – von daher werde ich wohl noch eine Weile beschäftigt sein. Manchmal, wenn ich mir bei einer Sache nicht ganz sicher bin, diskutiere ich sie in Gedanken mit Kala. Ich bin gespannt, ob und wann sich das verliert.

Die wichtigste Erkenntnis für mich ist, dass ich noch auf eigenen Beinen stehen kann. Plötzlich spüre ich wieder Lust auf Veränderung; ich kann mir sogar vorstellen, den Job bei Walter Buck aufzugeben, obwohl er besser läuft denn je. Überhaupt muss ich noch nachtragen, wie sich die Dinge mit Walter weiterentwickelt haben. Am Montag nach dem Fest bat er Glandis und mich ins Besprechungszimmer, wo er sich ohne Umschweife für den Eklat vom Samstag entschuldigte. Er habe großen Mist gebaut, sagte er, und er hoffe, dass wir nicht die Lust verloren hätten, weiter mit ihm zusammenzuarbeiten. Und als wir, *seine Jungs*, ihm versprachen, dass wir dazu immer noch bereit wären, sah ich tatsächlich so etwas wie Rührung in seinem Gesicht.

Michelle hat die Scheidung eingereicht, und Walter macht nicht den Eindruck, als ob er es leicht wegstecken würde. Er wirkt ruhiger, nachdenklicher seitdem, obwohl ich glaube, dass seine innere Unruhe irgendwann wieder die Oberhand gewinnt. Dann wird er auch wieder nach Port Dover fahren, um zu tun, was er dort immer getan hat. Ich glaube, es ist schwer, sich durch das, was einem anderen Menschen zustößt, dauerhaft zu verändern, aber ich bin nicht der, der darüber ein abschließendes Urteil zu fällen hat. Ich weiß nur, dass Walter sich einen Moment geöffnet und die tieferen Schichten seiner Person für den Schmerz zugänglich gemacht hat und vielleicht ist das allein eine Erfahrung, die er nicht mehr vergessen wird. Insofern müssen wir alle dem Leben dankbar sein, denn nach den tiefsten Tiefen kommst du irgendwann wieder ans Licht, und nur wer es selbst noch nicht erlebt hat, wird behaupten, dass das ein Allgemeinplatz ist.

Von Kala habe ich ihm erst sehr viel später erzählt. Er blickte mich mit großen Augen an, dann schlug er mit der flachen Hand auf seine Schreibtischplatte und sagte: »Herrgott noch mal, Robert, wer hat dir eigentlich gesagt, dass du mir alles nachmachen musst?«

Glandis' zweite Trennung von Raymond war diesmal endgültig. Wir treffen uns regelmäßig und sprechen über alles, was beim anderen passiert. Allerdings gehen wir nicht mehr zusammen ins Bett; ich will sie nicht benutzen, die Einsamkeit zu lindern, die mich manchmal überkommt, vielleicht weil ich mir von dieser Einsamkeit noch immer etwas verspreche. Schlaue Psychologen, eröffnete mir Glandis, als ich vorhin aus der Mittagspause zurückkam, haben herausgefunden, dass man für jedes Beziehungsjahr einen Monat Trauerarbeit ansetzen muss. Das deckt sich mit meinem augenblicklichen Erleben – heißt aber auch, dass wir beide bis weit ins nächste Jahr hinein außer Gefecht gesetzt sind. Außerdem hoffe ich, dass auch bei Kala und mir das letzte Wort noch nicht gesprochen ist – obwohl mir klar ist, wie wenig das eine zum anderen passt.

Jetzt, wo ich wieder am Schreibtisch sitze, muss ich noch etwas loswerden, das mich seit der Mittagspause beschäftigt. Ich saß auf meiner Bank im Cliffview Park, eingehüllt in die warmen Sonnenstrahlen dieses goldenen Oktobertages, und blätterte im Sportteil der Zeitung. Einer der Artikel war mit einem großen Dreispalterbild aufgemacht, also fing ich an zu lesen. Es ging um einen Tennisspieler, der sich beim Aufschlag den Unterarm gebrochen, sechs Monate mit einer Metallplatte im Arm pausiert und sich dann Schritt für Schritt, zäh entschlossen, wieder an seine frühere Form herangearbeitet hatte. Aber bei irgendeinem unbedeutenden kleineren Turnier, das der letzte Baustein zum Comeback sein sollte, zwölf Monate später, passierte dasselbe noch einmal, diesmal bei einem Volley. *Die Chancen für eine Rückkehr zum Tennis stehen eins zu hundert,* zitierte die Zeitung den untersuchenden Arzt, *die, den Arm wieder voll bewegen zu können und ein guter Vater und Ehemann zu sein, dagegen hundert zu eins.* Zuerst konnte ich mit dem Satz nichts anfangen. Ja, ich fand, dass die Verknüpfung zwischen einem Arm und der Rolle als Ehemann und Vater ziemlich weit hergeholt war, irgendwie fehl am Platz. Eine Zeitlang starrte ich auf das Foto, das ein nüchterner Chronist von Associated Press mit seinem Teleobjektiv geschossen hatte und das einen fünfundzwanzig- bis dreißigjährigen Mann zeigte, äußerlich unverletzt, in Tennismontur neben dem Netz am Boden kauernd, das Gesicht zu einer wehleidigen Grimasse verzogen. Jeder kleine Redaktionspraktikant, schoss mir durch den Kopf, würde das Bild ohne viel Federlesens unter der Rubrik *Niederlagen tun weh* im Archiv verschwinden lassen. Ist es nicht verrückt, dachte ich, wie oft das, was wir von außen wahrnehmen, mit dem, was dahinter verborgen liegt, nicht das Geringste zu tun hat?

Und mit einem Mal begriff ich, was der Arzt gemeint hatte: Ein kaputter Arm kann sehr wohl eine Ehe ruinieren – nicht als Arm an sich, sondern als Bestandteil des Selbstbewusstseins seines Besitzers. Wieder schweifte mein Blick über das Foto. Und in Gedanken ließ ich die Zeit rückwärts laufen, ich ließ den armen Kerl noch einmal an der Grundlinie beginnen, ließ ihn seinen Gegner mit kräftigen Schlägen übers Feld treiben, bis zu dem Moment, in dem er ans Netz stürmt und ich fragte mich, wenn du den Arm hebst, um zum entscheidenden Schlag auszuholen, und der entscheidende Schlag dir nicht gelingt, wenn du stattdessen von einer Sekunde zur anderen alles verlierst, was dir noch beim Ausholen wichtig war, wer bist du dann? Wie viel von dem, was du vorher warst, bleibt dann noch übrig? Und ich lehnte mich auf meiner Bank zurück und schloss die Augen, und plötzlich wusste ich, dass es nicht das Schlechteste wäre, darüber lange vorher nachzudenken.

Dank an

Lukas Krombholz – dass Du bist, wie Du bist
Günther Opitz – für Deine Feinfühligkeit und die Sonne
Frances Janáček – wherever you are, make sure the fire is still burning